卵料理のカフェ④

あったかスープと雪の森の罠

ローラ・チャイルズ　東野さやか 訳

Stake & Eggs

by Laura Childs

コージーブックス

STAKE & EGGS
by
Laura Childs

Original English language edition

This edition published by arrangement with
The Berkley Publishing Group,
a member of Penguin Group (USA) Inc.
through Tuttle-Mori Agency,Inc.,Tokyo

挿画／永野敬子

引退する予定だったのに、ミステリの執筆に専念したいわたしのために、六年もよけいに
教壇に立ってくれた、夫のドクター・ボブに捧ぐ。

謝辞

サム、モーリーン、トム、ニティ、ジェニー、ダン、ドーン、それにバークレー・プライム・クライムのデザイナー、イラストレーター、ライター、営業のみなさんに心からの感謝を。いろいろお世話になりました！　また、シリーズ既刊の『チェリーパイの困った届け先』と『ほかほかパンプキンとあぶない読書会』を《ニューヨーク・タイムズ》のベストセラー・リスト入りさせるのに尽力してくださった書店、書評家、図書館員、ブロガー、それにすばらしい読者の方々にも厚くお礼を申しあげます。中年女性三人が主役の風変わりなコージーミステリがベストセラーになるなんて、いったい誰が想像できたでしょう。

あったかスープと雪の森の罠

主要登場人物

スザンヌ・デイツ……カックルベリー・クラブ経営者
トニ……スザンヌの親友。同店の共同経営者。給仕担当
ペトラ……同店の共同経営者。調理担当
ジョーイ・ユーワルド……同店のウェイター助手
ジュニア・ギャレット……トニの別居中の夫
カーメン・コープランド……ロマンス作家。ブティック経営者
ベン・ビューサッカー……キンドレッド銀行の新頭取
クラウディア・ビューサッカー……ベンの妻
チャーリー・スタイナー……酪農場の経営者
エリーズ・スタイナー……チャーリーの妻。図書館のボランティア
リード・デュカヴニー……スザンヌの土地の借地人
レスター・ドラモンド……民間刑務所の元所長
エド・ラプソン……ミルズ・シティ銀行の行員
ハミルトン(ハム)・ウィック……キンドレッド銀行の行員
コルビー……家出少年
サム・ヘイズレット……医師
ロイ・ドゥーギー……保安官

1

氷の粒がカックルベリー・クラブの窓を襲撃していた。荒れ狂う分子のように叩きつけては、ぶつかった瞬間に結晶と化していく。午後はあたり一面が不気味なほど白一色に包まれていたが、夕方には吹雪に変わった。中西部一帯はカナダ発の貨物列車もかくやといういきおいで急速冷凍され、ミセス・ポール印の箱入り冷凍フィッシュ・フライ並みにキンキンに冷えていった。

小さなカフェのなかはまだ、ぬくぬくと暖かかった。きょうは一月なかばの月曜日。ちょうどアフタヌーン・ティーが終わったばかりで、わずかばかりのお客は嵐の襲来にそなえて牛乳、卵、パン、ビール、さらには宝くじを買いおくべく、食品雑貨店に行こうと急いでいた。

カックルベリー・クラブのオーナー経営者であり、パートタイムのウェイトレスであり、現場監督でもあるスザンヌ・デイツは木釘でとめた木の床をせかせかと歩きまわり、冬将軍のおかげでせっかくのお茶会が台なしになったとがっくりきていた。彼女ははおった手編みのカシミアのショールをかき寄せ、肩まであるアッシュブロンドの髪をひと房、顔から払った。ぴったりしたスリムジーンズに白いシャツの裾を腰のところで結ぶスタイルがお気に入りのスザンヌだが、落ち着いた気品とひかえめな自信をも兼ね備えている。一年ほど前、夫のウォルターが天に召されたとき、彼女は自分の置かれた状況を見きわめてサイコロを振り、さして仰々しくもなく、いく晩も眠れぬ夜を過ごすこともなく、カックルベリー・クラブをオープンした。いまや、彼女のなごやかなカフェはキンドレッドの住民のみならず、ハイウェイ六十五号線を走行中に朝食やパイ、あるいはアフタヌーン・ティーに引き寄せられた旅行者にとっても、なくてはならない存在になっている。

「温度計はマイナス十五度あたりをうろうろし——」ふたりいる働き者のパートナーのひとり、トニが言った。「——われらがスザンヌは窓のあたりをうろうろする」

トニはサヤインゲンみたいに痩せっぽち、カウガール風の恰好がお気に入りで、赤みがかったブロンドの縮れ髪を元気いっぱいのサーカスポニーのように結いあげている。恰好こそセクシーな二十二歳だが、うぶな小娘というわけではない。仕事仲間ふたりと同じく、四十代の終わりに近づきつつある。

「本当にベンは来るの?」

ペトラが言った。三人組の最後のひとりである彼女は、スカンジナヴィア系のがっちり体型、ジーンズとゆったりしたブラウスの上から昔風のエプロンをかけ、サイズ10の足にはあざやかな緑色の楽ちんなクロックスをつっかけている。温厚な表情と明るい茶色の目は、いつも心をなごませてくれると同時に元気づけてもくれる。

「来るって言ってたのよ」スザンヌは答えた。「ベンとわたしとで日曜のウィンター・ブレイズの計画を詰める予定になってるんだもの」

ベンとは、キンドレッド銀行の新頭取、ベン・ビューサッカーのことだ。スザンヌの目にはわりとつき合いやすい人と映っているが、キンドレッドの住民の大半はそう見ていなかった。ビューサッカーはミルズ・シティ銀行という大きな持株会社の行員だったが、そこが最近、この地の銀行を吸収合併した。ビューサッカーもミルズ・シティ銀行もブラジルナッツ並みに頭が堅いと言われ、顧客に返済を強く迫り、資産を差し押さえ、中小企業に対する融資の認可についてはおそろしく渋いという評判がまたたく間に広がった。

まぎれもないスノーモービルの甲高いエンジン音が、カックルベリー・クラブの裏でとどろいた。

「きっとベンだわ」スザンヌはペトラに言った。「さっき電話してきたとき、買ったばかりのスキードゥーで来るって言ってたの。試運転したいからって」

「スノーモービルに乗った銀行マンなんて、考えただけでも笑っちゃうね」トニのチャーミングな顔が大きくほころんだ。「パーカの下は三つ揃いのスーツと金時計だったりして」

三人は木のテーブル、古いドラッグストアから回収した大理石のソーダスタンド用カウンター、色とりどりの陶器のニワトリがごちゃごちゃ並ぶ棚がしつらえられた素朴なカフェに集っていた。この店は、ありとあらゆる種類の卵を使った朝食が売りで、ニワトリの卵のクラブ、すなわちカックルベリー・クラブという店名の由来はそこにある。そのほか、おいしくて独創的なランチとおしゃれなアフタヌーン・ティーも味わえる。おしゃれと言っても、改装した〈スパー・ステーション〉なりのおしゃれだけど。

「ビューサッカーさんは地域に溶けこもうと必死にがんばってると思うわ」ペトラはどんなときでも、人のいい面を見ようとする。「キンドレッドの住民は、あの人を両腕を大きく広げて迎え入れなかったけど」

「奥さんのクラウディアって、あきれるくらいお高くとまってるよね」トニが言った。「お財布なんか、Gの字だらけの高級なやつでさ」そこで一瞬考えこむ。「あれ、Cの字が絡み合ったやつだったかな」彼女は肩をすくめた。「ま、どっちでもいいけどさ。とにかく、クラウディアってば、つんとすました顔で歩いてるし、声をかけようもんなら、牛糞のにおいでもしたみたいなそぶりをするんだよ」

「あなたからすれば、カウボーイシャツを着てない人はみんな、お高くとまってることになるんでしょ」ペトラが言った。

「そんなんじゃないって。ベンとクラウディアは、この町に来たその日からえらそうにしてたじゃん。それが今度は、地元の同好会にもぐりこもうとしてるんだよ」

トニはカウンターに置かれた皿からスニッカードゥードルクッキーを一枚取って口に放りこみ、もぐもぐと噛んだ。

「うちのロマンス小説クラブに入ろうなんて気は起こさないでほしいもんだ」

「ホットなロマンス小説が好きなタイプには見えないわよ」スザンヌがにこやかに言うと、

べつのスノーモービルの甲高い音があたりに響きわたった。

とたんにペトラが不快の色を浮かべ、非難がましく目を上に向けた。

「あのいまいましい乗り物がたてる音には、まったくがまんならないわ。けたたましい音をさせながらそこらじゅうを走りまわっては、とんでもないところから飛び出してくるんだもの。怖いったらありゃしない」そこで青いチェックのエプロンで手を拭き、ふたたび話しはじめた。「わたしに言わせれば、あんなのはくだらないのひとことだわ。危険きわまりないし」

「そうは言うけどさ、スノーモービルはおもしろいよ」トニは言うと、背もたれがまっすぐな椅子からストライプのスカーフを取って、首がブリトーみたいになるまでぐるぐる巻きつけた。「あんたまさか、モビったことないの？」

ペトラは大きな顔におかしさと恐怖心が入り交じった表情を浮かべて、トニを見つめた。

「一度だってないし、いまさらトライしようとも思わないわ」

「冒険心はどこにやっちゃったのさ？」トニが冗談めかして訊いた。

「自宅の、靴下用の抽斗《ひきだし》のなかよ」

「それじゃあ、ありきたりの毎日から引っ張り出してあげるよ。真夜中のツーリングを企画して、たくさんの友だちに声をかけるから……」

ギュイーン！　ドタン！　ヒュッ！

たちまち食器棚のティーカップが小刻みに揺れ、三人は即座に音のしたほうに目を向けた。

「いったい全体、いまのはなに？」ペトラが甲高い声をあげた。「うちの店の裏に車が突っこんだみたいな音だったね。凍った地面で滑ったのかな？」

トニは大急ぎでスイングドアを抜けると厨房に入り、裏の窓からおそるおそる外をのぞいた。

「あれえ、なんにも見えないや」彼女は冷たくなったガラスに鼻を押しつけた。「一面、真っ白だよ」

「車の音のようには聞こえなかったわ」あとから入ってきたスザンヌが言った。「そんなに重たい音じゃなかったもの」

スノーモービルの音に似ていた気がする。まさかベンが裏の森をアクロバット走行したあげく、駐車場をオーバーランしたなんてことは？　初心者の多くは、あの手の乗り物の馬力を過小評価しがちだ。

「なんか派手にぶつかったのはたしかだよ」トニが言った。

「ちょっと外に行って見てくる。ベンがなんともないか、たしかめないと」

スザンヌは木のコート掛けからパーカを取り、大急ぎで袖をとおした。それからブーツを履き、毛糸の手袋をはめた。

「怖い物知らずなんだから」ペトラもそばにやってきた。「北極点到達をめざすバード海軍少将みたい」

「『セサミストリート』のビッグ・バードだったりして」トニが忍び笑いを洩らした。

「とにかく、行ってくる」スザンヌはそう言うと、裏口のドアを引きあけた。

「ううー！」いきおいよく吹きつけた風と雪の粒に、ペトラが思わず体をすくめた。「寒っ！」

しかしスザンヌはすでに裏口から出ていた。小さな竜巻と化した雪が、無数の氷の針のように顔に突き刺さってくる。

ああん、もう。彼女は裏口の段のところで足をとめた。ひどい天気。わたしたち、今夜は家に帰れるかしら？〈ニッティング・ネスト〉で夜明かしするほうが賢明かもしれない。

スザンヌは敷地の奥に目を向けた。降りしきる雪のせいでよく見通せないが、スノーモービルの甲高いうなりはいっそう大きくなっていた。エンジンの回転数が限界まであがっているとしか思えない。スザンヌは手すりにつかまって雪の積もった二段のステップをおそるおそるおりると、踏みしめるような足取りで駐車場を歩いていった。愛車のフォード・トーラスが降り積もった雪に埋もれて、こんもりした小山になっている。

ほかには車は見あたらない。やっぱりスノーモービルの音なんだわ。ベンのスノーモービルよ。

突き刺してくる雪に目をこらすと、二十ヤードほど奥に黄色いライトが見えた。

思ったとおり、スノーモービルが立ち往生している。それがスザンヌの頭にぱっと浮かんだことだった。しかしすぐに、スノーモービルが事故を起こしたのだと考え直した。そうよ、そういう音だったわ。壊れかけた納屋にスノーモービルが頭から突っこんだ音だった。納屋にはとぐろを巻いたヘビのようなゴムホース、昔の手押し式芝刈り機、古くなって半分芽が出た芝生の種の袋がしまってある。いまは冬なので、ほとんど使っていない。

もこもこのダウンコートを着た姿はまるでミシュランマンみたいと思いながら、森に向かって歩き出した。足跡がついた先から雪にかき消されていく。

スノーモービルがぶつかったとして、持ち主はどこ？　怪我をしたの？　頭がふらふらしてる？　それにたしか、もう一台スノーモービルの音が聞こえたはず。そっちのマシンなり運転手なりはどうしたのだろう？

スザンヌは歩を速めた。ベンにしろ誰にしろ、痛みにのたうちまわっているとか、重傷を負って倒れているなんて考えたくもない。それも、こんな猛吹雪の日に。

単調な機械音はボリュームを増し、輪をかけて耳障りになっていた。怒って網戸にぶつかってくるスズメバチのような音だ。ペトラの言うことにも一理ある。スノーモービルはいまいましい乗り物だ。

雪の積もったトウヒの枝をつかんでわきに押しやると、ささやかな雪崩《なだれ》が発生した。ああ、やっぱり。スノーモービルが一台、赤い鼻先を納屋の横腹に乗りあげる恰好で横倒しになっていた。ヘッドライトが黄色い目のようにまぶしく光り、エンジンはなおも大音量をとどろかせている。

でも、乗っていた人はどうしたの？　ベンはどこ？

きっと、衝撃で投げ出されたにちがいない。つまり、負傷したか、ひどくばつの悪い思いをしているかだ。

それとも酔ってるとか？　その可能性が一瞬、スザンヌの頭を駆けめぐった。ううん、ありえない。わたしの記憶がたしかなら、ベンはあまり飲むほうではないはず。金曜や土曜の夜になるとキンドレッド中心部にある〈シュミッツ・バー〉では、ビールをがぶ飲みしたり、ジェムソンを一、二杯引っかけたりする男ばかりの酒宴が繰り広げられるが、ベンがそういう場に顔を出すことはなかった。

「早く見つけなくちゃ」スザンヌは声に出して言った。森のなかに向かってさらに数歩進んだ。

「ベン！」聞こえるように、大声で呼びかけた。「そこにいるの？」

しかし、ベンが腕を骨折して雪だまりに倒れていたとしても、叫び返す声が聞こえるはずもなかった。身も世もなく泣きじゃくる妖精バンシーかと思うほど、マシンがものすごい音をたてているのだから。

スザンヌはスノーモービルのところまで引き返した。どうやったらとまるのだろうと頭をひねりながら、のぞきこんだ。スロットルだかボタンだかスイッチだかはどこ？

あちこち探した末に黒いゴムのスイッチを押したところ、一瞬にして騒音がやんだ。百七十五デシベル超の大音量から静かすぎる静寂へと変化し、マツの木立を抜ける風の音まで聞こえるようになった。

スザンヌは腰をのばした。嵐が猛スピードで到来し、風雪のいきおいが激しくなっていることにいまさらながら気がついた。

ベンを見つけたら、店に戻って窓や扉に板を打ちつけなくては。どうか、道路が雪で通れなくなりませんように。除雪車が出動してくれますように。

スザンヌは十インチの雪に埋もれたトウモロコシ畑のほうに、十フィートほど歩いていった。八十エーカーもの広さがある畑は、波を打った白い画布のようだった。実はここは、彼女のトウモロコシ畑だ。リード・デュカヴニーというガリガリに痩せた農民に貸しており、彼がジュビリーとゴールデンクロスバンタムというかなりの高値で売れる品種を育てている。もちろんそれは栽培期の話だ。ここ中西部は現在、栽培期ではない。

雪の渦巻く静かで真っ白な畑に目をこらしたが、足跡ひとつ見あたらなかった。

ちょっと待って。足跡じゃない。スノーモービルの跡をたどればいいんだわ。

その思いつきはとてつもなく簡単に思えた。

どうしてもっと早く思いつかなかったのだろう？　答えは造作もなく出た。あの不愉快なマシンのせいで、うるさいブヨが飛びまわっているみたいに頭のなかがブンブンいっていたからだ。

スノーモービルまで戻って、雪にできた丸いへこみを見つめた。スノーモービルは西から、カックルベリー・クラブの裏の小さな森を抜けて来たらしい。走行跡に足を置いてみると、スノーブーツのいちばん上のところまで沈みこんだ。それから一本のカバノキをまわりこみ、スノーモービルの跡をたどりながら、クロウメモドキ、ポプラ、シーダーのそばを通りすぎた。

十五フィート、二十フィートと木をよけて進んでいくと、突然、雪のなかにじっと横たわる黒い人影が目に飛びこんだ。

大変！

ベンが雪のなかに倒れてる。身動きどころか、ぴくりとも動かない。

まず最初に思ったのは、頭を打ったせいで死んだように動かないのだろうということだった。もっとも、横ざまに投げ出されたとしても、これだけ雪が積もっているのだ、クッションのかわりになってくれただろう。

人らしきもののほうへ急ぎながら、スザンヌは呼びかけた。

「ベン。大丈夫？」

しかし大丈夫でないのはすぐにわかった。救急車、医師、看護師。そういうものが必要だった。それも大至急。

ブーツのつま先がなにかにぶつかり、スザンヌはよろけて、あやうく転びそうになった。なんとか足をふんばって、もう半歩前に進み、両手をベンの肩にしっかりとかけた。とにかく、ひっくり返して仰向けにしたほうがいい。背中や首を怪我している場合、その姿勢がもっとも安全だからだ。そしたら、急いでカフェに毛布を取りに戻って、救急車を呼ぼう。

「さてと」ベンの耳に届いた場合を考え、落ち着いた声を出した。「これから身体の向きを変えるわよ」

スザンヌは雪に膝をつくと、つやつやした青と黄色のスノーモービル・スーツの肩部分に自分の腕を滑りこませて、そっと押した。

ベンの身体は思ったより簡単にひっくり返った。ただし、ひとつ妙な点があった。ひっくり返ったのは胴体と脚だけだった。

え？

スザンヌは雪のなかを必死にあとずさりした。あいかわらず空からは、雪片がすごいいきおいで次から次へと落ちてくる。彼女はじっと目をこらした。食い入るように見つめた。この光景のどこがおかしいのだろう。そこで、はっと気づいた。本来なら頭があるべき場所に、切断されて血にまみれた首の残骸しかないことに。

「きゃああ！」

スザンヌは悲鳴をあげながら、無我夢中であとずさった。

「ベンが……ベンが……」

言葉がもつれて出てこない。

「ひょっとして、さっきつまずいたのは……？」

しかし、思考はそこから先に進もうとしなかった。さだまらない視線の先にベンのぐったりした体をとらえながらも、頭のほうはいくらかでも安全な場所に退却する道を選んだ。スザンヌは膝が鳴るほどいきおいよく立ちあがると、カバノキにもたれてこっそり吐いた。ベンの姿が頭に浮かんだ。首から上がないベンが。そこでふたたび吐いた。

全身から力が抜け、吐き気を抱えながら膝をついた。頬を落ちる熱い涙がたちまちのうちに冷たくなっていく。そのとき、雪のなかにベンの頭が転がっているのが見えた。目をぎゅっとつむり、赤いニットのストッキングキャップが黒い髪を覆っている。

スザンヌは塩の柱と化したロトの妻のように硬直し、前方に目をこらした。すると、二本の木の杭のあいだにぴんと張ったワイヤーが、かすかに光るのが見えた。

2

ロイ・ドゥーギー保安官に電話をかけた際、三人同時にまくしたてたせいか、法執行センターの通信係はそうとうびびったようだった。

「きょうはほかに八件の通報が入ってるんです」

相手はスザンヌに説明した。通信係はモリー・グラボウスキーという女性で、かわいそうな子どもを早急に保護しなくてはならない場合は、積極的に里親を買って出る一面も持っている。

「ハイウェイ十八号線ではトレーラーがくの字に曲がって動かなくなっているし、スクールバスが一台、雪で立ち往生しているし、〈クラガン・モーターズ〉の裏ではタイヤが燃えて煙がもうもうと立ちのぼっているし」

「こっちは人が死んでるの」スザンヌは反射的に言い返した。「うちの死体のほうが、くの字のトレーラーだのなんだのより緊急性が高いはずでしょ」

息を鋭く吸いこむ音がした。「本当ですか？」モリーが言った。

「ベン・ビューサッカーさんがスノーモービルから投げ出されたの」スザンヌは説明した。

「カックルベリー・クラブの裏で」

「おまけに、頭がなくなっちゃってるし」トニが恐怖で目を大きく見ひらき、こわばった声でもごもごと言った。

「いまなんと？」モリーは訊き返した。「よく聞こえなくて……」

「気にしなくていいわ」スザンヌは言った。「とにかく、できるだけ早くドゥーギー保安官をここに寄越してちょうだい」

電話を切り、呆然としているトニとペトラの顔をのぞきこんだ。それから、ふたりがなにか言うより早く、椅子にどすんと腰をおろし、おなかに手をやった。猛吹雪のなかで目撃した光景が、いまだに理解できなかった。

「ハニー、大丈夫？」ペトラが声をかけた。彼女は気づかわしげな表情を浮かべ、スザンヌのほうに前かがみになった。

「ううん」スザンヌは言った。「大丈夫とは言えない」

「さぞかし恐ろしい光景だったでしょうね。わたしには想像もつかない。お茶でもいる？水がいい？」

「いいの、ありがとう」

ペトラは体を起こし、トニと目を見交わした。スザンヌがなんでもひとりでしょいこみがちなのは、ふたりともよくわかっている。それに、なんでも真剣に考えすぎるきらいがあることも。その一方、精神的にかなりたくましいこともわかっていた。

「で、どうするの？」ペトラが訊いた。

「そうねえ」スザンヌはのろのろと言った。「店じまいしてうちに帰るわけにはいかないわ」

「いまはいいタイミングじゃないよね。なにしろ……」トニが裏口のほうに頭を傾けた。

「裏であんなことがあったわけだし。でも、コーンチャウダーとブルーベリー・マフィンがまだ残ってるよね」ゆっくりと言った。「それを全部あったためて、〈ニッティング・ネスト〉で保安官を待とうよ」

「ぬくぬくとおこもりするわけね」ペトラが言った。

スザンヌは上目遣いにふたりを見やった。あんなものを見たあとでは、とてもぬくぬくなんてできそうにない。

とたんにペトラがばつの悪そうな顔になった。

「つまり……裏で人が死んでいる状況でも、せいいっぱいぬくぬくしましょうという意味よ」

トニが不安そうに窓の外をうかがった。

「こうしてしゃべってるあいだにも、その死んでる人はアイスキャンディーみたいになってるんだろうけどさ」

「わかったわ」スザンヌは心を決めた。「〈ニッティング・ネスト〉でおとなしく待ちましょう」

〈ニッティング・ネスト〉はカックルベリー・クラブ併設の小さな店舗で、〈ブック・ヌック〉のすぐ隣にある。座面がへこんですわりやすい椅子とストーブがある〈ニッティング・ネスト〉は、ぬくぬくするのにうってつけの場所だ。何百というカラフルな毛糸玉が、大げさでなくいたるところにしまいこまれているし、ペトラが編んだショールや膝かけやセーターが壁のあちこちに飾ってあるから、にぎやかな感じでもある。

「スープを温めるわ」ペトラは言うと、頭上のラックからソースパンを取った。

「ありがとう」

そう言ったとたん、スザンヌはバクスターとスクラッフ、二頭の飼い犬の世話を思い出した。隣のミセス・ウェンドーフに急いで電話し、餌をあたえて裏庭に出してやってほしいと頼まなくては。

トニはあいかわらず厨房の窓にかじりつき、落ち着きなく目をきょろきょろさせていた。

「ひょっとしてさあ……」

「その先は言わないで」スザンヌにはトニの考えが手に取るようにわかった。

「言わないでって、なんのこと？」ペトラが訊いた。

「コヨーテだよ」トニが押し殺した声で言った。

「まったくもう」スザンヌは両手を高く振りあげた。「言っちゃうんだから」

「そいつらがうろうろしにくるんじゃない？」トニが言った。「今年の冬はあの迷惑な動物がこのへん一帯に出てるんだよね」

「うろうろしたりしないわよ」スザンヌは断言した。そんなことにはならないでほしい。

しかしトニはこうと思いこんだら聞く耳を持たず、気味の悪い話に取り憑かれていた。

「怖い話を聞いたことがあるよ。自宅でひとりさびしく死んだおばあさんがいてさ……」

「まさか、猫の嚙み跡があったとかいう話じゃないわよね」ペトラがうわずった声で言った。

「それだよ」トニは言った。「その話。で、その猫がさ……」

「そんなの本当のわけないでしょ」スザンヌはさえぎった。「都市伝説に決まってるわ。泥棒の指をのどに詰まらせたドーベルマンの話と同じ」しかし、背筋を冷たいものが走るのはとめられなかった。


三人がチャウダーとマフィンでそこそこまともな食事をとっていると、重たいブーツが玄関ポーチを叩くドスン、ドスンという音が聞こえた。

「保安官だ」トニが椅子から腰を浮かせかけた。

「やけにゆっくりとした登場だこと」ペトラが言った。

スザンヌは腕時計に目をやった。シルバーとゴールドのタイメックスは結婚九周年にウォルターからプレゼントされたものだ。悲しいことに、ウォルターは十周年まで生きられなかった。

「スザンヌ？」すでに保安官は店内をのし歩き、ブーツについた雪の塊を払っていた。おかげで、そこかしこに水たまりができた。

女三人は大あわてで出迎えに駆けつけた。

「よかった、来てくれて」スザンヌは言った。

ロイ・ドゥーギー保安官の顔と耳は酢漬けのビーツみたいに真っ赤だった。彼はいびつになった制帽をかぶり、カーキの制服の上からだぶだぶしたダークグリーンのスノーケルパーカを着こんでいた。大柄で肩幅は広く、腰まわりががっしりしている。しかしこのときは灰色の目を半眼にして、きょろきょろとあたりを見まわしていた。ドゥーギー保安官は異常なほど警戒していた。

「彼はどこだ？」保安官は訊いた。

トニが親指でしめした。「裏だよ」

「たしかにベンなのか？」

「九十九パーセントたしかよ」スザンヌは答えた。

「死んでるのもたしかなんだな」

「あれで死んでなかったら、それこそ奇跡だわ」スザンヌは答えた。

「そうか」保安官は両のてのひらに息を吹きかけてあたためた。「ちょっと見てくる」

「厨房を抜けていくといいわ」スザンヌは身振りでしめした。「そのほうが楽よ」

「あたしたちも一緒に行ったほうがいい？」トニが訊いた。さっき腰を抜かしたことなどすっかり忘れ、いまはどうしたわけか、死体が見たくてうずうずしているらしい。

「あんたはここで待ってろ。戦争ごっこじゃないんだ」彼は寒さでしょぼしょぼした目をスザンヌに向けた。「あんたもだぞ」

「なぜわたしだけ仲間はずれなの？」ペトラが抗議した。「役立たずだから？」

三人は保安官を追うように厨房まで来ていた。しかし保安官は警告するような目で彼女たちをひとにらみし、裏口から出ていった。

「保安官があなたにだけ警告しなかったのはね、あなたが詮索好きじゃないからよ」スザンヌはペトラに言った。「みずから巻きこまれるタイプじゃないもの」

ペトラは顔をしかめた。「カックルベリー・クラブで殺人事件が起これば、わたしたち全員が巻きこまれるじゃないの」

「鋭いわね」

スザンヌは下唇を嚙んだ。これはどうしようもなくタイミングが悪い。二日後には、ここキンドレッドで炎と氷の祭典と銘打った一大イベントがスタートする。この物騒な事件で支障が出るのは必至だろう。すでに、木曜日のクリスタルなお茶会と日曜日のウィンター・ブレイズという、カックルベリー・クラブ主催のふたつのイベントのために、時間もお金も多大な労力も注ぎこんだというのに。

とは言うものの、ここで人ひとりが死んだのだ。だから、気にかけなければいけないことはほかにもたくさんある。そこでふいに、ベンの奥さんのクラウディアが心配になった。彼女はこの恐ろしい知らせにどう対処するのだろうか。なかなか信じがたいことではあるが、傲慢な人にだって感情はあるのだ。

五分後、保安官が荒々しい足音をさせながら、寒い戸外から戻ってきた。

「ああ、たしかに死んでいた」彼はそう言うと、手をぱんと打ち合わせた。

「ワイヤーは見えた？」スザンヌは訊いた。

「見えた。雪で真っ白ななかでもな。目ってやつは必要とあればちゃんと見分けるようにできてるんだ。たいしたものだ」保安官は着ていたパーカを脱ぎ捨てると、大きな頭を仰向け、いぶかしむように鼻をくんくんいわせた。残りもののスティッキーロールかシナモンドーナツのありかを嗅ぎつけようというのだろう。

大きな業務用コンロに寄りかかって、ふくよかな胸の前で腕を組んでいたペトラが言った。

「で、いまのが専門家としての意見？」

「そうだ」保安官は、チョッパーズの名で広く知られるスエードの手袋を脱いだ。「あんなふうになっても治せる移植手術があるとは思えんからな」

「そんなにひどい？」トニが訊いた。

保安官はうなずいた。

「ちょっと行って見てこようかな」トニは言った。

「だめ！」スザンヌ、ペトラ、保安官の三人が一斉に叫んだ。

「見たところ、もう一台、スノーモービルが走った跡があるようだ」保安官は言った。「と言っても、確認するのが骨でね。雪はじゃんじゃん降ってくるわ、風がすごいいきおいで吹きつけるわで、地吹雪状態だからな」彼は携帯電話を出し、スザンヌをじっと見つめた。

「スイートロールでもドーナツでもいい、なにか残りもののはないか？　まだ夕めしを食ってないんだが、長い夜になりそうなんでな」

「カフェでどうぞ」スザンヌは言った。

保安官はうなずきながら番号をプッシュした。

「ふたつほど電話をかけなきゃならん。しばらくひとりにしてもらえないか。すぐに行く」


保安官はカウンターでドーナツをもぐもぐやり、その彼を女性陣三人が囲んでいた。

「救急車を呼んだの？」スザンヌは訊いた。

保安官はシャツの前見頃に落ちたカラースプレーを払った。

「それに検死官もな。まあ、そう急ぐ必要はないが」彼は音をたててコーヒーカップをからにした。「まだあるか？　熱いやつが」

ペトラがヒーターからポットを取った。「もうほとんどおりしか残ってないけど」

「充分だ」

「新しく淹れるわ」ペトラは言った。「当分帰れないんだし」

「ドーナツをもうひとついかが？」スザンヌが訊いた。

「もらおう」保安官は言った。

スザンヌはきれいな皿にグレーズのかかったジェリードーナツをのせ、カウンターの上を保安官のほうに滑らせた。彼は肉づきのいい指をのばして、皿を自分のほうに引き寄せた。

「すまんな」そう言うと、ひとくち齧《かじ》ってのみこみ、しばらくなにやら考えこんだのちに口をひらいた。「ビューサッカーは打ち合わせのためにここに向かっていたという話だったな」

スザンヌはうなずいた。「炎と氷の祭典のフィナーレについて話し合うためにね。今年はうちで盛大なパーティをもよおすことになってるから」

「外で誰かを見かけるか、声を聞くかしたか？」保安官はシャツのポケットから鉛筆と小さならせん綴じのノートを出した。

「たしか」スザンヌはゆっくりと言った。「たしか、スノーモービルは二台だったと思う」

「そうそう」ペトラが言った。「一台が数分ほど走りまわって、そのあともう一台が事故を起こしたの」

「つまり、異なる二台の音がしたわけだな？」保安官はメモを取りはじめた。

「たぶん」スザンヌは言った。「ううん、まちがいないわ」彼女はいまの話が持つ意味を考えてから尋ねた。「つまり、もう片方の人物が裏にこっそりワイヤーを張ったということ？」

「犯人はわたしたちを見張っていたわけ？」ペトラはすっかり取り乱した様子だった。

「ワイヤーを張ったのが誰にせよ、ベンがここに来るのを知っていた」保安官は言った。

「きみたちとの打ち合わせでな」

「打ち合わせのことは誰が知ってたっけ？」トニが訊いた。

スザンヌはしばらく考えこんだ。「みんなよ。《ビューグル》紙に出てたもの」

保安官はメモを取る手を休めて顔をあげた。「はあ？」

「ジーン・ギャンドルのせいよ」スザンヌは言った。「わが町の大胆不敵な地元紙の記者。

彼は会合や市民活動があると聞くと、細かい点まで徹底的に取材して記事にするの」ジーン・ギャンドルは《ビューグル》紙でいくつものコーナーを担当している。お堅いニュース、作柄報告、ハイスクールのバスケットボール、豚の価格、おまけに広告スペースの販売まで。優先順位は必ずしもこのとおりではないけれど。

「ずいぶんとまた良心的な男だな、ええ？」保安官は言った。

「ジーンはいまだにピューリッツァー賞をとるつもりでいるのよ」とスザンヌ。

「それは地獄が凍りついても、つまり永久にありえないと思うけどね」トニが言った。

「地獄じゃなくてキンドレッドよ」ペトラがまぜっかえす。

「とにかく」スザンヌは言った。「ベンはみんなが使ってるルートを走ってきた。ハイウェイ六十五号線の路肩をガンガン走るんだけど、そのうち溝が深くなりすぎちゃうから、旅路の果て教会の裏手にまわりこんで、うちの森を猛スピードで走り抜けるの」

「つまり、誰もが知っているわけか……そのルートとやらを」保安官は鉛筆の消しゴムがついているほうで鼻をかいた。

「少なくとも、スノーモービルに乗る人ならね」とスザンヌ。「それも、ここに来る場合は」

「スノーモービルを持ってる人全員から話を聞くんじゃだめ？」トニが訊いた。「そこから始めるのがよさそうな気がするけどな」

保安官はとげとげしく言い放った。「ばか言うんじゃない！　ローガン郡の人口の半分だぞ」

ペトラがため息を洩らした。

「それだけの人が騒音をまき散らしてるのね。ほとんど犯罪だわ」

十五分後、正面入口でまたもや大きな音がした。その数秒後、サム・ヘイズレット医師が駆けこんできた。

スザンヌは驚きに顔を輝かせ、カウンターのスツールから跳びあがった。

「なんであなたがここにいるの？」

サムは長身で、歳は四十代前半、茶色いくしゃくしゃの髪と青い瞳のハンサムだ。当然のことながら、青い医療着の上からノースフェイスの紺色のパーカをはおった姿も充分すてきだ。

「保安官から連絡があったんだ」サムはあたりを見まわした。

もちろん、スザンヌは彼の顔が見られてうれしかった。駆け寄って唇に熱烈なキスをしたい衝動を必死の思いでこらえなくてはならなかった。すてきなドクターとはこの二カ月ほどつき合っているし、いとしく思う気持ちが日々つのっている。それでも、保安官がなぜ彼に連絡したのか、さっぱり見当がつかなかった。

「忘れたのかい？」サムは言うと、腕を大きく広げた。そして、それが世の中でなにより自然なことと言わんばかりに、スザンヌはその胸に身を寄せた。「郡の検死官役の順番がまわってきたんだ」

スザンヌはぱっと体を離し、顔をしかめた。「そうだったの」

「ぼくも同じ反応をしたよ」サムは口角をくいっとあげた。「でもさ」彼女の頭のてっぺんに軽く唇をつけると、なかを見まわし、まじめな顔になった。「スノーモービルで死亡事故があったという話だったけど？」

「そのとおり」と保安官が言った。「ベン・ビューサッカーが死んだ」

サムは一拍おいてぎょっとなった。「新しく着任した頭取の？」

保安官は親指でしめした。「現場は裏だ。五十分ほど前のことらしい」

「スザンヌが見つけたんだよ」トニが口を出した。

サムの顔に、専門家らしい懸念の表情が浮かんだ。

「息をしていないのはたしかなんだろうね」

「ええ、絶対に息はしてないわ」

3

火曜日のカックルベリー・クラブはとりどり野菜と目玉焼きの日だった。新鮮な卵が大きな鋳鉄のフライパンでおいしそうに焼け、グリルではフレンチトーストがかりっと仕上がっている。コナ・コーヒー、香辛料のきいたソーセージ、搾りたてのオレンジジュースの香りが入り交じって、ペトラが最高権力をふるう狭い厨房を満たしていた。

この店の朝はもちろん、なんと言っても卵料理だ。スクランブルエッグ、エッグ・ボルダーダッシュ、バスケットのなかの卵、ポーチドエッグのモルネーソースがけ、スコッチエッグなどなど。卵料理はカックルベリー・クラブのいちばんの売りで、味もびっくりするほどおいしい。かくして、毎朝ものすごい数のお客がやってくるわけだが、なかにはろくに嚙まずに食事を片づけ、コーヒーでだらだらする人たちもいる。この朝はとくにその傾向が強かった。

「もうふらふら」スザンヌはスイングドアを抜けて厨房に入った。

「吹雪がやんだせいよ」ペトラは斑入りの大きなボウルに片手で卵を割り入れた。「それに道路も除雪されたし」

「除雪車が夜どおし働いたみたいだね」トニが言った。彼女はトランプを配るみたいに白い皿を並べ、ペトラ特製のチーズ入りスクランブルエッグ――さいの目切りにしたタマネギ、赤ピーマン、緑のピーマン、ズッキーニを炒めたものがところどころ見えている――を盛りつける準備をしていた。

「みんなの話題はひとつだけ」スザンヌはカフェのほうに頭を傾けた。「きのうここであったショッキングな事件のことばかり」

「恐ろしい事故だったもの」とペトラ。

「あれは事故なんかじゃない」スザンヌは強い口調で言った。「殺人よ！」

ペトラの大きな顔がくもった。「それはたしかなの、ハニー？」

「ワイヤーが張ってあったもの。あれはわざとよ。それにほら、ベンの頭は――」

「いいわ、言わなくて」ペトラはあわただしく注文票を確認しながら言った。「わかってる」

「ホント、あの光景が頭にこびりついて離れないのはつらいんだから」

スザンヌは厳しい冬景色のなかを追いまわされ、ばらばら死体につまずくというおぞましい夢を何度も見たせいで、安眠できなかったのだ。

「ひとつ、すごく気になってるんだけどさ」とトニ。「炎と氷の祭典は予定どおり開催されるのかな？」

「開催してもらわなきゃ困るわ」ペトラが言った。「一月は六フィートもの雪になにもかも覆われてるんだもの、ほかにやることなんかないじゃない」

「とりあえず、お葬式の予定が組まれるのが先だわ」スザンヌはベン・ビューサッカーを思いながら言った。「それに、ご主人に先立たれた奥様にいくらかでもお悔やみの気持ちをしめさなくちゃいけないだろうし」三人はしばし、この深刻な現実を嚙みしめた。スザンヌはふたたび口をひらいた。「殺人事件、大吹雪のあと始末、それに付随したあれこれ……お祭りごとは取りやめになるかもね。少なくとも延期されるんじゃないかしら」

「えー、そんなこと言わないでよ」トニは言った。「お宝メダルを見つけて一等の賞品をゲットする気満々なのに」

「賞品があるの？」ペトラが訊いた。

「三千ドルだって」トニが答える。

「それ本当？　去年の優勝者には〈シュミッツ・バー〉で使える五十ドル分のギフト券と、チャーマーズ飼料店から高油脂含量のヒマワリの種ひと袋が贈られたはずだけど」

「うん、今年は大幅にグレードアップしてくれてよかったよ」とトニ。「それだけの大金を手に入れたあかつきには、あたしの目と同じベイビーブルーのウェスタンブーツを買うんだ」

「特注しても、たっぷりおつりがくるじゃないの」ペトラが言った。

「そうなんだよね」トニは一枚一枚の皿につけ合わせのイチゴの薄切りをのせながら言った。「だから大物弁護士を雇ってジュニアと離婚する」

「本気？」とペトラ。

「ついに？」とスザンヌ。

トニは二年前、ジュニア・ギャレットと結婚した。超駆け足の交際期間をへて、愛し合うふたりはラスヴェガスに飛び、キューピッド・ウェディング・チャペルで夫婦となった。あいにく、ふたりの結婚は大量のジャック・ダニエルとフォードF－150の頻繁なギアチェンジと真っ赤なレースのランジェリーにあおられたにすぎなかった。死がふたりを分かつまでと宣誓してから数週間もたつと、ほころびが出はじめた。もちろん、トニがもっとも打撃を受けたのは、ジュニアの好みが安物のアンゴラセーターと髪にショッキングピンクのエクステをつけるのが好きなバーのウェイトレスであると判明した瞬間だった。

ペトラは心配そうな顔になった。「こんなこと言いたくないんだけどね、ハニー。だって、あなたが大好きだもの。でも、あなたたちの結婚はそもそもの始まりからケチがついてたのよ。ヴェガスから帰る便が滑走路に着陸した瞬間から。つらくても、まっすぐ裁判所に出向いて婚姻の無効を申し立てるべきだったと思うわ」

「あたしもいまならわかるんだ」トニはしみじみと言った。「あたしたちの結婚は自然災害が立てつづけに起こったようなものだったって。一緒に暮らしはじめてわかったけど、ジュニアってばどうしようもない役立たずでさ」トニは鼻にしわを寄せた。「においがするまで同じ下着でごろごろしてんだ」

「うへえ」スザンヌはトニに同情した。「そういう姿も頭に刻みつけたくないものだわね。さて、気分が明るくなったところで……」

「入った注文をこなすから、トニ、運ぶほうはお願いね」ペトラが言った。

「オープンからとてもいいにおいがただよってくるけど、なにかしら？」スザンヌが訊いた。

ペトラがにっこりとした。「特製のレモン・コーンブレッドよ」

「新作の絶品メニューね」

「少なくとも新作であるのはたしかね」とペトラ。「でも、わたしのお気に入りのジェダイの騎士、ヨーダも言ってたでしょ。やるか、やらないか、あるのはそれだけだって」

「『スター・ウォーズ』の登場人物の教えを引用するなんて、変なの」スザンヌは言った。

「あら、そう？　わたしはとても信心深くもあるのよ」ペトラはメソジスト教会で活発に活動するボランティアのひとりだ。

「あなたの教会は今年、穴釣り大会に模擬店を出すの？」スザンヌは訊いた。

「その予定よ。チリとミニサイズのタコスを売るつもり」

「チリをタコスのフィリングにしないでほしいわ」

「ほかの人からそう提案があったけど、わたしが断固拒否したわ。だってわたし、チリについてはかなりうるさいんだもの。あれはそれだけでひとつの料理なの。タコスの皮にはさむなんてもったいない。チリには尊厳というものがあるんだから。空間が必要なの。だって
……香り高いスパイスが呼吸できなきゃいけないでしょ」

スザンヌは苦笑しながら首を振った。「なにをタコスにはさむにせよ、今週は殺人的に忙

しくなるわよ。水曜の夜はスティッチ&ビッチの集まりがあるし、木曜はここでクリスタルなお茶会とファッションショーが開催されるし……」

「日曜日はウィンター・ブレイズのパーティを主催するしね」とペトラ。「たいへん。ちゃんと計画を練らなくちゃ」

「それに町のいたるところで、いろんなイベントがおこなわれるわ」とスザンヌ。「パレードに地域演劇、氷の彫刻コンテスト、魚釣り大会、犬ぞりレース。バクスターとスクラッフも出たがるかしら？」最後のは犬ぞりレースの話だ。「うちの小鬼たちを犬ぞりレースに連れていって、その気になるかたしかめてみるのもいいわね」

「ゆうべの殺人事件のせいで、予定されてる古きよきお楽しみが中止にならないことを願うばかりだわ」ペトラは言った。

「ねえ」トニが仕切り窓から顔を出した。「保安官が来たよ」

「最新情報が聞けそうね、たしかな筋から」スザンヌは言った。

「たしかな贅肉から、かもよ」ドアからするりと出ていくスザンヌの背中に、ペトラはつぶやいた。


ドゥーギー保安官は大理石のカウンターにかがみこみ、トニが注いだばかりのコーヒーをスプーンでかき混ぜていた。若くひょろひょろとしたジェリー・ドリスコル保安官助手も一緒だった。ジェリーは護衛兵のように保安官のうしろ数フィートのところに立ち、命令を待つかのように全身を耳にしていた。

「おはよう、保安官」スザンヌは声をかけた。店内のすべての顔が自分たちのほうに向いているのを強く意識した。しかも、会話の声がずいぶん小さくなっている。みんな聞き耳を立てているのだろう。

保安官はスザンヌにうなずいてから言った。「ドリスコル、おまえは裏口から出て、さっき言ったように写真を撮ってこい」

「わかりました」ドリスコルはやることを言いつかって大喜びだった。初めての難事件を自分ひとりで解決するつもりでいるのだろう。

「きょうはスティッキーロールがあるわよ」スザンヌは保安官に言った。

「もらうとするか」彼はスツールをくるりとまわしてスザンヌのほうを向いた。

スザンヌはガラスのケーキ入れからペカンを散らしたキャラメル・ロールをひとつ取って皿にのせ、小さく切ったバターを三つ添えた。保安官はバターをたっぷり使う。コレステロールなどおかまいなしの様子だが、本当のことを言うと、少しは気にかけたほうがいい。

「なにかわかった？」スザンヌは彼の前に皿を滑らせながら訊いた。

保安官は悪だくみを打ち明けるかのように声を落とした。

「これといってたいしたものはない。とりとめもない憶測だのほのめかしを聞いてる最中だ」彼はバターをひと切れ甘いパンに塗りつけ、かぶりついた。「ベン・ビューサッカーはキンドレッド周辺ではさほど人気者ではなかったようだ」

「わたしもそう聞いてる」とスザンヌ。

「具体的にはどんな話を聞いてるんだ？」

「具体的なことはなにも。彼が財産を差し押さえるとか、貸付金を取り立てるとかいった噂話のたぐいよ」

トニが足をとめて口をはさんだ。「ビューサッカーは無料の当座預金口座を廃止しちゃったんだよ。おかげで、いつも口座に五十ドルは入れておかなきゃならなくなってさ。下まわるたんびに六ドルとられちゃうんだ」彼女はやりきれないといった顔になった。「そんなの無理じゃん？　四六時中、口座に五十ドルが入ってなきゃいけないんだよ。引き落としがあるときなんか大変なんだから。ビューサッカーが決めたレートじゃ、口座を維持するためだけにローンを組むはめになりそうだよ」

「当座預金程度のことで頭取を殺す人がいるとは思えないわ」スザンヌは言った。

「そうとも」保安官は言った。「もっと大きな動機のはずだ」

「動機がわかれば」とスザンヌ。「犯人はおのずとわかる」

保安官は人差し指を彼女に向けた。「そう考えるのが自然だ。だから、最初に調べるのは銀行だ。不満を抱えているとか、なにか揉め事を起こしている顧客がいないか確認する」

「つまり、ビューサッカーさんが殺されたのは銀行がらみであって、私的な復讐ではないと考えてるの？」スザンヌは訊いた。

「そうだ」と保安官。

「そう。みんなあなたを信頼しているから、あなたに投票したんですからね」スザンヌは言った。「あなたの判断を信じているからよ」

トニがふたりのほうに顔を近づけた。「炎と氷の祭典について、なにか聞いてないかな。中止にはならないよね？　絶対にお宝メダルを見つけるつもりなんだからさ」

「ラジオをつけろ」保安官は大きな手を振り動かした。「聞いた話では、モブリー町長がけさ、生放送に出演するってことだった。町民に対して警察からの呼びかけをしたあと、炎と氷の祭典の開催について発表するらしい」

厨房からペトラの声が流れてきた。「町長らしいわ。自分の声にうっとり聞き惚れるような人だもの。自分のトーク番組をもうけろと言わないのが不思議なくらい」そこで鼻を鳴らした。「『モブリーのモーニングショー』みたいな、くだらないひとりよがりのタイトルのね」

スザンヌは黄色、黒、それにオレンジ色の陶器のニワトリがずらりと並んだ棚に手をのばし、ラジオのスイッチを入れた。茶色いプラスチックでできた古いエマーソン時計つきラジオは、五〇年代のものと言ってもとおりそうだ。

けたたましい雑音が響いたのち、ポーラ・パターソンの声が聞こえてきた。ＷＬＧＮ局の朝の番組、『友人と隣人』の陽気なＤＪだ。

「なんて言ってる？　ねえ、なんて言ってるのさ？」トニが訊いた。

保安官が人差し指を口の前に立てた。「静かに」

突然、モブリー町長の声がラジオからとどろいた。

「キンドレッドの長老たちが炎と氷の祭典を中止するんじゃないか、そんな噂が出ているようだがね、ポーラ、そういうことにはならない。炎と氷の祭典は予定どおり開催されるし、これまでになく盛大かつすばらしいものになる。このわたしが保証しよう」

トニがにっこりと笑って親指を立てたとき、ポーラの声が言った。

「モブリー町長、現在おこなわれている犯人の捜索についてはどう思われますか？」

スザンヌは保安官に目をやって、両の眉をあげた。「あなたが答えるべき質問だわ」と小さな声でつぶやいた。

「犯人は捕まるのでしょうか？」ポーラは訊いた。「キンドレッド住民に危険はないのでしょうか？」

「その心配はまったくない」モブリー町長は答えた。「それどころか、このうえなく安全であります。いま現在も保安官事務所がいくつかの手がかりを追っているところでしてね」

「いまの本当？」スザンヌは小さな声で尋ねた。

保安官は片方の肩をひょいとあげた。「ドリスコル保安官助手が写真を撮ってるだろ」

モブリー町長は得意そうな口調で話をつづけた。

「これだけは絶対の自信を持って申しあげられます。犯人はわがコミュニティの外から来た者に決まっており、数日のうちに逮捕できるでしょう」

「生放送で、ずいぶんと大胆な約束をするものね」スザンヌはかぶりを振った。

「その約束を守らねばならないのはこのおれだ」保安官はとたんに不機嫌そうな顔になった。

そのとき、ポーラ・パターソンがいつものざっくばらんなくだけた声でリスナーに語りかけた。「お聞きになったとおりですよ、みなさん。炎と氷の祭典は予定どおり、明日から開催です。というわけで、この番組で宝探しゲームの第一のヒントを発表します……明日の朝いちばんに。忘れずに聴いてくださいね！」

「やったー！」トニが大声を出した。「何千枚ものドル札が指からこぼれ落ちていくのを感じるところだったよ」

スザンヌは手をのばし、ラジオのスイッチを切った。「ことわざにあるでしょ……」

「わかってるって。卵がかえらないうちにヒヨコの数を数えるなってんでしょ」

トニはにかっと笑った。

「でもさ、ほら、うちはカックルベリー・クラブじゃん。ニワトリの卵のよしみで大目に見てよ」

そのとき、入口のドアがいきおいよくあき、大柄でがっしり体型の男性が入ってきたかと思うと、カフェの真ん中で仁王立ちになった。

「あれ、誰？」

スザンヌと保安官はその人物を見ようと首をめぐらした。

でっぷりした赤ら顔とセントバーナード犬のような顎の男性は、店内をざっと見まわした。

それからその目を保安官に据えたようだ。彼は荒々しい足取りで奥へと進むと、歩きながらオーバーコートを剝《は》ぎ取るように脱いだ。三つ揃いのしゃれたスーツに身を包んだその姿は、カックルベリー・クラブのテーブルで朝食とモーニングコーヒーを楽しんでいる中西部の男たちとは好対照をなしていた。

「ここに来れば見つかると言われて来た」男はなんの前置きもなしに切り出した。

保安官はまばたきひとつしなかった。「どうやら見つかったようだ」

4

その男はぞんざいにほほえむと、手入れの行き届いたすべすべの片手を差し出した。手首のゴールドの腕時計がきらりと光る。

「エド・ラプソン。ミルズ・シティ銀行の地区担当責任者だ」

「よろしく」保安官は握手した。彼は重たげな目で相手を上から下までながめまわすと、スツールの背にもたれた。「亡くなられた方のことはお気の毒でした」

「その件で話がしたい」

ラプソンは冷ややかな値踏みするような顔をスザンヌに向けた。そのまなざしはあきらかにこう言っていた――内々の話だ。はずしてくれ。

スザンヌは席をはずした。冷徹で自信たっぷりの効率主義者って感じ、と心のなかで思いながらカウンターの端まで移動すると、コーヒーメーカーにフレンチローストの豆をセットし、調子はずれの鼻歌を歌いはじめた。もちろん、会話にはしっかり聞き耳を立てていた。

エド・ラプソンは法の裁きがなされ、犯人がすみやかに逮捕されることがいかに大事かを滔々《とうとう》とまくしたてた。百戦錬磨の保安官は表情をほとんど変えることなく、綿密かつ堅実な捜査をおこなっていると請け合った。

ラプソンが捜査状況を逐一報告するようにと迫ると、保安官はあれこれごまかしたあげく、けっきょくはっきりした返事をしなかった。するとラプソンは、これ以上顧客を怯えさせないためにも、事件を早急に解決してほしいと重ねて訴えた。保安官もご承知と思うが、銀行が順調に運営され、いかなる問題にも業務を阻害されないことが大事なのだと。そんな話を長々と聞かされるうち、保安官の目はわずかにどんよりとなった。

最後はふたりの握手で終わった。そのとき、入口のドアがふたたびあいて、ハムと呼ばれているハミルトン・ウィックが顔を出した。四十代後半で顔色が悪く、ぱっとしない風采のウィックは、長年にわたって銀行の副頭取兼貸付担当役員をつとめている。

「そろそろ話は終わりましたか?」ウィックは肩をすくめ、申し訳なさそうな顔をした。「だんだん外が冷えてきたもので」そう言うと、明るい茶色のパーカの襟を立てた。

「ああ、終わった」

ラプソンはふたたびオーバーコートを着こむと、ウィックを連れてドアから退出した。スザンヌはその背中を見ながら、ラプソンがコーヒー一杯すら頼まなかったことに気がついた。もっとも、彼女のほうからも勧めなかった。コーヒーにしろなんにしろ。

スザンヌはゆっくりと保安官のもとに戻った。

「ラプソンさんはこれから本店まで戻るの?」本店があるのは、ここから百五十マイルは離れたスーフォールズにちがいない。

「しばらくはこの町にいるそうだ」

「それだとまずいの？」

「ここにいるあいだに、あの男がどれだけ事を荒立てるかによる」

「気が重そうな顔ね」

「まあな。ラプソンはあんたから話が聞きたいと言ってる連中のひとりだが、本当のねらいはあんたに直接、悪い話を伝えることなんだよ」

「悪い話って？　銀行を閉めるの？　よそに移転するってこと？」

「それもあるが、当局が事件を迅速に解決するとモブリー町長に約束させたらしい」

「たしかにいい話じゃないわね」スザンヌは言った。モブリー町長は――まったく、どうしようもなく卑劣で腹黒い人だわ――この町をめぐるいくつかの事業に一枚嚙んでいると言われている。それも、あらたなビジネスや、醜悪な軽量コンクリートブロックの建物や、色も個性もない建て売り住宅をちゃちゃっと建てる不動産開発の話にはことのほか目がないという。

「それにもうひとつ」保安官は言った。「ラプソンの野郎はさもうれしそうに、上から目線でおれにものを言いやがった。おれが着てるものの襟や袖から、数本のわらが突き出てるみたいな扱いだったよ。もっとも、やつもおれも思ってることが同じなのはたしかだ」

「保安官！　保安官！」

ドリスコル保安官助手がふたりの前に突然現われた。目を大きく見ひらき、顔は寒さと昂奮が極限まで混じり合った結果、あざやかなピンク色に染まっている。ビッグニュースを伝えようと、厨房から飛びこんできたのだ。

「どうした？」保安官が訊いた。

「いますぐ外に出て、ご自分の目で見てください」ドリスコルはせかした。

保安官はゆっくりとスツールをおりた。「またあとでな」

「なにかあったら、教えてね」スザンヌは言った。

しかし保安官はすでにパーカをつかみ、大股で裏口から出ていくところだった。

スザンヌは片手に淹れたてのコーヒーのポット、もう一方の手に淹れたてのダージリン・ティーのポットを持って、ふたたびカフェの仕事に精を出しはじめた。笑顔を浮かべ、明るく朝のあいさつをしながらテーブルのあいだを流れるように移動したが、そのあいだもドリスコルがなにをあんなにあわてていたのだろうかと考えていた。

とうとう好奇心に屈したスザンヌは、厨房に入って窓に鼻をくっつけ、凍てついた外の景色に目をこらした。しかし、ペトラがもっと緊急性の高い仕事を言いつけた。

「スザンヌ、十二番テーブルに三種のチーズのオムレツを運んでもらえない？　そうそう、それとこのベーコンは五番テーブルにお願い」

ペトラはあたりを見まわした。

「トニはいったいどこ？　ちゃんと注文をさばいてくれないと困るじゃないの」

「いまはレジを打ってるわ」スザンヌは言い、首だけうしろにまわした。「ドリスコル保安官助手がなにをあんなに昂奮してたかわかる？」

「全然」とペトラ。「でも、あんなに取り乱されたら、わたしまで震えあがっちゃうわ」

「保安官が調べてるのよ。それに、わたしたちはなんの危険にもさらされてないんだから」

スザンヌは実際以上の自信をこめて言った。このカックルベリー・クラブの裏でひとつの命が奪われた。それもおそろしくむごたらしい方法で。いったい誰の仕業？　なぜあんなことを？　ベン・ビューサッカーを殺したいほど憎んでいる人が本当にいたの？　ぴんと張ったワイヤーで人を殺そうなんて、どこの誰の考えなの？　スザンヌは小さく身震いした。

ペトラがフライパンを揺すりながら言った。「そうは言われても、わたしたちも危ないような気がしてしょうがないわ」

トニがいきおいよく厨房に戻ってきた。「どんな気がしてしょうがないって？」

「危ないような気がするの」ペトラは繰り返した。「うちの店の森にあんな恐ろしい罠が仕掛けられてたなんて、考えただけでぞっとする。しかも、激しい吹雪の真っ只中に、そんなことをするなんて。そして、その罠に気の毒《プア》なビューサッカーさんがかかってしまった」

トニはスザンヌを横目でちらりと見た。

「銀行のえらい人を貧乏《プア》って形容するのは聞いたことがないね。しかも、よりによってあの人をさ」

「言いたいことはわかるでしょ」ペトラはかぶりを振った。「あの事件のせいで、神経がぴりぴりしてしょうがないわ」

「全員でハグしようか？」トニが言った。

「いいかもね」スザンヌが応じた。

親友三人は肩を組み合い、おたがいから安らぎと力とエールをもらった。それからペトラが棚にあるレッドウィングの壺に手をのばした。三人が折に触れて投げ入れた、ちょっといい言葉がたっぷり詰まっている壺だ。

「ちょっと元気をもらうのもいいでしょ」ペトラは言うと、壺をトニのほうに差し出した。

「あなたからどうぞ」

トニは壺から紙片を一枚取った。それをひらいて読みあげた。

「〝冬でも春でも夏でも秋でも、呼んでくれさえすればいい。必ずわたしは駆けつける、絶対に〟」

「ジェイムス・テイラーね！　ぴったりじゃないの」スザンヌは言った。

「正確に言うなら、この曲を書いたのはキャロル・キングなんだ」トニが言った。「言葉とメロディを自在に操る天才だよ。『つづれおり』ってアルバム、覚えてる？　思い出すなあ。あれ、すっごく好きだった。曲をヒットさせたのはテイラーのほうだけどさ」

「誰が書いたとか誰が歌ったとか、そんなの関係なく好きな曲だわ」スザンヌは言った。

「さて、次はあなたの番よ」とペトラに向かって言った。

ペトラは壺のなかを探って、黄色いポストイットを取った。「〝勘定は愛で払うわ。わたしのなかにたっぷり流れてるんだもの〟ですって」

「いいね」とトニ。

「最後はあなたね」ペトラは壺をスザンヌのほうに差し出した。

スザンヌはくしゃくしゃの紙片を取り出し、声に出して読んだ。

「こう書いてある。〝賢明なる人は誰の話にも耳を傾ける。しかし、より賢明なる人は自分の思うようにやるものだ〟」彼女はしばし考えた。「なるほど」


けっきょく保安官は店に戻ってこず、スザンヌはひどくがっかりした。外で興味深い手がかりが見つかって、その対応に向かったのか、笑っちゃうほどなにも見つからなかったため、店に戻ってそう告げるが気恥ずかしいかのどっちかだろう。

ううん、ちがう、とスザンヌは心のなかでつぶやいた。ふたつめの可能性はなしだわ。保安官はどんな場合でも気恥ずかしいなんて思わないもの。

とにかく、そろそろランチタイムの準備をする時間だ。

すでにペトラが、いかにもおいしそうなランチメニューを考えてくれていて、この二時間というもの、それが外に積もった大量の雪片のように頭のなかで渦を巻いていた。スザンヌは厨房からただようベーコンが焼けるいいにおいを嗅ぎながら、黒板に本日のおすすめ料理を書いていった。

この日のスープは究極の野菜スープで、ぴったりなネーミングだった。細かく刻んだセロリ、ニンジン、ズッキーニ、ブロッコリ、カボチャがたっぷり入った栄養満点のコンソメスープに、体によくないクリームを少々くわえてある。ヘルシーすぎるし上品すぎると文句を言われないための措置だ。スザンヌはこのスープが大好きで、きょうのような寒い冬の日には絶対にはずせない。

スザンヌは黄色のチョークでスープの名前を書き、スープ皿のイラストを添えた。

「これでよし、と。サラダはなんにするの？」ペトラに声をかけた。

「卵の気まぐれサラダをつくってるわ」ペトラが言っているのは卵のサラダのなかでも絶品中の絶品で、赤ピーマンが詰まったオリーブとベーコンを小さく切ったものや、たっぷりのディジョン・マスタードで味つけされている。

スザンヌはそのメニューをピンク色のチョークで書き、残りのランチメニューもペトラが言うままに書きくわえていった——グリルドチーズのルイーズ風、ニンジンのキッシュ、ホイップクリームをこれでもかとのせたブルーベリー・パイ。

早めのランチのお客が列をなして入ってくると、スザンヌは邪魔にならないよう黒板のそばからどいた。

手についたチョークの粉を赤いチェックのエプロンではらい、大きく息をついていると、《ビューグル》紙のしつこくて大胆すぎる記者、ジーン・ギャンドルが飛びこんできた。板きれのように痩せこけ、棒のような首の上で頭をゆさゆささせているジーン・ギャンドルは、オリーブ色をしたぶかぶかの綿のパーカを着ていても、骨と皮しかないように見える。彼はびしょ濡れの犬のように体をぶるっと震わせると、足踏みをしてブーツについた雪を落とし、手袋を脱いだ。

「不思議の種はつきないものね」スザンヌはほかのふたりに小声で言った。「ほら、チヌーク（ロッキー山脈の東側に吹きおろす暖風。気温が上昇し、雪を解かす）が吹いてきた」

トニが入口に視線を向けた。「そりゃそうだよ、ジャーナリストが来てるもん。カックルベリー・クラブはそういう店なんだって、みんなわかってる。いま、うちの店はニューヨークのグランド・セントラル駅も同然だからね。きょうみたいな日に、うちに来ないほうがどうかしてるよ」

「人殺しにはなるべく来てほしくないけどね」スザンヌはつぶやいた。

「やあ」ジーンが声をかけた。快活でわざとらしいほどの愛嬌を振りまきながら、スザンヌの前に立ってカウンターごしに身を乗り出した。

「いらっしゃい、ジーン。なににする？」スザンヌは訊いた。ジーンは記者という仕事にウッドワードとバーンスタイン（一九七〇年代のウォーターゲート事件で当時のニクソン政権の関与を暴いた新聞記者）のような真剣さで取り組んでいる。わずらわしいうえ、だんだん鼻持ちならなくなってきている。「とりあえずコーヒーかしら？」

「いいね」とジーン。

「きょうはとてもおいしい野菜スープもあるわよ。あなたの好物だし、体にもいいと思うの」ジーンはヘルシーなものに目がない。「ひとつ、いかが？」

「うん。もらうよ」

ジーンがカウンターにつくと、スザンヌはコーヒーを運び、つづいて湯気のたつスープをボウルによそった。急にはっきりわかるほど店内が騒がしくなり、何人かのお客がテーブルから彼のほうをうかがった。ベン・ビューサッカーの死はものすごいスピードで広まったらしく、誰もが当然のなりゆきとして好奇心をかきたてられていた。スザンヌがジーンに内部情報を教えると思っているのかもしれない。あるいは、ジーンがあらたなネタを掘り起こすのではないかと見ているのかもしれない。

お客がどんな質問を投げてくるかは想像するほかない。スザンヌはシナモン・マフィンを皿にのせてジーンのところへ運ぶあいだ、ずっと緊張しっぱなしだった。

しかしすぐにあきらかになったのだが、ジーンはコーヒーにしろスープにしろ、食べることにちょっとでも関係のあることのために訪ねてきたのではなかった。彼はおざなりにそそくさとコーヒーを飲んだだけで、ノート、ペン、小さなデジタルレコーダーを出してカウンターに並べた。それから、慣れた手つきでレコーダーのスイッチを入れた。

「きみに少し質問してもいいかな？」

小さな赤いランプが灯り、機械が録音モードで動いているのがわかる。

「いいわよ」スザンヌは必死に感情を顔に出すまいとしながら答えた。「いますぐどうぞ。なんでも訊いて」そこで無理にほほえみを浮かべた。「でも、そのスープを飲んでみてよ。冷めないうちに」

ジーンは言われるままに急いでひとくち飲み、口をぬぐった。

「すごくうまいよ」彼は言うと、さらに数さじ分をあわただしく口に運んだ。

スザンヌの緊張がほぐれ出した。思ったよりも楽にすみそうだわ。

ジーンはマフィンにかぶりつくと、口をもぐもぐさせながら、スザンヌのほうに目を向けた。「それで?」

「それでって?」スザンヌはオウム返しに言った。

「きのうのことだよ。なにがあったか話してほしい」

「大雪のこと? なにがなんだかわからないうちに、ものすごいいきおいで接近してきたの。猛吹雪でなんにも見えない状態だったわ。とても外には出られなかった。除雪はまだ全部終わってないから、わたしたち……」

「そういうつまらん話はよせ、スザンヌ。ゆうべ、ここの敷地で人が死んだのはわかってるんだ」ジーンは単刀直入に言った。「頭取のベン・ビューサッカーだろ。吹雪いてるさなかにスノーモービルで事故を起こしたとか。で、きみの話を聞かせてくれよ」

「とても恐ろしかったわ」スザンヌはかぶりを振った。「本当にお気の毒」

「それはそうだろう」とジーン。「で、なにがどうしたんだ?」

「それがわからないから、みんな不安なのよ」スザンヌは慎重な姿勢を崩さなかった。

ジーンは顔をしかめた。「ぼくがまだつかんでない話を聞かせてくれよ、スザンヌ。記事を書きたいんだ。それもどでかい記事を。噂によれば、ビューサッカーの死体を発見したのはきみだそうじゃないか」

スザンヌは口ごもった。「誰に聞いたの？」

ジーンは冷ややかな笑顔になるよう表情をつくった。うまくひっかけたと思いつつも、すぐには質問に答えなかった。

「事件はドゥーギー保安官が捜査中よ」スザンヌは言った。「彼から話を聞いたほうがいいんじゃない？」

「もう聞いたよ。ぼくが求めてるのは、生々しい事実なんだ」彼はほほえみとも冷笑ともつかない顔をすると、スープをもうひとくち飲んだ。「そういう細々した事実を積み重ねて記事にするんだよ、スザンヌ。それこそが《ビューグル》が読まれている理由なんだ」

「あら、そうなの？　この町唯一の新聞だから読まれてるんだとばかり思ってた」

「ぼくは自分の仕事をしようとしてるだけだ、スザンヌ」

「でもジーン、本当に……」彼が罠にかけようとしているのが不愉快だった。

ジーンは身を乗り出し、声を落とした。「ビューサッカーの死体を見たのかい？」

「ええ、見たわ。見なければよかったと、いまものすごく後悔してる」

「聞いた話だけど、彼は……頭を切り落とされてたとか」

スザンヌはため息をついた。「その話は本当よ」

ジーンの目が捕食動物のように光った。「どんなふうだった？」

「あなたって人は、ジーン」

「ぼくが《ニューヨーク・タイムズ》の記者だったら、きみのほうからいくらでもしゃべるくせに」ジーンは口を尖らせた。「あるいはＣＮＮのレポーターだったら」

「いいこと」スザンヌは言った。「いまはまだ捜査中だけど、あと何日かすれば、保安官たちが真相を突きとめてくれる」彼女はごくりと唾をのみこんだ。「事件が解決すれば安堵できるでしょうね」

「もうひとつ質問がある」ジーンは言った。

スザンヌはむっとして口を尖らせた。

「あれは事故だったと思うかい？　それとも殺人かな？」ジーンの目がおぞましく光った。

それを見てスザンヌは確信した。彼はワイヤーが計画的に張られたのを知っている。計画的な殺人だと知っているのだ。

スザンヌは質問をはぐらかした。「きょういちばん取り沙汰された問題ね。さて、悪いけど、注文を受けたランチを運ばなきゃいけないの」

スザンヌはテーブルからテーブルへとあわただしくまわり、料理を口に運ぶ手を休めたお客から聞こえる噂話という火を懸命に消した。その努力はおおむねむくわれた。チャーリー・スタイナーが店に入ってくるまでは。

スタイナーは小さな酪農場を経営し、それでどうにかこうにか生活している寡黙な農民だ。いつも気むずかしくて、他人にやさしい言葉をかけることなどめったにない。それでも、スザンヌはメニューを手にし、満面の笑みで出迎えた。「おひとりですか？」

スタイナーは無愛想にうなずき、荒々しい足音をさせながら彼女についていった。腰をおろすと、テーブルに両肘をつき、椅子をきしらせながらうしろにもたれた。

「メニューはいい。グリルドチーズのサンドイッチとコーヒーをくれ」

「すぐお持ちします」

スザンヌは、スタイナーの陰気くささがほかのお客に伝染しないといいけどと不安に思いながら、そそくさとその場をあとにした。

しかし不安は的中し、恐れていたことが現実になった。というのも、十分後に戻ってみると、スタイナーはグリルドチーズのサンドイッチをむしゃむしゃやりながら、まわりのテーブルのお客全員にわめきちらしていたからだ。

「ビューサッカーの野郎はまったく卑劣なやつだったよ。情け容赦なんてこれっぽっちもなかった。ほんの二回、農場の払いができなかったくらいで、法的手段に訴えて土地を取りあげようとしやがった」スタイナーの顔は険悪そのものだった。「信じられるか？　ちゃんと税金を払ってる働き者のこのおれにだぜ！」

「チャーリー」スザンヌはそろそろと彼に近づいた。「そんなカッカしないで、ね？」

スタイナーはスザンヌに気づいた様子がなかった。「だがな、因果応報ってのはこのことだ。ベン・ビューサッカーは死んじまった」

「チャーリー、お願い」スザンヌはいくらかきっぱりした口調で言った。「少し抑えてちょうだい」

スタイナーは頭をそらして両手を高くあげ、祝福を受けるかのようにてのひらを上に向けた。「毒と強欲の塊みたいな男に、全能の神から当然の罰がくだったのさ!」

隣のテーブルにいた、マイクというボランティア消防士が声をかけた。

「チャーリー、なんだかビューサッカーが死んで喜んでるみたいな口ぶりだな」

スタイナーのいかつい顔に、オオカミのような残忍な笑みがゆっくりと広がった。

「たしかにせいせいしたよ」

スザンヌは厨房に戻り、いま聞いたことをトニとペトラに手短に説明した。

ペトラが小さく息をのんだ。「スタイナーさんは本当にビューサッカーさんの死を喜んでるの? ひどいわ。いったいあの人の心はなにでできているのかしら。石?」

「あたしが気になるのは、あいつの小石並みの脳みそのほうだね」とトニが言った。「いくらなんでも、ビューサッカーの不幸を喜びすぎだと思わない?」

まっさきにペトラがすくみあがった。「まさか、スタイナーさんがなにかたくらんだと思ってるわけじゃないんでしょ?」三人は顔を見合わせた。

「べつにどうこう思ってるわけじゃないよ」とトニは言った。

「差し押さえを受けたことにものすごく腹をたててるようだったけど」スザンヌは考え考え言った。「ひょっとしてあの人が……」

ペトラは小さく身震いした。「お願いだから、人殺しがうちの店でグリルドチーズのサンドイッチを食べてるなんて言わないで」

「そうと決まったわけじゃないわよ」スザンヌは言った。「ちょっと飛躍しすぎただけ」

「でもさ」とトニが言った。「あいつがわめきちらした内容は保安官に教えたほうがいいと思うよ。だってさ、あたしたち、チャーリー・スタイナーのことをよく知ってるわけじゃないじゃん。まともな人なのか、頭に血がのぼったいかれ野郎なのか」

「頭に血がのぼったいかれ野郎よ」ペトラが言った。

「いかれ野郎だからって必ずしも人殺しとはかぎらないわ」スザンヌは言った。それでも、この話は保安官に伝えるのが筋だ。間接的な情報かもしれないが、情報であることに変わりはない。それにいまもカウンター席でなにやら走り書きしているジーン・ギャンドルも、チャーリー・スタイナーの怒りの発言をすべて耳にしたはずだ。つまりジーンはまずまちがいなく、木曜の《ビューグル》発行に向けて、記事というソーセージに、さっきの辛辣な言葉という調味料をたっぷりまぶすつもりだ。そうなれば……町じゅうに知れわたってしまう。


「てっぺんに生地を網目状に並べたやつが好きなんだ」

トニが言った。ペトラはふたつのアップルパイの最後に仕上げにかかっていた。

「シナモンの香りがする熱々のフィリングがぐつぐついうのが隙間から見えるからね」

「わかるわ」ペトラは言うと、キャラコのオーブンミトンをはめ、マフィン用プレートを引き出してパイをオーブンに入れた。

お菓子の焼ける甘い香りが店内いっぱいに広がると、スザンヌはふいに物思いにとらわれた。ウォルター、いまここにあなたがいてくれたら……。彼の思い出が一気に、カットガラスのようにくっきりとよみがえった。わたしが必要としているときにウォルターはどこにいるのだろう? そもそも、昼のあいだ、あるいは夜のあいだ、彼はどこにいるのだろう。願わくは、ここよりもいい場所で、神の腕に抱かれていてほしい。

膵臓《すいぞう》ガンに倒れたウォルターがこの世を去ってまもなく一年になるなんて、納得できないときがある。ペトラの夫のダニーがアルツハイマーを患い、養護施設で寝たきりになっていることだってそうだ。それでもがんばって生きていくしかないのはわかっているし、実際、ふたりともがんばって生きている。

生きていることはそれだけで特別な贈り物だ。残念ながら、悲しい出来事が起こって初めて、それを実感することも多い。

スザンヌは素早く店内を見まわし、すべて順調なのを確認した。ジーンはようやく帰っていった。スタイナーもいなくなったし、ひと握りのお客もそろそろ食べ終える頃だ。すばらしい。

カフェを突っ切り、隣接する〈ブック・ヌック〉に移動した。たわんだ木の棚に床から天井まで本がびっしり並んでいる、こぢんまりした店だ。床にはすり切れたオリエンタル・カーペットが敷きつめられ、ふかふかしたベルベットの椅子が二脚、しばし腰を落ち着ける場所として用意されている。

本の入った段ボール箱がけさ三つ届いたので、スザンヌはそれをいそいそとあけた。新しいお宝を掘り出して、ミステリ、ロマンス、文芸、料理本、歴史、児童書など、決まった場所に並べていくのはわくわくする。本に囲まれていると、それだけでいつも気持ちがとても落ち着いてくる。本は気持ちをリラックスさせ、禅の精神をちょっぴり垣間見せてくれるのだ。

箱に手を入れ、『お茶ととっておきの話』というタイトルの本を出した。頰をゆるめ、裏表紙を読もうと本を裏返したそのとき、あわただしく荒っぽい足音が近づいてくるのに気がついた。

顔をあげると、道の反対側に住むリード・デュカヴニーが猛然とやってくるのが見えた。六十を少し超え、古びたブーツのように頑丈なデュカヴニーはどたどたと〈ブック・ヌック〉に入ってきた。いつもは穏やかな表情が苦り切ったようにゆがみ、口をぱくぱくさせているものの、声がいっこうに出てこない。

「リード」スザンヌはにわかに心配になった。「どうかしたの?」

デュカヴニーは手を頭にやると、かぶっていた紫色のストッキングキャップを脱いた。乱れたごま塩頭が現われた。

「ドゥーギー保安官だよ!」

彼は息も切れ切れに言った。

「あの野郎、おれが容疑者だと抜かしやがった!」

5

スザンヌは呆気にとられた。生まれてこのかたトウモロコシと大豆のことしか頭にないようなリード・デュカヴニーが、こんなにも生々しい怒りをあらわにしたせいだけではない。なによりショックなのは、のどかでなごやかなカックルベリー・クラブに、のっぴきならない問題を抱えた人たちが立てつづけにやってきたことだった。

単なる思い過ごしなのか、それともカックルベリー・クラブが、〝フレンチバニラのアイスクリームを添えた手づくりルバーブ・パイ〟と言うのにかかる時間よりも短時間で嵐の目に変わってしまったのか。

スザンヌ自身も竜巻の中心にいるように感じていた――残忍な殺人事件に言葉を失い、料理と助言を惜しげもなく提供し、周囲に渦巻く喧噪と混乱に対処していた。

簡単におさらいしておこう。最初にベン・ビューサッカーが殺された。そこへ保安官が登場し、ものをむしゃむしゃ食べながらの捜査を開始した。つづいてゴールドの腕時計としゃれたスーツ姿の銀行幹部が現われ、ジーン・ギャンドルまでが新聞の特ダネに盛りこむおいしいネタを求めてやってきた。最後は、セント・ヘレンズ山の噴火を思わせるほど頭から湯気を出したチャーリー・スタイナー。

　すごすぎる。頭がコマのようにくるくるまわっているのも当然だ。

　時計の針を巻き戻して週の初めからやり直したい。スザンヌはなかば本気でそう思った。この程度の雪嵐などなんのその、おいしいお茶とスコーンにありついていたい。だったらどんなにかすてきなのに。嵐のさなかも、ふっくらしたマフィンとおいしいコナ・コーヒーを楽しみ、友だち、おもしろい本、きれいな毛糸などなど、とにかくリンゴ売りの手押し車をひっくり返すおそれのないすてきなものに囲まれていたい。ううん、頭を切り落とすおそれのないものと言うべきかしら。

　激しい苛立ちと苦悩にまみれた顔で立っているリードを見るうち、彼が今度の件をそうとう深刻に受けとめていることにはたと気づかされた。

「ドゥーギー保安官はなぜ、あなたを容疑者だと考えたの？」スザンヌはようやく口をひらいた。「なぜあなたなの？　まるで理解できないわ」そう言ってかぶりを振った。「きっとなにかのまちがいよ」

　デュカヴニーは首を横に振った。「ベン・ビューサッカー殺害に使われたワイヤーが、おれんちのフェンスに使われてるのと同じ種類だって保安官は言うんだよ。だもんで、目をつぶるわけにはいかないんだと。疑わざるをえないんだと。要するに……なんて言ってたんだったか……不利な証拠があるってことらしい」

　しかし、その土地の所有者でありデュカヴニーに貸しているスザンヌは、頭のなかでこう考えていた。正確に言うなら、うちのフェンスに使われているのと同じ種類ということだわ。

デュカヴニーはヒステリー寸前の状態で、せかせか歩きまわった。

「スザンヌ、頼むから助けてくれよ！」

「わたしが？」

なぜわたしが彼を助けなければいけないの？　だって、ワイヤーが本当にうちのフェンスのものなら、わたしが助けるべき相手はわたしじゃないの。

「あんたは保安官にとても好かれてる。あいつはあんたを気に入ってるし、信頼もしてる。それに、あんたらは長いつき合いなんだろう？」

「べつにそんな親しくもないけど」

スザンヌはデュカヴニーが投げてきたものをひとつひとつ検討しながら、ゆっくりと答えた。なぜワイヤー一本でリードが即、容疑者扱いされるのか。同じメーカーの同じ型番のものなど、何マイル分もあるはず。思うに、郡内に住む全員が同じワイヤーを持っていてもおかしくない。州のなかでもこの地域には広大な農場、畑、牧草地がいくつもあって、それぞれが所有権、測量、その他もろもろを根拠にワイヤーで仕切られているのだ。それぞれのワイヤーだってどこかから買ってきたものであり、すべて同じ工場でつくられていることだってありうる。保安官と保安官助手は凶器のワイヤーについて、どんな手がかりを探りあてたのだろう。

やはりここはドゥーギー保安官の好意にすがり、内部情報を手に入れるしかない。それも大至急。

たしかに保安官とは友だちみたいなものだ。しかし、彼がカックルベリー・クラブに足繁く通ってくる本当の理由は、いつもいつもおなかに詰めこんでいく何皿もの食べ物の代金を、スザンヌがいっさい請求しないからだ。あの人が一度でも払ったことはあった？　ないわ。こっちから払ってほしいと言ったことは？　これも、ない。地元のほかのカフェだって請求していないはずだ。

まったく、役得にめぐまれた仕事だわ。なりたがる人が引きも切らないのも当然ね。しかもこれはキンドレッドにかぎったことではなく、国内どこでも同じなのよ、きっと。

それでも、保安官の見慣れた大きな体が店にいてくれるだけでほっとするのもたしかだ。頭のいかれた麻薬常用者や安っぽい娼婦が、レジのお金をひとつかみ盗もうと思いつくこともないわけじゃない。銃は土曜の夜だけじゃなく、忙しい月曜の朝にだって威力を発揮するのだ。

「あんただけがたよりなんだよ」デュカヴニーは訴えた。「なにしろ頭が切れる。去年の秋は、ピーブラーってやつを殺した犯人を突きとめただろ。それに、ほかの事件でも協力したのは知ってんだ。この店をオープンして以来、何度も殺人事件の調査をしてきたようなものじゃないか」

「ピーブラーさんの事件では運が味方しただけよ」

「ちがう。頭がいいからだ」

デュカヴニーはつかつかと数歩進んで向きを変えたが、その拍子に棚の本が何冊か倒れた。絵本の『青い犬ブルーの手がかり』が落っこちた。数分前に箱から出したデイヴィッド・バルダッチとジョン・サンドフォードの新刊も。

「落ち着いて」スザンヌは本を拾おうと腰をかがめた。「きっとなにか行き違いがあったんだわ。じきになにもかも解決するわよ」

「そうかな？　いまの科白を保安官と一緒にいたやつに言ってみな。保安官をしつこくけしかけて、その場でおれを逮捕させようとした野郎にな。そいつはおれに釈明の余地もあたえなかったんだぞ」

スザンヌは顔をしかめた。「それって、保安官助手のこと？　たしか、えっと……ドリスコルとかいう？」

「ちがう。にやけた銀行のおえらいさんだ。キンドレッド出身じゃないのを鼻にかけてるような、よそ者だよ」

「わかった。ラプソンとかいう名前じゃなかった？」

デュカヴニーは大きく首を縦に振った。「そいつだ。知ってるのか？」

「ちょっと顔を合わせただけ。けさ、ここに立ち寄って、保安官にあれこれ説教したあげく発破をかけていったわ。ミルズ・シティ銀行の地区担当責任者みたいね。後始末のために送りこまれたの」

デュカヴニーは棚からジョン・グリシャムの最新刊を手に取り、農作業で荒れた手ではさんだ。「気に入らない野郎だ」

「気が合うわね。同感よ」

あ〜あ、言っちゃった。真っ昼間に、それもトニやペトラ以外の人に本心を明かしてしまった。しょうがないわ。わたしだって血の通った人間なんだもの。

「なら助けてくれるんだな？」デュカヴニーは訊いた。「保安官に意見してもらえるかい？」

「やってみる」

スザンヌは、自分がなにを引き受けたのかはっきりわからないまま答えた。


うっとりするような香りが厨房からカフェへとただよっていくなか、スザンヌ、トニ、ペトラの三人は午後のコーヒーとお茶の準備に全精力を傾けていた。アフタヌーン・ティーは一日のなかでもっとも優雅な時間であり、いつものばたばたしたカックルベリー・クラブを忘れられる、洗練されたひとときだ。冬の真っ只中で、激しい吹雪の翌日とはいえ、満席近くまで人が集まるだろうと三人とも確信していた。

スザンヌは店のお客にアフタヌーン・ティーをさりげなく紹介できたことに満足していた。たしかに、男性に対しては頭に銃を突きつけるようにしてお茶を注文させなくてはならなかった。しかし、うれしいことに、キンドレッドおよび周辺に住む女性たちは、七割引きの売りつくしセールに来たお客のようにお茶のサービスを受け入れた。冬のセーターとジーンズを脱ぎ捨ててヴィンテージもののウールのスカートにレースの飾りがついた高級セーター、もこもこしたフリルのスカーフで着飾った女性たちで店はしばしばいっぱいになる。あらたにお茶好きとなった人たちが友人と歓談し、骨灰磁器《ボーンチャイナ》のティーカップでダージリンや烏龍茶《ウーロン》を飲み、上品なフィンガー・サンドイッチなどをつまみながら、ロマンス小説界の最新ニュースについて語り合うのだ。

お茶のサービスがあるだけで、人生は楽しくなる。

ペトラは小麦粉、砂糖、塩、卵、溶かしバター、その他もろもろを混ぜ合わせ、名物のオートミールとアーモンドのスコーンをオーブンに放りこんだ。スザンヌとトニはと言えば、カフェを忙しく動きまわってランチのあとかたづけをし、ケチャップの容器をシルバーのクリーム入れと角砂糖をいっぱいに詰めたクリスタルのボウルと交換していった。

スザンヌはぐるりと見まわし、あらためて感謝した。こんなふうに毎日やることがあるおかげで地に足が着き、人生で本当に大切なことはなにかを思い出せてくれるのだと。それに、ベン・ビューサッカーのぞっとするような死を、とりあえずは忘れさせてくれる。

おいしいフィンガー・サンドイッチや美しいレースのテーブルクロスのことを考えるのは大好きだし、体にいい緑茶や麦芽の香りが特徴のアッサムを淹れて、上品なカップとソーサーで出すのはとても楽しい。それにトニとペトラという最高にすばらしい親友がふたり……ええ、センチにすぎるしちょっとときざかもしれないけど、ふたりなしではとてもやっていけそうにない。

スザンヌはひとりほほえみながら厨房に入った。「もうがまんできない」とペトラに訴えた。「スコーンが焼きあがるまでに、あとどれくらいかかる？　においを嗅いでるだけでおなかがすいてきちゃった」

「食べてないの？」トニは三角に切ったサンドイッチをつまみ食いしていた。

「気をつけなさい」ペトラがスザンヌをたしなめた。「言ってることがドゥーギー保安官そっくりになってきてるわよ」

「外見が保安官みたいにならなければいいでしょ」スザンヌは言った。オーブンをあけるペトラの肩ごしにのぞきこむと、大ぶりのスコーンがきれいなキツネ色になりはじめていた。

「あと二分」ペトラは言うと、スザンヌに向き直った。「さっきリード・デュカヴニーとしてた話を、わたしたちにも教えてくれるのかしら？　それともだんまりを決めこんで気を揉ませるつもり？」

「教えてくれるかですって？」スザンヌは言った。「てっきり聞いてたとばかり思ってた。全員が聞いてたはずよ」

トニが目を細めた。「保安官はリードを容疑者と見なしてるんだって？」

「らしいわ。リードのところに事情を聞きに行ったそうだから」

「ばかばかしくてあきれちゃうわね」ペトラが言った。「デュカヴニーさんがハエも殺さぬ人なのはみんなが知ってるじゃないの」

「わかるわかる」とスザンヌ。「自分のところの作物に除草剤すらまかないものね。徹底してオーガニックを貫いてる」

「小さなイモムシだのなんだのにもやさしいのよ」ペトラはうなずいた。「ああいう誠実な人がもっといてくれるといいのに」

「保安官と話さなきゃだめだよ」トニはそう言うと、サンドイッチの最後のかけらを口に放りこんだ。「意見してやんなきゃ」

「やってみる」スザンヌは言った。

「最近のキンドレッドはいろいろあるわ」ペトラがつぶやいた。「もっとも、なかにはとても明るい出来事もあるけど」彼女の目が小さくきらりと輝いた。「レスター・ドラモンドがくびになったこととかね」

レスター・ドラモンドは近くにある民間刑務所の所長をつとめていた。キンドレッド住民のほぼ全員が刑務所建設を望まなかったにもかかわらず、モブリー町長は刑務所は雇用の拡大につながり、地元企業の収入も増加すると主張して建設をごり押ししたのだ。

それもまったくの的はずれというわけではないが、有刺鉄線で囲まれたコンクリートの箱のような建物は、バンガロー風のかわいい住宅やヴィクトリア朝風の屋敷、黄色煉瓦の建物が並ぶ絵のようなダウンタウンが魅力の歴史ある町並みを引き立てているようには思えない。片側には高い崖がそびえ立ち、反対の側にはカトーバ川がくねくねと流れているこの町にはまったくもってそぐわない。

「ドラモンドがようやっとくびになってよかったよ」トニが言った。「それにしても闘犬スキャンダルとはね」彼女はかぶりを振った。「まったく目もあてられないよ」

「カイパー金物店のジャネルが言ってたけど、ドラモンドさんは解雇に激怒しているそうよ」ペトラが言った。

ドラモンドはプロレスラーかと思うほどの巨漢で、タトゥーや剃りあげた頭のせいで、彼が管理していた囚人と言ってもとおりそうだ。刑務所の門からドロップキックで追い出されたドラモンドは、かなり気分が荒れているにちがいない。

つまり、そうとう危険な状態にある。

「それでね、新しい所長さんが決まったの」ペトラはコンロでチョコレートソースをかき混ぜながら言った。「フィードラーとかいう男の人ですって」

「その人、かわいい？」トニが訊いた。「独身？」

「独身だとしても」ペトラはいたずらっぽい口調で言った。「あなたはちがうでしょ」

「そういう細かいことは言わなくていいの」トニは頭をさっと動かした。「もうすぐ独身になるんだからさ」

トニが言い終わらぬうちに、カフェの正面ドアがばたんと大きな音をたててあいた。

「お客さんかな？」トニが言った。

スザンヌがのぞいたところ、ベン・ビューサッカーの妻クラウディア・ビューサッカーがきびきびした足取りで店内に入ってきたところだった。クラウディアは足をとめ、ここでいいのかしらというように周囲を見まわした。

「まあ！」スザンヌは驚いて声をあげた。トニとペトラに目をやり、声をひそめて告げた。「クラウディア・ビューサッカーが来た」

「ここに？」トニも小声で訊いた。「なんでだろ？」

ペトラは目配せした。「理由はわかってるでしょ、スザンヌ。ほら、行って声をかけてきなさいよ」

スザンヌは片手を胸のところに持っていった。「わたし？　なんでわたしなの？」

「あんたが恐れを知らぬリーダーだからだよ」トニが声をかけた。

スザンヌは腹をくくると、ひとつ大きく息をつき、あいさつに出ていった。こうするのが正しいことであり、思いやりのあることだと自分に言い聞かせながら。

「クラウディア？　ミセス・ビューサッカー？」彼女は声をかけながら近づいていった。「こんにちは」そう言って片手を差し出した。「スザンヌ・デイツです。わたしたち……いえ、わたしは……あの、このたびは本当にお気の毒な……」クラウディアのことをそれほどよく知っているわけではないが、町のそこかしこで見かけたことはあった。

「スザンヌ……ええ」

クラウディアは弱々しい笑みを浮かべた。いつもながら身ぎれいにしているし、コーディネートもばっちりだ。黒いミンクのコートを気品たっぷりに着こなし、一本一本が見事なまでに輝いている蜂蜜色の髪はきれいにセットされている。しかし、冬の寒さで頬が赤く染まってはいても、見るからに憔悴しきっていた。しかもよくよく見れば、目の下にくまができ、額をしわが横切っている。

クラウディアはあいさつなど抜きに切り出した。

「事故があった場所を見せていただきたいの」有無を言わさぬ早口で告げる。

スザンヌの胸にクラウディアへの同情心がこみあげた。体の前で手を握り合わせながら言った。

「ねえ、ハニー、それはやめたほうがいいんじゃないかしら」

「いいえ、どうしても見ておきたいの」クラウディアがあまりに強く顎を引いたものだから、スザンヌは歯の充塡材が割れてしまうんじゃないかと心配になった。

「見るようなものはなにもないわよ」

スザンヌは事務的な声になるよう心がけながら言った。実際、それは掛け値のない真実だった。ベン・ビューサッカーの遺体も壊れたスノーモービルも、すでに裏にはない。ドゥーギー保安官、サム・ヘイズレット、ドリスコル保安官助手がすぐさま搬送を手配したからだ。捜査および保存のために、すべて運び去られたあとだった。

いつの間にかトニがふたりのそばまでやってきていた。

「犯行現場をしめすテープが張ってあるよ」彼女は気をきかせたつもりで言うと、クラウディアをまともに見すえた。「それに杭もそのまま残ってる。自分の目で見たらいいよ」

クラウディアの口から痛々しいほどか細い泣き声が洩れた。彼女は手袋をはめた手で口を覆い、いまにも気を失いそうな顔をした。

「まったくおせっかいなんだから」スザンヌは小声でトニをたしなめた。

クラウディアは手をひらひらさせた。「いいえ、見ておきたいんです……本当に」

「やめたほうがいいと思うけど」スザンヌは言った。

しかしクラウディアはあとへ引こうとしなかった。「主人が息を引き取った場所を見たいんです」ときっぱりと言った。「そうしないと、一生自分を許せないと思うから」彼女はスザンヌを、次にトニを見つめた。「けじめをつけたいんです」

「なるほどね」トニは言った。

スザンヌはしかたなさそうに肩をすくめた。〝ま、いいか〟というように。それからクラウディアに向かって手招きした。「こちらへ」

クラウディアはスザンヌのあとについて厨房に入ると、スザンヌがブーツとパーカで身支度するあいだ数分待ち、ふたたび彼女のあとについて裏口から出ていった。

冬の太陽が降り注ぎ、ふたりは凍った雪だまりや雪の結晶に覆われた木の強い照り返しに思わず手をかざした。

「やけにまぶしいわ」クラウディアがこぼした。

きのうの様子をあなたに見せたかったわ、とスザンヌは心のなかでつぶやいた。大違いなんだから。天と地ほどもね。そんなふうに頭のなかを言葉がせわしなくはねまわった。

ふたりは雪に埋もれた駐車場を苦労しながら進んでいき、森のなかに入っていった。雪は膝の高さまであって歩くだけでも骨だったし、顔を何度も木の枝に叩かれた。ときおり、クラウディアが驚いたように小さな声で〝きゃっ〟と叫んだ。

やっとのことで小さくひらけた場所にたどり着いた。そこは雪が踏み固められ、犯行現場をしめす黄色いテープが風に吹かれてわびしくはためいていた。

表情を殺して無言で見つめるクラウディアを、スザンヌは同情するように見ていた。夫を亡くしたばかりの彼女は、まず黄色いテープ、つづいて木の柱に目をこらした。おそらく、柱のあいだにワイヤーがぴんと張られている様子を思い浮かべているのだろう。すると、スザンヌの予想どおり、クラウディアの下唇が震えはじめ、目に涙がたまり出した。

スザンヌは体を近づけると、クラウディアの腕に手を置き、少しでもなぐさめになればと思いながらやさしくさすった。ふたりはそうやってしばらく、冷え冷えとした空気を吸っていた。「本当にお気の毒だわ」

「キンドレッドに引っ越すのはあまり気乗りがしなかったの」クラウディアは耳障りなしわがれた声で言った。「でも、ベンにとってはビッグチャンスだったから」彼女はバッグに手を入れてティッシュを出し、目もとをぬぐった。「妻の役目は夫を支えることですもの、そうでしょう？」

スザンヌは〝必ずしもそうとはかぎらないわ〟と反論したかったが、やめておいた。いまのクラウディアに、女性解放の精神を説いたところで意味がない。

「とにかく」クラウディアはつづけた。「住み慣れたわが家や友人と別れ、ここに越してきたというわけ」彼女は身震いのようなため息をついた。「これからどうすればいいのかしら？」

　スザンヌはクラウディアの体に腕をまわし、ぐっと抱き寄せた。

「まずは、しばらくこの町にいることね。きっと新しい友だちが集まってくるわ。大丈夫、このわたしが請け合う」

「ありがとう」クラウディアは消え入りそうな声で言った。「本当に親切なのね」さらに数粒の涙が彼女の頬を落ちていき、やがて彼女は体を小刻みに震わせながら嗚咽《おえつ》を洩らしはじめた。

　スザンヌの視線はクラウディアから犯行現場へと移り、すぐに打ちひしがれた未亡人へと戻った。なんて気丈な人なんだろう。頭に浮かんだのはそのひとことだった。


　三時半、ティータイムの最後の名残を片づけていると、ドゥーギー保安官がひょっこりやってきた。彼はぎしぎしいうスツールに巨体を乗せると、カウンターに倒れこんだ。

「コーヒーをブラックで」

「きょうは新しいものにチャレンジしてみましょうよ」スザンヌは言った。

「はあ？」保安官はすでに不審な目で彼女を見つめていた。

「おいしい紅茶を一杯、淹れてあげる」

　保安官は呆気にとられたように目をしばたたいた。「おれの小指は、こじゃれたちっちゃなカップの持ち手には入らんぞ」

スザンヌはどっしりした陶器のマグを手にすると、アッサム・ティーをいきおいよく注いだ。

保安官は邪悪な魔女から致死量のストリキニーネをわたされたかのように、マグに入ったお茶のにおいを嗅いだ。「こいつはなんていう種類なんだ？　リプトンか？」

「アッサムという紅茶で、インド産の茶葉を使った淹れたてよ。ほら、飲んでみて。おいしいから」スザンヌが言う横で、トニがアップルパイをひと切れ、保安官用に切り分けた。

「変わったにおいがするな」保安官は言った。

「麦芽の風味よ」とスザンヌ。「いいにおいでしょ。お茶は味覚だけでなく人間としての裾野も広げてくれるわ」

「保安官の裾野はもう充分広いけどね」トニは高らかに笑いながら、彼の前にパイを置いた。

「おい、知ったような口をきくな」保安官は言った。「言葉に気をつけろ」彼はお茶をひとくち含むと、しばらく味わった末に言った。「悪くない」

「そのうちあなたを宗旨替えさせてみせるわ」スザンヌは言った。

「メソジスト教会の説教師にも昔から同じことを言われているよ」

「あらそう。こっちのほうがいくらか簡単よ、きっと」スザンヌはそう言うとしばしためらったのちに口をひらいた。「リード・デュカヴニーのことで話があるの」

保安官はうなずいた。「そうじゃないかと思っていた」

スザンヌは両手を大きく広げた。「いったい、どうしてなの？」

「証拠がある」と保安官。

「ワイヤーの切れっ端でしょ？」スザンヌは鼻を鳴らした。「あんなのは証拠になんかならないわ。単なる偶然よ」

「そうじゃない。問題のワイヤーはやつのフェンスから切り取られたものだった。切られた場所も特定できている。切った跡はまだ新しかった」

「そうは言うけどどね、彼のフェンスから切り取られたとしても、誰にだってできたわけでしょ。つじつまが合うからって、リードに罪を着せるなんてひどい。たまたまフェンスと同じワイヤーが凶器だったというだけじゃない」

保安官は人差し指を立てた。「おれに説教するな、スザンヌ」

「したくもなるわよ」

スザンヌは少し強く言いすぎたかもしれないと気づいたが、もうどうでもよかった。

「だって、リードには動機というものがないもの。彼の頭のなかはトウモロコシのことでいっぱいなの。うぬぼれ屋の銀行マンを殺すことなんかじゃなく。ふたりは道で会ったら礼儀正しく会釈する程度で、ろくに知りもしなかったのよ、まったくもう」

「いろんな観点から調べなきゃいけないんだ、スザンヌ」

「それはわかるわ。でも、リードが容疑者ですって？　ばかばかしい」

「手がかりらしい手がかりなんだから、しかたないだろうが」

「エド・ラプソンさんにたきつけられたからって、誤った方向に舵を切っちゃだめよ。あの人はベンの事件をきれいに包んで本社に持ち帰って、トロフィーがわりにしたいだけなんだから」

「わかったよ、スザンヌ」保安官の声にはあきらかな棘《とげ》があった。

「話はまだ終わってないわ」スザンヌは強い調子で言った。「いまいましいチャーリー・スタイナーがランチに寄って、ベン・ビューサッカーの死など悲しくもなんともないとわめいていったわよ。どうやらベンはチャーリーの農場を差し押さえるつもりだったみたいね」

保安官はうなずいた。「その一部始終は聞いてる。ジーン・ギャンドルからな」

「そうだと思った。じゃあ、彼からも話を聞くんでしょうね」

「スタイナーからか？　ああ。リストの二番めに入ってる」

「なら、いいわ」

「これで満足か？」保安官は渋い顔で訊いた。

「ええ、いまのところは」


「そろそろ失礼するけど、いいかしら？」ペトラが声をかけた。彼女は正面のドアのところに立っていた。ラクダのコートをきっちりと着こみ、頭にはふかふかのマシュマロみたいな白いニット帽がのっかっている。

「お疲れさん！」トニの声が飛んだ。彼女はテーブルの下にホウキを差し入れ、落ちたフレンチフライを手前に寄せようとしていた。

「わたしの分もダニーにハグしてね」スザンヌも声をかけた。ダニーはペトラの夫で、センター・シティ養護施設で暮らしている。

「そうするわ」ペトラは答えた。冷たい風がさっと吹きこみ、彼女は出ていった。

「今夜はなにか予定でもあんの？」トニがスザンヌに訊いた。

スザンヌの顔がほころんだ。「サムが夕食を食べに来るの」

「ふうん、すてきなドクターがいちゃいちゃしに来てくれるんだ。幸せだね」

「ぴったりのメニューを思いつきさえすれば幸せなんだけど。最初は子牛のチョップにしようと思ってたけど、ステーキのほうが……」またも冷たい風がいきなり店内を吹き抜け、スザンヌは言葉を切った。「ペトラなの？」そう言いながら顔をあげた。「忘れものでも……？」

しかしドアのところに立っていたのはペトラではなかった。スザンヌの目はカーメン・コープランドのきらきら光る黒い目に吸い寄せられた。

「どうも、おふたりさん」カーメンのはずんだ声が響いた。彼女は裾が床につきそうなクロテンのコートに身を包んでいた。ふさふさしていて静電気がぱちぱちいっている。首に巻いているのはキャラメル色のカシミアのマフラーだ。

「カーメン！」スザンヌはすぐさま出迎えに向かった。「びっくりだわ、あなたが来るなんて」

カーメン・コープランドはロマンス小説の書き手として有名な、地元在住の作家だ。自分名義で二十二の小説を書いており、《ニューヨーク・タイムズ》のベストセラー・リスト入りをしたことも一度や二度ではない。カーメンの成功と名声はとどまるところを知らないが、それで人間が丸くなるようなことはなかった。お高くとまって、思いやりに欠け、気むずかしいところは昔とまったく変わっていない。

「木曜日のファッションショーの件で、みんなが同じページにいるか確認したかったの」

一年前、カーメンは〈アルケミー〉というブティックをオープンし、その店の服がクリスタルなお茶会で紹介されることになっているのだ。

「同じページだって」トニがホウキをカーメンのほうに向けた。「わはは。うまいこと言うね」

カーメンの目がけわしくなった。「冗談なんかじゃないのよ、おふたりさん。それどころか、きのうここであんなことがあったせいで、イベントの日程を変えようかと本気で考えたんだから」

「なんですって?」スザンヌの声が裏返った。「でも、もうすでに満席になってるのよ。スケジュールも全部練ったし。お花から食材から……とにかくなにもかも発注しちゃったんだから!」

カーメンはため息をついた。「そう」

「だから、土壇場になって変更するのは無理よ」スザンヌは締めくくった。少し息を切らせながら。

カーメンはヒョウ柄のブーツに目を落とした。「ええ、無理でしょうね」

「つまり、ショーはつづけねばならないってわけ」トニはおどけてみせたが、あえなく撃沈した。

「お願いだからわかってちょうだい」カーメンは言った。「うちのブティックとしては、殺人みたいな下品な出来事にかかわりたくないの」

「うちだって、あなたと同じよ」スザンヌは言った。「でももう、影響なんかきれいさっぱりなくなってるわ」

「そうだっけ？」トニが言った。

「あたりまえじゃないの」とスザンヌ。「朝食もランチも、それにティータイムも満席だったのよ、木曜日にかぎって誰も来ないなんて考えられない」

「それについてはあなたを信用してあげるわ」カーメンは横柄に言った。あたりを見まわし、来たときと同じくらいこっそりと、正面ドアから出ていった。

「やったね、魔女は死んだよ」トニが軽口を叩いた。

「まだまだ」スザンヌは言った。「木曜もやり合わなきゃいけないんだから」

「カーメンもあんなに人を見下したりしなきゃいいのに」トニが言った。「国連大使とかじゃないんだよ。あくまで、本を書いてるだけなんだ。情熱的なロマンスをさ」

「ロマンスはばか売れしてるでしょ」スザンヌは言った。

トニの肩ががっくりと落ちた。「だね」

ふたりはたがいに見つめ合った。

「本当にむかつく」スザンヌは言った。「エド・ラプソンから傲慢な扱いを受けた保安官の気持ちがようやくわかった」

トニは鼻にしわを寄せた。「どういうこと？」

「毛皮のコートときらきらした指輪のせいで、カーメンといると自分が森の奥に住むおばあさんになった気がしてくるの。コーンパイプ（トウモロコシの穂軸を火皿に使ったパイプ）を吸って、ギンガムチェックの古着を着てるようなおばあさんにね」

「お金があって有名だからって、べらぼうに好かれてることにはならないって」トニが言った。「あの女はロットワイラー犬ばりに、郡内の男全員を追いまわしてるんだよ。でも、いまだに独身じゃん」

スザンヌは弱々しい笑みを浮かべた。

「そうだけど」

6

　スザンヌは今夜が来るのを心ひそかに待ちわびていた。数日前におたがいのカレンダーに印をつけた（もちろん、インクで！）ときから、ずっと楽しみだった。しかしカックルベリー・クラブの仕事が忙しいのにくわえ、炎と氷の祭典は開幕直前だし、ベン・ビューサッカーの死をめぐる騒動があるしで、はやる気持ちにふたをせざるをえなかった。目の前の嵐に集中するしかなかったのだ。

　ときにはこういうこともある。この特別な夜のことを考える時間は一分と取れなかった。しかし準備があとまわしになったとはいえ、今夜のことを思うと胸がはち切れそうだった。サムがこの家を訪れ、彼女が手料理をふるまうのだ。

「本当にいいのかい？」彼は昼すぎに電話をかけてきてそう尋ねた。さらにスザンヌが答えるより先に、こうつけくわえた。「だってビューサッカー事件があったばかりだろう？　スザンヌ、無理をしてもらいたくないんだ、本当に」

　彼の言葉を聞きながら、スザンヌはほほえんだ。ごく自然に。背筋をぞくぞくさせるほどの彼の魅力は、いったいどこから来るのかしら？

　スザンヌはしゃべりながら、電話の向こうにいるサムの姿を思い浮かべた。長身。ハンサム。それはいつものこと。乱れた茶色の前髪が額にはらりとかかっている。ちょっとだけいびつな笑顔。やさしそうで好奇心旺盛な顔。そして、力強いながらもしなやかな手……。

　そもそも、この人はいったいどこから来たのだろう？　どういう経緯でわたしの人生に舞い降りてきたの？　どんな宇宙の力がふたりを衝突させ、引き合わせたのかと不思議でしょうがない。

　いろいろな意味で、サム・ヘイズレットはお医者さまが処方したかのように彼女の好みにぴったりだった。もっとも、彼自身がお医者さまなのだけど。

「平気よ」スザンヌは電話に向かって言った。心臓の鼓動はいつもより少し速くなっていたが、声は落ち着いていた。「心配いらないわ。料理は得意だもの」

「それはよかった」

「だから、来てちょうだいね。六時頃に」

「手みやげになにを持っていこうか？　ワインはどう？」

「すてき」

「赤と白とどっちがいい？」

「まかせる。でもメインディッシュはステーキよ」

「なるほど。じゃあ、赤だな」

スザンヌは自宅のキッチンをあわただしく動きまわっていた。腰のところでエプロンを結び、ほんの数分前に浴びたシャワーの名残でうなじがわずかに濡れている。スライスしたブリオッシュを数枚さいの目に切って、割りほぐした四個分の卵と一緒にボウルに入れると、バター、レーズン、牛乳、砂糖、シナモンもくわえてオーブンに入れた。

さて次は？

冷蔵庫をあけてステーキ肉を出した。包みを取り去る。肉は室温に戻してから調理したほうがいいからだ。

ふと見ると、飼い犬二匹がレーザービームばりの視線をステーキ肉に向けていた。澄んだ目と白いものが交じりはじめた鼻をしたバクスターはおとなしくすわっていた。クールな犬を気取って、どうでもよさそうなそぶりをしているものの、肉を焼くところを想像したのだろう、よだれが垂れている。

スクラッフのほうは落ち着きがなく、むやみやたらとしっぽをぱたぱたさせ、のんびりかまえたふりも関心がなさそうなふりもしていなかった。この子はある晩、人里離れた道路をあてどなく歩いているところをスザンヌが見つけたのだった。あれから三カ月近くがたって、少しずつなつくようになり、暖かくて愛情あふれる家にも慣れてきていた。一度、サムにスクラッフを引き取ってはどうかとさりげなく打診したが、彼のほうにはいまのところ、それに応じる気配はなさそうだ。

スザンヌは腰に手をあてて、犬たちと目を合わせた。

「どうしたの？　もうおこぼれのおねだり？　まだこっちが食べはじめてもいないのに」

二匹はまだ彼女のほうをじっと見ていた。遠慮がちながらも哀れっぽいまなざしを肉に注いでいる。

「わかった、でもドライフードだけよ」

スザンヌはアルミの餌皿を二枚拾いあげると、それぞれにドライフードをひとすくいずつ入れ、キッチンの床に置いた。ふたつの鼻づらが待ってましたとばかりに突っこまれ、ドライフードの山が小さな雪崩を起こした。


帰宅途中に寄ったスーパーマーケットで、ほかにもいくつかお気に入りの食材を仕入れてあった。ニューヨーク・ストリップステーキ肉のほか、アスパラガスひと束とバゲットを買った。エアルームトマトは旬ではないが、いまが旬の暖かい南アメリカから空輸されてきたものと信じたい。

そしていま、スザンヌはウルフ社のガスレンジにサブゼロ社の冷蔵庫、大理石の調理台、それに銅の鍋やフライパンのすばらしいコレクションに囲まれた夢のキッチンとも言うべき場所でせっせと働いていた。もう何度めになるかわからないが、自分の好みと基準にぴったり合った改装ができたことを、幸運の星にあらためて感謝した。なんであれ強いこだわりを持てば、本当の意味で自分のものになる。

アスパラガスは硬いところを切り落とし、沸騰する湯に投入して短時間ゆでてから、ジェネオ社製のグリルに入れた。それから肉を挽き立てのコショウで味つけし、鍋でベアルネーズソースをこしらえ、バゲットを薄切りにしてガーリックバターを塗った。今夜はカロリー計算はしないでおこう。

グリルが熱くなってアスパラガスに火がとおりはじめ、ベアルネーズソースが小噴火のごとくぐつぐついうようになると、寄せ木のテーブルにアイボリー色のリネンのランチョンマットを敷いた。食器を並べ、リーデルのワイン用ゴブレットも二個出した。最後の仕上げとして、白いテーパーキャンドルを立てたシルバーの燭台ふたつをテーブルの中央に置き、ろうそくに火を灯した。

テーブルをしみじみとながめた。温かみにあふれたすてきな仕上りだ。これ以上ないほど完璧で、スザンヌの胸はいっぱいになった。

グリルに肉を入れたちょうどそのとき、玄関の外からサムの足音が聞こえた。チャイムの音が高らかに響きわたり、犬たちがわれ先にと玄関に急いだ。

「時間ぴったりね」スザンヌはドアを引きあけた。

「すごくいいにおいがする」サムは重い足音をさせてなかに入ると、ブーツを蹴るようにして脱ぎ、スザンヌに素早くキスをした。「それに、とてもすてきだ」と言って彼女にほほえんだ。

「お世辞とわかっててもうれしいわ」スザンヌは彼のパーカを受け取り、玄関のクローゼットにかけた。玄関わきの細い窓から外をのぞいた。窓に雪の結晶が散っている。「まだ外は寒い？」

「すさまじいくらいにね」とサム。「なのに、凍った交差点でもみんなものすごいスピードでとばしてくんだ」

「商売繁盛ね」

「スキーの季節は毎年かき入れ時だよ」サムはそう言って笑い、スザンヌと腕をからませ、ゆっくりした足取りでキッチンに入った。犬たちもすぐうしろをついていく。「骨折が増えるからね」

サムは赤ワインを出して、キッチンのカウンターに置いた。

「銘柄は？」スザンヌは訊いた。

「《ワイン・スペクテイター》誌にのってたやつでね。九十六点がついてたんだ。もっとも、あの雑誌は評価が甘いから、なんにでも九十六点をつけるんだけど」

サムはスザンヌからコルク抜きを受け取り、ポンと盛大な音をさせて栓を抜き、スザンヌはグリルでジュージューいっているステーキの隣にアスパラガスを置いた。五分後、ステーキがきれいなカラメル色になっていいにおいがただよいはじめると、全部皿に盛りつけてテーブルに運んだ。

「すごいや」

スザンヌが調光器を操作して照明の明るさを落とすと、サムが声をあげた。

「見事だよ。シャトー・スザンヌ風のファイン・ダイニングってところだな」

「秘密の夢の話をあなたにしたことがあったかしら?」

「ファイン・ダイニングを経営したいという、あれかい? だったら、聞いてるよ。ぜひともその夢を追いかけるべきだね。ぼくとしては小さなピアノ・バーのほうがいいな。気が向いたら、鍵盤をいじれるように」

「ピアノが弾けるの?」

「疑ってるね?」サムは眉毛をグルーチョ・マルクス(一九三〇年代に活躍した喜劇映画スター)のように上下させた。

「たいていのミュージカルの曲なら弾けるよ」

ふたりは食事とワインを味わい、一日の終わりの平穏なひとときと、一緒にいられる時間をじっくり楽しんだ。スザンヌもサムも仕事のスケジュールはきついし、ほかの人への責任もあるから、ふたりだけで過ごす数時間はとても貴重だ。

「なんてすてきなんだろう」サムが言った。「癖になりそうだ」

スザンヌは満足そうにほほえんだ。「わたしはもう癖になってる」

サムはテーブルごしにスザンヌの手を取り、わかっているよというようにぎゅっと握った。

そのあとはのんびりとくつろいで雑談に興じていたが、ほどなく話題はキンドレッドの本日のニュース、すなわちベン・ビューサッカーの早すぎる死へと移っていった。スザンヌは午前中にエド・ラプソンが訪ねてきたことを話した。それにチャーリー・スタイナーがビューサッカーをあしざまに言っていたことや、リード・デュカヴニーが唐突に第一容疑者になったことも。

「デュカヴニー？」サムは言った。「例のデュカヴニーのことかい？　虫も殺しそうにないあの男？」

「そうなのよ。わたしも保安官にそう言ったの。リードは、マウスポテトも同然だって」

「マウスポテトって？」

「さあ。いまちょっと思いついただけ。小ぶりのポテトというつもりだったんじゃないかしら。とくに意味はないわ。とにかく、保安官は完全に的をはずしてる」

「ワイヤーの出所だけはべつだろ」とサム。

「誰だってあのワイヤーは切断できるわ。「だってあれは……なんて言うか……切ってくださいと言わんばかりの状態だもの」

「それで、デュカヴニーは本当にきみに仲裁を頼んだのかい？」サムは片手にフォーク、もう片方の手にナイフを握ったまま動かなかった。「頼むから、首を突っこむつもりはないと言ってくれ」

「ええ、そんなつもりはないわ」

スザンヌは本当のことを言わなかったことを少しうしろめたく思いながら、ワインをひと口、がぶりと飲んだ。

「そうそう、クラウディア・ビューサッカーがわざわざやって来て、ご主人が最期を迎えた場所を見ていったわ」

「ついていない日だね」

「あなたには見当もつかないくらいにね」スザンヌは言った。「かわいそうなクラウディア。わたしまでつらくなったわ。彼女はどんな思いで森に入ったのかしら？　ご主人が殺された場所を訪れるなんて。もちろん、そこまでできるとは、人並みはずれて意志が強いんだなとは思ったけど」

「長年のあいだに、そういう例はたくさん見てきた。みんなただ、確信を得たいんだ。なんらかの形で折り合いをつけたいんだよ」

「大事な人の死をめぐる状況がおぞましいものでも？」スザンヌは訊いた。

「うん」サムは答えた。「遺族はしばしば、大事な人が命を落とした場所を自分の目でたしかめなくてはいけないと思うものなんだ。こまかな状況をしっかり目に焼きつけておく必要に駆られるんだね。そうしないと、何年もたってから後悔することになる。ちゃんと見ておけばよかったと。だからクラウディアの心の健康という観点から見れば、ご主人が殺された場所を見に行ったのは、結局はよかったんだよ」

「よかったようには見えなかったわよ。むしろ、ますます動揺したみたい」

「それはまだ、折り合いをつけてる途中だからさ」

「でも、わたしの目にはあのときの光景が……」スザンヌは口ごもった。「まだ焼きついてる。ぴんと張ったワイヤーで人の頭が切断されるなんて、そんなことが本当にありうるの？」

サムは不安そうな表情で彼女を見つめた。「医学的な説明を聞きたいのかい？」

スザンヌはうなずいた。「ええ、まあ」

「ビューサッカーの死は残酷なまでに手際がいいものだった」サムの声がいつも以上に医学の専門家らしいものに変わった。「見たところワイヤーは彼の首、顎のすぐ下の、もっとも弱い部分にもろに引っ掛かったようだ。スノーモービルが高速だったこととの相乗効果で、まさに悲劇の処方箋になったわけだ」

「首が切断されたのが直接の死因なの？」

「酸素を含んだ血液が供給されなくなり、脳は数分とたたぬうちに死んだ」とサム。

スザンヌは眉をひそめた。「痛みは感じたかしら？」

「十中八九、感じなかったと思う。あまりに一瞬のことだったから、痛みを感じることも、脳がなんらかの反応をしめすこともなかったはずだ。言うなれば……昔フランスでおこなわれていたギロチンと同じだね」

「うわあ」

ふたりともしばらくのあいだ、口をひらかなかった。ビューサッカーのために無言の時間をもうけようと、どちらからともなく言い出したかのように。室内で動いているのは、目の前で揺らめいているろうそくの炎と、ゆっくりとしたたっていく白い蠟だけだった。

「もう一台、スノーモービルの音が聞こえたわ」スザンヌは言った。「ビューサッカーさんが亡くなる数分前に」

「もうひとりいたと思うんだね？」

「そう、でも証明する手立てがないの。雪がものすごいいきおいで降りしきってたから、わだちもなにも消えちゃって」スザンヌはため息をついた。「だから……なんとも言えないわ。ビューサッカーさんは追いかけられてたんじゃないかしら？　そう考えれば、亡くなったときにあんなスピードを出してたのもうなずけるでしょ？」

「ありうるね。そこから先はドゥーギー保安官の仕事だ。彼はきょうも店に寄ったんだろう？」

「二度もね。最初は朝いちばんに。それから午後も遅くなってから」

「それで？」サムは話のつづきをうながした。

「保安官がこの事件を最優先にしてるのはたしかよ。いろいろ話を聞いてまわってるもの」

「さすがだ」

「でも、確実な証拠はろくにないの。だから、時間がかかるかもしれない。もっとも、モブリー町長は二時間ほどですべてにケリがつくと思いこんでるみたいだけど」

「あの粗野な男が再選されたなんて、信じられないよ」

「噂によると、町長は投票箱に細工をしたらしいわ」スザンヌはしばらく物思いに沈み、昨夜の出来事を振り返っていた。「ああいう身の毛がよだつような事故は頻繁に目にするの？」

「今度のみたいなってこと？　ああいうのはいままでなかったな。でも、長いこと医者をやってるけど、信じられないような事例には遭遇しているよ。見るも無惨な怪我だとか、ふた目と見られない死に方とか。きみのうちでこんなすてきなディナーを食べながら、いやな話をして悪いけど」

「なんでそんなむごたらしいものを見ても平気なの？　どうやって耐えているの？　わたしにはとても無理」

「きみだって大丈夫さ。死体保管所でも平気でいられると思うよ。医学生が死体を観察してる現場でもね」

「まさか」

「首が切断される過程を理解しようとする根性があるくらいだから、たとえばそうだな、人間の膝頭の内側を観察するのも、九十八歳のおばあさんの手のねじくれた骨を調べるのも、顎の片側に負った深い裂傷を縫合するのも平気だと思うよ」

スザンヌは顔をしかめた。「膝頭だけでも充分すぎるわ」

サムはほほえんだ。「おや、スザンヌ・デイツはしぶといレディだと思ってたんだがな」

「実際、タフかもよ。でも、賢明にしてこういう会話を終わりにする潮時も心得てるの」

サムはテーブルから体を遠ざけるようにのびをした。「そろそろ片づけを手伝おうか？」

「それよりもまずデザートにしましょ。パン・プディングにフレンチバニラのアイスクリームを添えるわ」

「うまそうだ。きみって本当にカロリーをたくさんとらせるのがうまいね。明日はジムで腹筋と懸垂をやらなきゃいけないな」

締めくくりにケーブルテレビでサスペンス映画を見ながら、スザンヌ特製のエッグノッグとチャイティーをブレンドしたチェッグノッグを飲んだ。居間のふかふかのカウチで、ふたり仲よくくつろいで。

しばらくしてスザンヌはひとり思った。こうしてふたり寄り添っていると、これぞわが家という感じがする。わたしの人生にふたたび男の人がいるのは、なんともほのぼのとして心地がいい。思いはつかの間、ウォルターのことに飛んだ。ふたりで積みあげてきたものや、ふたりで分かち合ったことに。しかしすぐに現実に、いまの自分がいる場所に引き戻された。いまを生きなきゃ、と自分に言い聞かせる。トニとペトラと三人で書きためた標語のなかに、そんな言葉があったはず。

十時のニュース番組が終わり、気象予報士がカナダからふたたび氷点下の寒気が襲ってくるでしょうと告げると、サムはのびをして立ちあがり、長靴下の足で窓に歩み寄った。

「外はものすごく寒そうだ」

スザンヌはそのうしろに近づき、彼の腰に腕をまわした。

「凍えちゃうわね」

「うん、そうかもしれない」

「二階はとっても暖かいわよ」

彼は振り返り、彼女をぐっと引き寄せた。

「そんな極上の誘い文句を最後に言われたのは……」

「先週以来？」

スザンヌは歯を見せて笑った。彼は先週も夕食を食べに来たのだ。ふたりは文句なく、れつきとしたカップルになりつつあった。手をつなぎ合って階段をのぼりながら、スザンヌは心のなかで思った。

いまのは訂正。わたしたちはもうれっきとしたカップルになっている。

二時間後、ひんやりした鼻面がスザンヌの腕をくすぐった。バクスターが散歩に行こうと誘いにきたのだ。サムを起こさないようそろそろと慎重に、ふかふかのダウンの上掛けから抜け出した。凍えるような暗い寝室で、フリースのパンツを穿き、長袖のシャツを身につけた。下におりると、ブーツ、パーカ、ニット帽もくわわった。

彼女と二匹は外に出ると、雪をざくざくいわせながら歩道を歩き出した。バクスターとスクラッフがぐいぐいとリードを引っ張っていく。周辺の木はどれも真っ白に雪化粧し、近くの家は完璧なジンジャーブレッドハウス風になっていた。煙突から煙がいく筋も立ちのぼり、とてもほのぼのとした感じで絵から抜け出てきたかのようだ。

わたしに絵心があれば、この光景を絵にしたいわ。インクを流したような真っ暗な空の高いところできらめく、おびただしい数の星まで表現したい。

しかし、愛犬たちを自宅のほうへと引き戻しながら、スザンヌは不思議でしょうがなかった。絵のように美しい小さな町のいったい誰が、人殺しの心を宿しているのだろうかと。

7

　水曜の早朝、カックルベリー・クラブに到着したスザンヌは、サムと一夜を過ごしたおかげで元気はつらつ、早くモーニングタイムの給仕をしたくてうずうずしていた。

　すでにペトラはコンロの前で鍋の音をさせていた。鋳鉄のフライパンのなかでパンチェッタがジュージューいい、脂がぱちぱち跳ねている。チョコチップ入りレッドベルベット・パンケーキに使うバターはいつでも使える状態になっていた。

「おはよう、スイーティー」スザンヌは声をかけた。「きょうはいったいどんなものをつくるの？」

「おはよう」ペトラはにっこりほほえみながら振り返った。「あなたの世界を激しく揺るがすような新しいメニューを考えたわ」

「くわしく聞かせて」

　ペトラはパンチェッタを紙タオルの上にあけ、脂を吸わせた。

「ポーチドエッグを詰めたポップオーバー」

「おいしそう。料理の名前は？」

「巣のなかの卵」ペトラはにっこり笑った。

「すごくかわいい名前だよね？」トニがせかせかと厨房に入ってきた。あざやかなピンクのカウボーイシャツとぴちぴちのブルージーンズでロデオの花形みたいに決めている。「あたしたちのペトラってば、アイデアいっぱいの天才だよ」

「おまけにキッチンの天才でもあるし」スザンヌは相づちを打った。毎朝、スカンジナヴィアの血を引く大きな顔のペトラがぶかぶかのエプロンと変わったサボ風サンダル姿でコンロの前に立ち、莫大な手間をかけて料理をつくる姿を見ると、つくづくありがたいと思う。

「でさ」トニは紫色のブドウをふた粒、口に放りこんだ。「ゆうべのディナーはどうだった？」そこでしゃべるのを中断して口をもぐもぐ動かした。「へへん。あたしには頼りになるシャベルちゃんがあるんだよ。女友だちの秘密を掘り起こすシャベルがね」

スザンヌは急にせかせかと皿を並べはじめた。

「そうね、楽しかったわ。とても楽しかった」

「あたしたちに報告しておきたい特別な出来事はないの？」トニが迫った。「そんなどっちつかずの〝楽しかったわ〟だけじゃ、とても好奇心は満足しないよ。もっとおいしい話をいくつか聞かせてもらわなきゃ」彼女はシャツのいちばん上のボタンをはずし、ピンクのレースのブラをほんのちょっぴりのぞかせた。

スザンヌがかぶりを振ってほほえむと、トニはさらに迫った。

「ほらほら、スザンヌ、いいからしゃべっちゃいなよ。ちょっとくらい、いいじゃん。でないと、あたしとペトラとで、無理にでもしゃべらせるよ。あたしたちがそう簡単にあきらめないことは、よく知ってるよね」

「ジャック・ダニエルを一本差し出せばイチコロなくせに」スザンヌは言い返した。

「つたく」トニはくやしそうにこぶしを固めた。

「ちょっと考えればわかることだわ」ペトラがトニに言った。「あんなにハンサムな人なんだもの。スザンヌは夢のような夜を過ごしたに決まってる。それこそめくるめくようなひとときをね」

「そうだったの？」トニは訊いた。

「とりあえず」スザンヌは言った。「サムとわたしは最高のディナーをともにしたとだけ言っておく。ステーキにワイン、その他もろもろをね」

「その他もろもろってやつを具体的に教えなよ」トニは食い下がった。「キスしてハグして、それから――」

「よかったわ、スザンヌ」ペトラがオーブンから特大のポップオーバーが並ぶ天板を引き出し、カウンターに置いた。「あなたがまた、本当の意味で人生を楽しむようになってくれて、涙が出るほどうれしい」

「いままでのわたしは人生を楽しんでなかった？」スザンヌは訊いた。

トニとペトラは目を見交わした。

「ウォルターが亡くなったあとは」ペトラが慎重に切り出した。「楽しむどころじゃなかったわね。いつも口数が少なくて、深刻な顔をしてばかりだった」

「でも、それも当然だよ」とトニ。

「それにこの店のグランドオープンの陣頭指揮を執ってたんだもの！」スザンヌは言った。

「そうよ」とペトラ。「でも、悲しみにくれてもいた。たぶんいまも」

「誰かを思って悲しみにくれながら、べつの人と恋に落ちるなんて可能なのかな？」トニが首をひねった。

「もちろんよ」とペトラ。「でも、それには特別な人の存在が必要だわ……そういう経験を……なんて言うのかよくわからないけど……ちゃんと区別させてくれる人の存在が」彼女はスザンヌを見てほほえんだ。「頭をまともにしてくれる人が必要なの」

「頭と言えばさ……」トニが言いかけた。

「ちょっと、その話は持ち出さないで」たちまちペトラの表情がひどく不安なものに変わった。「ベン・ビューサッカーの話はもう聞きたくないんだから。あのおぞましい出来事にさっさとケリがついてほしいわ」彼女は大きなヒップに両手を置いた。「ふたりとも、いまがどんなに忙しいかわかってる？」そう言うと、ふたりに答える隙もあたえず先をつづけた。「きょうから炎と氷の祭典が始まるでしょ。それに今夜はスティッチ&ビッチの会があるし、明日はクリスタルなお茶会の日よ。おまけに、もっと頭を悩ませろといわんばかりに、ドゥーギー保安官が手がかりとやらを探してここをうろうろするでしょうし」

ペトラは両手をいきおいよくあげた。

「まったくもう！」

その後スザンヌはエンジンをフル回転させて、スマトラ・コーヒーとイングリッシュブレックファスト・ティーをポットに淹れ、早朝のお客がなだれこんでくるのにそなえてテーブルの最終確認をおこなった。その間ずっと、頭のなかは収益のことでいっぱいだった。とどのつまり、カックルベリー・クラブも商売なのだ。利益をあげることと生計を成り立たせることがまったく別物であるのはよくわかっている。彼女なりの多角化――カフェ、〈ブック・ヌック〉それに〈ニッティング・ネスト〉――は極上の組み合わせとなった。奇妙なことに、そのうちのひとつが収益にあまり貢献できないと、ほかのふたつががんばってびっくりするほど売り上げをのばす。不思議だわ。

財務についてあれこれ思いめぐらすうち、前の日に店に押しかけてきた、でっぷり顔の地区担当責任者、エド・ラプソンが思い出された。あの人はビューサッカーさんの事件を事実上ひと晩で解決しろと、ドゥーギー保安官にあからさまな圧力をかけていた。

まったく不愉快な人だ。保安官をけしかけ、あわれなリード・デュカヴニーを容疑者扱いさせたことだけが理由じゃない。いかにも成り上がり者らしいにおいをぷんぷんさせているからだ。傲慢で怒りっぽく、腹にいちもつある感じだからだ。

ラプソンさんはなにをあんなにかっかしていたのだろう？　スザンヌは首をひねった。得がたい社員を失っただけとはとても思えないのだけど。そんなことをつらつら考えながら、ガラスのパイケースにふっくらしたジェリードーナツを並べた。そのとき突然、恐ろしいほど突拍子もない考えが浮かんだ――ラプソンさんはビューサッカーさんの死に関係しているのかもしれない。ビューサッカーさんが銀行の不正行為を知ってしまったのか。それともビューサッカーさん本人が問題だったのか。そこでラプソンさんが手際よく問題を除去したとか。可能性はある。

もちろん、現時点ではなんとも言いようがない。当分は捜査の成り行きを見守るしかないだろう。

数分後、朝食を食べにきたお客がぽつりぽつりと入りはじめた。彼らは帽子と手袋を脱ぎ、足踏みしてブーツについた雪を落としながら、カックルベリー・クラブのなかは暖かくてくつろげると口々に言い合った。食欲を刺激するベーコンとソーセージのにおいが厨房からただようなか、スザンヌは彼らをテーブルに案内した。

じきに、すべての席が埋まり、モーニングタイムは目もまわる忙しさとなった。トニもスザンヌと一緒にカフェで注文を取り、搾りたてのオレンジジュース、コーヒー、紅茶を運ぶとすぐさま厨房に引き返し、グリルから出したばかりの熱々料理の皿を手に取った。

ペトラが考案した巣のなかの卵はたちまちのうちに人気を博した。お客が二杯め、三杯めのモーニングコーヒーとともにメイン料理を味わいはじめると、低い満足のざわめきが店内のそこかしこから聞こえてきた。

スザンヌがベルギーのダークチョコでつくったホットココアをカップに注いでいると、ペトラが仕切り窓から声をかけた。

「スザンヌ」ペトラは両手を小さくまわすような仕種をした。「ラジオをつけて。そろそろお宝メダルの最初のヒントが放送される時間だわ」

「いけね！」トニは叫ぶと、カウンターに駆け寄った。エプロンで手を拭き、ペンと注文票を引っ張り出した。「こいつを聞きのがすわけにはいかないよ。宝探しの始まりだからね」

スザンヌはラジオのスイッチを入れた。冬小麦と豚の価格が雑音交じりにてきぱきと伝えられたのち、ポーラ・パターソンの陽気な声が響きわたった。

「おはようございます、キンドレッドのみなさん！　けさも番組を聴いてくれてありがとう！」

店内が一斉に静まり返り、お客が全員、耳をぴんと立てて聞き入った。最初のヒントを知りたくてうずうずしているのは、トニひとりではなさそうだ。

「みなさん、すでにご存じのとおり」とポーラはつづけた。「待ちに待った炎と氷の祭典は本日開幕です。それに合わせ、五つのうち第一のヒントをみなさんにお届けしますね」そこでひと呼吸おいた。「みなさん、メモと鉛筆の用意はいいですか？　ひとことたりとも聞き洩らさないでくださいね」

「準備ＯＫだよ」トニは一心不乱にラジオを見つめ、落ち着かない様子で足をトントン鳴らした。

「本年は」ポーラはつづけた。「お宝メダルを見つけた方に優勝賞金として三千ドルが授与されます。本日から五日間、一日につきひとつヒントを発表いたします。そうですよ、みなさん、ヒントは全部で五つあります。回答期限は炎と氷の祭典がクライマックスを迎える日曜の夜、盛大なかがり火がたかれ、キンドレッドが誇るカックルベリー・クラブにおいて屋外パーティが開催される日曜の夜です」

スザンヌ、ペトラ、トニの三人は顔を見合わせてにんまりした。公共の電波で宣伝されるのはいつだってうれしい。しかも無料ならば言うことなしだ。

「前置きはこれくらいにして」とポーラは言った。「第一のヒントをお伝えします」

全員が息を詰めて聞き入るなか、ポーラがヒントを読みあげた。

さあ、みんな
三千ドルのビッグな特賞を手に入れよう
高くて低くて凍っている場所を探そう
メダルを最初に見つけた者が栄えある勝者だ！

トニはひとこと洩らさず書きとめ、ぽかんとした顔でラジオを見つめた。

「ちょ、それだけ？　いまのがヒント？」

「謎解きに取りかかりましょうよ……ほらほら」ペトラがせっつくと、ラジオからはにぎやかな曲が流れはじめた。

「あまりに漠然としたヒントだわね」ペトラは言いながら、コンロの前に立ち、熱湯に卵をそっと落としていった。

「漠然なんてもんじゃないよ。さっぱりわかりゃしない」トニはメモに目を落とした。「凍っている場所を探せって？　町じゅう、凍ってるじゃん！　どこもかしこも五フィートも雪が積もってるし、雪がないところは氷が張ってるし。すべてが凍結乾燥してるも同然なんだよ」

「賞金が三千ドルなんだもの」とスザンヌ。「お宝探しがそんな簡単だなんて思っちゃだめよ。場所がわかるようにバッテンがついてるわけないでしょ。相手は、みんなをあちこち駆けずりまわらせようって魂胆なんだから」

「だよね」トニは頭をかいた。「まいったな、霊媒ホットラインに電話するしかないか。一—八〇〇—五《コ》五《コ》六《ロ》〇《ヲ》—四《ヨ》六《ム》」

「ヒントに高くて低いところとあったでしょ」スザンヌは言った。「それを考えなきゃ。メダルは木の枝に引っかかってるのかも」

「そうか、でも、町には何十億本もの木があるよ。しかも、そのほとんどが雪をかぶってる」

ペトラが仕切り窓ごしに声をかけた。「心配いらないわよ、トニ。その冴えた頭であれこれ考えるうちに、きっとなにか思いつくから。だいいち、ヒントはあと四つもあるのよ」

「そうだけどさ」トニは言った。さっきまでの意気込みがすっかりしぼんでいる。

「カーメンが賞金をぽんと出したなんて信じられないわ」スザンヌは言うと、コーヒーメーカーのほうを向いて新しい豆をひとすくい入れてスイッチを押した。

「売名行為に決まってるよ」トニがふてくされたように言った。

「カーメンは《ビューグル》に名前が出たり、ラジオでしゃべるのが大好きだものね」とスザンヌ。「あの人だってばかじゃない。そういうことが本の売り上げに貢献するってわかってるのよ。名前が出たり、顔を出したりするだけで知名度がぐっとあがるってね」

「カーメンはきっと、明日のクリスタルなお茶会で賞金の話を持ち出すね」とトニ。

「トニ」ペトラの声が飛んだ。「ちゃんと仕事してちょうだい。注文の品ができてるんだから」

スザンヌは店内をくるくるまわりながらおかわりを注ぎ、テーブルを片づけ、切れ目なくやってくるお客のために食器とナプキンを並べるというカフェ版のバレエを踊った。テイクアウトのハムとスイスチーズのサンドイッチをつくろうと大急ぎでカウンターに戻ったそのとき、元刑務所長のレスター・ドラモンドがぶらりと現れ、カウンター席に腰をおろした。

「やあ、スザンヌ」

ドラモンドはぶっきらぼうな声で言い、軽く会釈した。剃りあげた頭、いかつい顔、しわでいっぱいの額をした大柄な男だ。すごみのある顔と硬い筋肉は、厳しい刑務所勤めの結果としか思えない。もちろん実際には、ドラモンドは刑務所を運営する側だった。しかし職を失ったいまは、一日の大半を町はずれの〈ハード・ボディ・ジム〉でウェイトトレーニングに注ぎこんでいる。

「ドラモンドさん」スザンヌは彼の前に紙ナプキンを置き、きれいなフォークとナイフとスプーンを並べた。「とりあえずコーヒーになさいますか？」彼のことは大嫌いだが、ほかのお客に対するのと変わりなく、礼儀正しく応対すると決めていた。

「レスターだ。レスターと呼んでくれ。そうだな、コーヒーをもらおう」

「レスター」スザンヌはカップにコーヒーをなみなみと注いだ。

彼は射貫くような目で見つめ、粒ガムほどの大きさの歯を見せて笑った。

「きれいだよ、スザンヌ」

「ありがとう」スザンヌの笑みはいまにもがらがらと崩れそうだった。「レスター」

「お世辞で言ったんじゃない」

ドラモンドはカップ四分の一ほどの砂糖をコーヒーに投入した。

「あんたは美人だ。東部でつき合った女たちを思い出すよ。上品な大学を出た女たちをな」

しかしスザンヌはビジネスライクに徹した。

「きょうのおすすめは巣のなかの卵で、これは焼きたてのポップオーバーにポーチドエッグを詰めたものです。ほかには、ベーコン入りスクランブルエッグ、レッドベルベット・パンケーキ、それから……ええとたしか……ポークソーセージがあと何人分か残っているはずです」

「スクランブルエッグを頼む。トーストした全粒粉パンも」

スザンヌは注文を書きとめた。「かしこまりました」

「金曜の夜の芝居は行くのかい？」ドラモンドが訊いた。地元演劇集団のコミュニティ・プレイヤーズが『タイタニック』の舞台版を上演することになっているのだ。

「たぶん」とスザンヌは答えた。サムと会う約束がなければね、と心のなかでつけくわえる。

「おれも主要な役どころを演じるんだよ」ドラモンドは自慢げに言った。「船長の役だ」

「船とともに沈んでいく人ですね」スザンヌは言った。「うってつけの配役じゃないですか」

ドラモンドは彼女の顔をしげしげと見た。「そう思うか？」

スザンヌは冷ややかなまなざしを向けた。ふたりのあいだにぶらさがっている未決着の問題をちょっと持ち出してやろうか。うん、いいわね。

「いちおうお知らせしておきますけど、レスター、なんの罪もないかわいそうな犬を一匹、うちで預かっています。あなたが田舎に隠していた闘犬の檻から命からがら逃げ出してきた犬のことですよ」

ドラモンドの顎の筋肉がひくついた。「あそこにいた犬たちがおれのものという証拠はひとつも出ていない」

「いまのところはね」とスザンヌは応じた。

ドラモンドは指を一本振りながら、にやりと笑った。

「おれの前ではいい子でいたほうが身のためだぞ、スザンヌ。この町の銀行の次期頭取はおれかもしれないんだからな」

「なんですって？」スザンヌは愕然とした。こんなばかげた話を聞いたのは、ボブ・コナーズが自分のところの牧草地を双頭のヘビが這い進んでると言ったとき以来だ。

しかし、たちまちドラモンドは横柄な態度を剝き出しにした。

「そうなんだよ。すでにエド・ラプソンに面会して、応募書類を提出してある」胸をかすかにふくらませる。「かなりいい感触だったと思うね」

スザンヌは慎重な口調で切り出した。

「それは本当にあなた向きの仕事なのかしら？　だって、連邦準備制度の機能だとか、債券や利子のしくみを理解しなくてはいけないんじゃない？　その手のことをいろいろと」

うっかり〝それに人とうまくやっていくすべもね〟とつけくわえそうになったが、それはやめておいた。

「いいか、スザンヌ」ドラモンドの声が強い調子に変わった。「おれは三年間、刑務所の運営をしてきた。大手企業のＣＥＯとまったく同じ仕事なんだよ。いちばん高いところから組織を仕切り、ふさわしい人間を雇い、全体を俯瞰《ふかん》する。それにくわえ、おれには組織をまとめる能力と財務に関する優秀なる頭脳がそなわっているんだ。こまかいことは、必要に応じて学んでいけばいい」

「そうね」スザンヌはゆっくりと言った。「たしかに、働きながら身につけていくのがいちばんでしょうね。人の人生――おそらくは全人生――がかかっている銀行の仕事なんですもの」

「おもしろい話を聞きたい？」

スザンヌは厨房に飛びこむなり言った。

「聞かせて」

カウンターの前で機械を使わずに大きなボウル一個分のフロスティングをつくっていたペトラが応じた。

「どうかした？」

そう訊いたのはトニで、彼女は汚れた皿でいっぱいの灰色のプラスチックの洗い桶を抱え、食器洗浄機に入れようとしていた。

スザンヌは白い歯を見せた。「レスター・ドラモンドが銀行の頭取に応募したんですって」

「うそ！」ペトラが叫んだ。

「入口のドアを閉めなきゃ！」トニがはしゃいだように言った。「いまのは本当？」

「本人はやる気満々よ」とスザンヌ。

「正気の沙汰じゃないわ」ペトラは言い、しばし手をとめ、スザンヌの話をあらためて考えた。「採用されると思う？」

「可能性はあるわね」スザンヌは地区担当責任者のエド・ラプソンを頭に思い浮かべ、ドラモンドはラプソンが気に入るタイプだと結論づけた。感情に流されないし、手厳しい。農家から信用貸しを頼みこまれても、小さな家族経営の会社が融資を申しこんできても情にほだされたりしないだろう。

「いやだわ」ペトラが言った。「あの人が採用されたら、当座預金の口座をよそに移さなくちゃ」

「同感」とトニ。「速攻でね」

「それにしても」ペトラが首をかしげた。「評判が悪いうえに気性の荒い人が銀行の頭取にふさわしいなんて、誰が思うのかしら？」

「あんただったら刑務所長をつとめたあとはどんな仕事をする？」トニが訊いた。

「おもしろい質問ね」スザンヌは言った。「わたしなら、そうねえ……服役経験があるカリスマ主婦のマーサ・スチュワートのもとで働こうかしら」

「それ、いいかも」トニがスザンヌを指差した。

「これもまた、近年のわが国における不安定さを象徴しているのかもしれないわね」ペトラがしみじみと言った。「かつては盤石で信頼性の高かったものも、いまは必ずしもそうじゃなくなっている。銀行。この国の自動車メーカー。おまけに株式市場」

「行政府も忘れちゃいけないよ！」とトニ。

「連邦、州、それとも市町村？」スザンヌが訊いた。

「全部！」トニは大声で言った。

「でも、ドラモンドが銀行の頭取になるなんて」ペトラはわびしそうな声を出した。「わたしの頭では理解不能だわ。だって、あの人は闘犬をやってたせいで刑務所をくびになったのよ!」

「あいにく、告発されなかったんだもの」スザンヌは言った。

「そもそも、どうやってうまいこと容疑を逃れたのさ?」トニが訊いた。

「犬舎があったのはあの人の土地じゃなかったから、いろいろあったみたい」スザンヌは説明した。「郡の検察官は水も漏らさぬ主張を組み立てられなかったの。思うに、ドラモンドがばか高いお金で雇った都会の弁護士さんが、払ったお金に見合うだけの仕事をしたんでしょう」

「これだけはきっぱり言える」ペトラが言った。「無防備な動物を虐待するような人なんかに、わたしのお金をさわられたくない」ほかのふたりがうんうんとうなずくのを見て、彼女は先をつづけた。「かわいそうな犬たちを傷つけるような人なのよ、わたしたちにどんなことをするかわかったものじゃないでしょ」


スザンヌは少し気持ちを静めたくなって、〈ニッティング・ネスト〉に足を向けた。入ったとたん、ほっとくつろいだ気分になれた。布張りの椅子、壁を飾る完成品のセーターとショール、店のいたるところに置かれた豪華な糸や布のカラフルなコレクション。ペトラのおかげで〈ニッティング・ネスト〉にはモヘアにアルパカ、それにわずかながらカシミアまで揃っている。

新しい編み針もいくつか届いており、そのなかには竹の編み針——両端が尖ったものと片方の端に玉がついたもの——も含まれていた。編み物好きが狂喜乱舞することまちがいなしだわと思いながら、なめらかな表面に指を這わせた。竹の編み針はアルミのものよりもかなり軽量で、使えば使うほど味が出てくるとも言われている。

うしろから小さな足音が聞こえ、スザンヌはくるりと振り返った。「まあ！」と声をあげ、胸を手で押さえた。「いらっしゃい」

チャーリー・スタイナーの妻のエリーズ・スタイナーが、おどおどした顔でスザンヌを見つめていた。

「驚かせてしまってごめんなさい」エリーズは言った。「でも、あなたがここに入っていくのが見えたものだから、それでわたし……あの、ちょっと話がしたくて……ふたりだけで」

エリーズ・スタイナーは少しやつれた感じながら愛くるしい女性で、生粋のスカンジナヴィア人にしか見られない色白の肌とホワイトブロンドの髪をしている。熱心なルター派信者で、図書館のボランティアをつとめ、ペトラが主催するスティッチ&ビッチの会員でもある。もっともエリーズはいつも、縫い物サークルとそのものずばりの言い方をしていた。

当然ながら、きのうカフェでチャーリーが怒りを爆発させたことが、即座に思い浮かんだ。エリーズはその話をするつもりなの？　そもそも彼女はあの一件を知ってるのかしら？

知っていた。

何度かつっかえながら、エリーズは訊いた。

「うちの主人がちょっと妙なことを言わなかった？」

スザンヌはとぼけることにした。「なぜそんなことを訊くの?」

エリーズの色白の肌が真っ赤に染まった。「《ビューグル》のジーン・ギャンドルから電話があって。きのうのモーニングタイムに、チャーリーが亡くなったビューサッカーさんのことであれこれまくしたてたと聞かされたわ。こんなこと恥ずかしくて訊けないけど、スザンヌ、チャーリーがなんて言ったか知ってる?」

スザンヌの記憶では、チャーリーはローンの返済がとどこおった件を憎々しげに語っていたが、あれにはみんな神経を逆なでされたことだろう。しかし、エリーズに気まずい思いをさせたくなくて、こう言うにとどめた。

「ご主人は銀行からの融資について不満を持っていたようね」

エリーズは首をすくめた。「じゃあ、知ってるのね?」

「ええ……まあ」

「ローンの返済がかなり遅れてるの」エリーズは渋い顔になった。

「銀行に直接掛け合ってみたの?」スザンヌは訊いた。「もうちょっと待ってもらうよう頼んでみた? 猶予期間みたいなのがあるんじゃない?」

エリーズはうなずいた。「だめだった。うちの農場を差し押さえるって」

「ひどいわね」いまこの瞬間にも、勤勉な人たちがこの手の財政的悪夢に見舞われていると思うと、突きあげられるような怒りを感じた。こんなのひどすぎる。

エリーズは足もとを見つめながらつぶやいた。「チャーリーが心配なの。かれこれ二週間、変なことばかり言ってて。脅し文句をつぶやいたり、頭のなかであれこれ計画を練ったり。銀行に仕返しする方法をいろいろと」

「でも、実際になにかしようってわけじゃないんでしょ？　まさか……復讐するなんてことは？」

エリーズはあきらかにあわてふためいた様子で、重心をかける足を替えた。

「それは、なんとも」

「まいったわね」とスザンヌは言った。「いまの話をドゥーギー保安官にもした？」

エリーズの顔が苦痛でゆがんだ。「まさか！　そんなことしたら、保安官がチャーリーを逮捕しにくるじゃない！」

「そうは言うけど、ジーン・ギャンドルがしっかり聞き耳を立ててたから、チャーリーがわめきちらした内容はすでに保安官にも伝わっているみたいよ」

「そんな」とエリーズ。

「なんとか力になってあげたいけど……」

「力になられるわ」とエリーズは言った。「ビューサッカーさんの死の捜査は、ここカックルベリー・クラブが中心になっているわけでしょ。目をしっかりあけて、耳をそばだてていてもらえないかしら。誰が容疑者として浮上するか見ててほしいの。もしわかったらわたしに教えて」

「あまり気が乗らないわ」

エリーズは一歩前に踏み出し、スザンヌの腕をつかんだ。「お願い！」

スザンヌはエリーズ・スタイナーの必死の表情にじっと見入った。

「わかった。なんの約束もできないけど、できるだけのことはする」

「よかった」エリーズの声はほとんど嗚咽に変わっていた。

しかしスザンヌの気持ちはまだ揺れていた。強欲な銀行に農場を取られる結果に終わるだけかもしれない。やっぱり、探りを入れる約束なんかするべきじゃなかった。ああどうしよう、もうしちゃったわ。しかし、すぐにこうも思った。チャーリー・スタイナーが本当にビユーサッカーさん殺害をもくろんだとわかったら？　そのときはどうなるの？　わたしにも危険がおよぶことになるの？

8

エリーズ・スタイナーがスザンヌの腕を万力のように締めつけていた手を離すまで、永遠にも思える時が経過した。とにかく彼女は手を離してくれた。「ありがとう」とまたも蚊の鳴くような声で礼を言ったときも、あいかわらず不安が埋葬布のように顔を覆い、細い肩をすぼめていた。

傷心のエリーズは〈ニッティング・ネスト〉から引きあげ、重い足取りで雪景色のなかに出ていった。スザンヌはそのうしろ姿を見送り、それから安堵のため息をひとつついた。

保安官から捜査状況の最新情報をたっぷりと仕入れなくては。最後に彼と話してから二十四時間弱が経過し、どの程度まで捜査が進んでいるのか気になるところだ。ワイヤーについてあらたにわかったことはあるのだろうか。銀行に恨みを持つ顧客で容疑者になりそうな人物を特定できただろうか？　そもそも、少しは進展しているのだろうか？

ねえ、保安官、いまはどういう状況なの、と心のなかで尋ねてみる。話しに来て。電話して。メールして。SOSを発信して。なんでもいいから。

考えをまとめようと〈ニッティング・ネスト〉のなかを見まわしながらも、チャーリー・

スタイナーがあの晩の恐ろしい出来事にかかわっていたのではないかという思いを頭から振り払えずにいた。何度も何度も同じ疑問につまずいた——怒れる酪農家がその怒りのおもむくまま、真冬の吹雪のさなか、人の頭を切断するべく細いワイヤーを張ったのだろうか？ 考えるだけで背筋に冷たいものが走った。そうだとすると、チャーリーは正常な状態から深刻な精神状態へと一瞬にして変化したことになる。

本当にそういういきさつだったの？

スザンヌにはわかりようがなかった。手もとにあるのは、ひと抱えもの憶測だけ。なのに、夫が事件に関与したのではないかと悩み、不安に押しつぶされそうな妻の力になってやらなくてはならない。

まいったわ。

スザンヌはやわらかな白い繊維くずを拾いあげ、指に巻きつけた。それから雑念を振り払おうと頭を左右に振った。まったく、心理学の専門家や精神科医といった人たちは、こんなときいったいどう対処しているのだろう。正常な範囲から大きく逸脱した人たちの隠された動機や異常な感情表現を理解しようとするのは、さぞかし骨の折れることだろう。それこそ、自分の頭までおかしくなってしまいそうだ。

カフェに戻ると、トニがカウンターに入って、モーニングタイム最後のお客の会計をしていた。ということはつまり……わあ、たいへん！ もうすぐランチタイムだわ。早送りモードでがんばらなくては。

ペトラ特製のニンジンとリンゴのコールスローに使う大量のニンジンの皮を剝き終えたところで、スザンヌはようやくエリーズ・スタイナーとの会話を打ち明けた。

「彼女の力になってあげるの？」ペトラは訊いた。

「そうすると約束しちゃった感じなの。だけど、なんだか落ち着かなくて」

「いわゆる両天秤をかけているも同然だからでしょ。保安官から情報を得ようとしながら、彼がチャーリーに抱いている疑念をエリーズに教えてあげるわけだもの」

「ええ。そんなところ。この状態から脱するにはどうしたらいいの？」

「脱するわけにはいかないわよ」ペトラは歌うように言った。「約束は約束だもの」

「意地悪」

「保安官の捜査のゆくえだけを追っていればいいんじゃない？　捜査がべつの方向に行ってしまえば、チャーリーのことはどうでもよくなるんだから」

「そう思う？」

「ううん、思わない」ペトラは大鍋でぐつぐつ煮えているスープに木べらを差し入れ、味見をした。首をかしげ、塩をひとつまみ足した。

「黒板タイムだよ〜」

トニが洗いものを入れた桶を抱えて、猛然と厨房に飛びこんできた。

「大群が地響きをさせて復活する前に、きょうのおすすめを黒板に書いたほうがいいよ」

スザンヌは黄色いチョークをつまんでペトラを見つめた。「で、きょうのメニューは？」

「本日のスープは」とペトラ。「トマトとかき卵のスープにイタリアンブレッドのトーストを添えたもの。これだけでじゅうぶん食事になるわ」

「はい、書いたわ」とスザンヌ。「ほかは？」

「チキンの薄切りをのせた、いまをつかむ《シーズ・ザ・デイ》シーザーサラダ。ツナのホットサンドとニンジンとリンゴのコールスロー。締めくくりはジンジャーブレッド・ケーキよ」

　スザンヌはせっせと黒板にメニューを書き、値段をつけくわえた。ジンジャーブレッド・ケーキのところまでくると、横に手早く二ドル九十九セントと書いたが、いったん手で消し、三ドル九十九セントと書き換えた。一ドル高くすれば収益がふくらむと見込んでのことだ。

　十分後、お客が入りはじめた。

「きょうは楽勝の日ね」トニと一緒にカウンターでコーヒーカップやらフォークやらを出しながら、スザンヌは言った。

「たしかに」トニは腰を左右に振りながら言った。

「ずいぶんとご機嫌じゃないの。ねえ、朝からピンクのブラをわざとのぞかせてるけど、いったいどういうこと？」

「チップをはずんでもらおうと思ってさ」

「ふうん。それで、効果はあるの？」

「もちろんだよ、ベイビー」トニはにやりとした。「効果はあるよ《イッツ・ワーキング》。ちゃんと働いてる《アイム・ワーキング》んだから」

「とにかく……やりすぎないでよ、いいわね？　ここはカックルベリー・クラブであって、ヴィクトリア・シークレットのコレクションじゃないんだから」

「大丈夫だって」トニはゆっくりとウィンクした。

一時十五分前、ランチタイムが落ち着きを見せはじめ、スザンヌもひと息入れようと思ったときのことだ。エド・ラプソンが顔色の悪いしょぼくれたハミルトン・ウィックをしたがえ、カックルベリー・クラブにずかずかとのりこんできた。ふたりとも地味な黒いスーツにワイシャツ姿だ。身につけているなかで色のあるものは、赤い縞の細めのレップタイだけだった。

「いらっしゃいませ」スザンヌは明るく声をかけ、陽当たりのいいテーブルに案内した。「当店へようこそ。銀行のほうはいろいろ大変でしょうが、おなかをすかしていらしたんでしょう？」

ラプソンとウィックはテーブルについた。

「会えてうれしいよ、スザンヌ」ハム・ウィックが言った。彼は人あたりがよく、いつもやさしく声をかけてくれる。

「ビューサッカーさんのことは本当にお気の毒だったわね」スザンヌはウィックに言った。

「しかも亡くなったのが……」そこで肩をすくめるような仕種をした。

「ここだったそうだね」ウィックはうなずきながら言った。「わたしのほうもきみに同情しているんだ、スザンヌ。いろいろ大変だったんだろう?」

ウィックの目にまがいものでない悲しみが浮かんでいた。

「ビューサッカーさんのお葬式は明日おこなわれるんでしょう?」

「そのとおり」エド・ラプソンが割って入った。「遺体が戻ってきた以上、ぐずぐずしている理由はないのでな」

「きみも来るかい?」ウィックが尋ねた。

「もちろんよ」

スザンヌはハム・ウィックに同情した。彼はベン・ビューサッカーに先を越されて頭取の座につけなかったのだ。レスター・ドラモンドの希望がとおれば、またも先を越されることになるだろう。

「わたしはスープをもらおう」ラプソンには雑談するつもりはないようだった。

「ツナのホットサンド」ウィックはスザンヌにほほえみかけながら言った。

しかし、スザンヌが注文を書きとめていると、ハム・ウィックが意外なことを言い出した。

「スザンヌ、たぶんきみはここにいるラプソンさんに一任するつもりだろうけど」

スザンヌは顔をあげ、目をしばたたかせた。「なんの話?」

「つまりだね」とウィック。「わたしを支持してもらえないだろうか。地元ビジネスの経営者のひとりとして」

「あなたを支持するってどういうこと?」

「その男は自分を頭取にするよう働きかけているんだ」ラプソンが苦り切った声を出した。と同時におもしろがっているようでもあった。

「そうなんですか？」スザンヌとしてはほかに言いようがなかった。ハミルトン・ウィックをやり手と思ったことはない。むしろ、考えつくかぎりもっとも存在感の薄い頭取になりそうだ。

「とにかく」ウィックはつっかえつっかえ言った。「きみが信任票を投じてくれたらとても助かる」

「本当でしょうか？」スザンヌはラプソンに尋ねた。

独善的な笑みがラプソンのでっぷりした顔に広がった。「もちろんだ。当然じゃないか」

「思うんですが」スザンヌは注文票をペンでトントンと叩いた。「銀行全体から思いやりとか心遣いのようなものを感じられるようになれば、キンドレッドに新風が吹きこまれるのではないでしょうか。ウィックさんがそれを実現してくれるなら、とてもいいことだと思います」

「ありがとう」ウィックは顔を輝かせた。

「ふん」ラプソンは鼻を鳴らした。

「ねえ、知ってた？」厨房に戻るとスザンヌはペトラに訊いた。「ハム・ウィックが頭取の座をねらってるんですって」

「それはびっくりだわ」とペトラは言った。「自分の影にもびくびく怯えるような人なのに」

「ツナのホットサンドをあとふたつ」トニがいきおいよく厨房に入ってきた。

「ねえ、落ち着いてよく聞いて。いま、驚くべきビッグニュースが飛びこんできたの」ペトラはそう言うといたずらっぽく笑った。「そんじょそこらのビッグニュースなんかじゃないわよ」

トニはスザンヌからペトラへと視線を移した。「ふたりしてなんの話をしてるのさ？」

「ハミルトン・ウィックが頭取の座を射止めようとロビー活動しているの」スザンヌが説明した。

「ハム・ウィックが？」トニは訊き返した。「あの、子ども番組に出てたミスター・ロジャースもびっくりのやさしいおじさんが？　がらすきの道路を運転するときだって時速二マイルしか出さないようなあの人が？」

スザンヌはうなずいた。「そう」

「あの人じゃだめだよ。典型的な小心者だもん」

「でも、レスター・ドラモンドよりはまともだと思うけど」とペトラが言った。

「そのふたりからしか選べないわけ？」とトニ。「冗談はやめてほしいね。だったらネットバンキングを利用するほうがましだよ」

「だめよ、絶対！」ペトラが大声を出した。「ケイマン諸島にでもあるあやしげなオフショア銀行かナイジェリアの似非《えせ》芸術家にお金をふんだくられるのがおちよ。そもそも、ハニー、あなたはパソコンにくわしくないじゃない」

「勉強すればいいんだって。自分用にiPodを一台買おうかな」

「それはiPad」とスザンヌ。

「そうだっけ？」


「お待たせしました」

スザンヌはラプソンとウィックが注文した品を置いた。

「そうそう、忘れないでね。デザートにジンジャーブレッド・ケーキがあるの」

しかしウィックはさっきとはうって変わって元気がなかった。ラプソンにお目玉でもくらったのだろうか。あるいは嫌味を言われたのか。

「ミズ・デイツ」ラプソンが言った。「うちの銀行には、あふれんばかりの自信をみなぎらせた人物が必要と思わないかね？」

ハミルトン・ウィックの顔がイチゴのように赤くなった。

スザンヌは咳払いをした。ウィックが頭取候補にふさわしいとは思っていないが、物笑いの種にされている姿は見たくない。

「頭取の職には、できるかぎりふさわしい人物が必要と考えます」とラプソンに向かって述べた。「広報的見地から言って、キンドレッドにおけるひじょうに重要な職ですから」

「キンドレッドがなぜ関係してくる？」ラプソンはきつい口調で尋ねた。

ちがうんでね」

「ミルズ・シティ銀行は当社の判断基準にしたがい、もっとも有能な人物を選ぶ。キンドレッドからの要望は関係ない」ラプソンのげじげじ眉がしかめられた。「人気コンテストとはちがうんでね」

「は？」

「そんなことを言ってるんじゃありません」スザンヌはきつい口調で言い返した。「この町の住民は、頭取という地位についた人物を町と経済の指導者と見なすだろうと言ってるだけです。銀行業務のすべてに精通すると同時に、ここに住む人々の経済的ニーズも知りつくしていると。頭取を決める際にはそこを考慮していただけるとありがたいですね」

「キンドレッドのようなろくでもない町が、ずいぶんと無理な注文をふっかけてくるものだな」ラプソンは笑いを噛み殺した。「ついでに言うなら、ろくでもない保安官しかいない、ろくでもない町だ。あんたの友だちのドゥーギーとやらは、『アンディ・グリフィス・ショー』のセットから抜け出たみたいな野郎だしな」

ラプソンが大笑いするかたわらで、ウィックはうつむき、恥ずかしさのあまり顔をさらに赤くしていた。

「すみませんが」スザンヌは目を怒りで燃やしながら言った。「いまのお話はこの町のことでしょうか？　おたくの銀行がある町のことでしょうか？　ここの住民がおたくの金融サービスを受けるにふさわしくないとお考えでしたら、ジェサップにある銀行と取り引きいたします」

ラプソンは細い一本の線になるまで目を細め、釣りあげられて最後の息をしようとするナマズのように口をあけて閉じた。「ずいぶんと小賢しい口をきくんだな」とすごんだ。

「でしょうね。小賢しい女ですから」

しかし、ほかのお客の相手をしにテーブルから離れかけると、うしろからラプソンのぼそぼそ言う声が聞こえた。

「これでわたしを追い払えると思うなよ——いや、うちの銀行をと言うべきか。あんたがどんな町に住んでいるつもりか知らないが」

9

ラプソンの言葉が耳まで届くと、スザンヌの背中を冷たいものが伝い落ちた。

大きく深呼吸をして、振り返るまい、怯えた様子を見せまいと心に決めた。取り乱してはだめ、と自分に言い聞かせる。気性の荒い犬を相手にするときと同じ。反応しちゃだめ、怯えた顔を見せちゃだめ。自分のほうがえらいんだから。

しかし心のなかでは猛烈に怒っていた。

まったく、ラプソンて人は何様のつもり？　神様が金融界にくだされた贈り物？　銀行の帝王？　キンドレッドの次の頭取は、あの人ひとりの票で決まるわけ？　ラプソンの傲慢でえらそうな態度は想像をはるかに絶していた。

無事にカウンターのなかに戻ると、満足そうにしている温厚なお客——もちろんあのふたりはのぞく——を見まわし、気持ちを切り替えようとした。

もういいでしょ。エド・ラプソンになにか言われたって、絶対に気にしちゃいけない。それでも、あの人には常に目を光らせておいたほうがいいような気がする。あくまで念のためだけど。傲慢で愚かな物言いのほかにも、人を少なからず不安にさせるものがあるからだ。

「どうかした、スザンヌちゃん？」トニがいつの間にか隣に立っていた。

「ラプソンさんよ」スザンヌは声をひそめて言った。「また、ばかなふるまいをしてるものだから」

トニはラプソンのほうにちらりと目をやり、それからひどくまじめくさって言った。

「ばかなふるまいをしてるわけじゃないよ。あいつは正真正銘のばかなんだ」

とたんにふたりはぷっと噴き出した。

「あいつにカックルベリー・クラブ選出の頭でっかち賞《エッグヘッド》を贈呈したらどうかな」トニが言った。

「そんな賞、あった？」スザンヌも調子を合わせた。

「もちろん。ボウリングのトロフィーみたいな形をした金色のでっかい像でさ、てっぺんに卵がついてるんだ。あるいは、レスター・ドラモンドにやってもいいね。あんたがそのほうがいいって言うんなら」トニはそこで声を落とした。「さっき、ドラモンドともいちゃいちゃしてるの、見ちゃったよ」彼女は人差し指を口に突っこむまねをした。「うげー」

「よく気がついたわね」スザンヌは言ったが、すぐにいくらかまじめな顔に戻った。「でも、そのふたりが今度の殺人事件にかかわってるみたいでいやな感じだわ」

「かかわってる人は大勢いるじゃん」

「あいにく、有力な容疑者はひとりも浮かんでこないけど」

「保安官はなにもつかんでないわけ？」トニは訊いた。

「保安官のほうはわからない」スザンヌは言いながら電話に手をのばした。「でも、電話して聞き出してみる」

「いい考えだよ。どうなってんのか知りたいもん」

スザンヌは記憶している保安官の番号をプッシュし、しばし待ってから言った。

「残念、留守電だわ」

「いちおうメッセージを入れておきなよ」トニがうながす。

スザンヌはうなずくと、電話に向かって言った。「お仕事で忙しいのはわかってるけど、保安官、ぜひともいろいろと状況をうかがいたいの。きょうにでもカックルベリー・クラブに顔を出してもらえると、ありがたいわ。そうそう……ケーキがあるわよ。おいしいケーキが」

「ジンジャーブレッド・ケーキだよ」トニが送話口に顔を近づけて言った。

「それじゃあ、お願いね」スザンヌは電話を切った。

「来てくれるかな?」トニが訊いた。

スザンヌは肩をすくめた。「さあ、だといいわね。ケーキをちらつかせれば、いつもばっちり釣れるんだけど」彼女はつやつやした黒い缶に手をのばした。「きょうは気分をしゃんとさせたいから、茉莉花茶《ジャスミン》を淹れることにするわ」

「いいね」トニが言った。「ペトラがレモン・スコーンを焼いてるよ」

スザンヌはラプソンとウィックのほうに頭を傾けた。

「あの邪魔なふたりが帰ったら、ティータイムの準備にかかりましょう。白いテーブルクロス、角砂糖、レモンのスライス、すべて完璧にね」

「あのでこぼこコンビをどうにかしてくるよ」トニが言った。「伝票を置いて、お皿をさげてみる」

「頼むわ」

スザンヌはカウンターから出て店内を突っ切り、壁際でぷすぷすいっている冷蔵庫に歩み寄った。なかの棚にはぷっくりしたキュウリのピクルスの瓶詰め、缶入りのジェリーとジャム、絶品もののゴーダチーズとスイスチーズがおさまっている。どれも地元生産者がカックルベリー・クラブに販売委託している品物だ。この方式は、関係者全員にとってメリットがある。スザンヌは売り上げのほんの一部を受け取り、生産者には分け前がたっぷりいくようになっている。棚にざっと目をやったスザンヌは、自家製パンが一斤もないことに気がついた。バナナとクランベリーのブレッドをつくっているパン職人のシャー・サンドストロームに電話して、何斤か持ってきてもらうこと、と心のなかにメモをした。

次に、今夜はペトラのスティッチ&ビッチがひらかれるため、〈ニッティング・ネスト〉に飛びこんでいろいろ確認をすることにした。さっきもやろうとしたのだが、エリーズ・スタイナーが現われたせいで、中途半端に終わってしまったのだ。

色とりどりの毛糸をピラミッド状に積みあげ終えたちょうどそのとき、正面の駐車場からとどろくような音が聞こえてきた。

保安官かしら？　もう来てくれたの？　だとありがたいわ。

カフェに戻り、店内を見まわした。ラプツンとウィックはようやくいなくなり、テーブルには白いクロスがかけられ、ガラスのキャンドルホルダーのなかで小さな白いろうそくが炎を揺らめかせている。

でも、さっき外から聞こえたものすごい音はなんだったの？

スザンヌはシフォンのカーテンをどけて、窓の外をうかがった。

「なにかあった？」トニの声がした。彼女はシルバーのスプーンをエプロンで磨いているところだった。

スザンヌは渦巻き状についた霜のむこうに目をこらした。「ジュニアだわ」

「まさか！」トニが素っ頓狂な声をあげ、飛ぶようないきおいで店を突っ切った。「あのうすらトンカチ、なにしに来たんだろ。仕事のはずなのにさ。またくびになったんなら、このあたしが……」彼女は片腕を曲げ、威嚇するようにこぶしを握った。

「あなたに会いに来たのよ、きっと」スザンヌは言った。

「そうかな？」トニはとたんにまんざらでもなさそうな顔になった。

「ちょっと待って」スザンヌはトニの機嫌がころりと変わったことが気になった。「あなた、たしか離婚するって息巻いてたはずでしょ」

「いまだってそのつもりだよ。ただ……あれ、もしかしてあいつ……？　いつもとちがう車に乗ってるみたいだね。そうだよ、あれはポンコツのひとつだ。なるほどねえ。ようやっと古いシェビーが動くようになったんだ」

少年院を出所したあと車の修理を学んだジュニアは、ポンコツ車に目がない。ちゃんと走らなかったり、トランスミッションがいかれていたり、作業台にのせたままの車があると、壊れて役に立たなくても惚れこんでしまう癖がある。まったくわけがわからない。

ふたりが窓から見つめていると、元不良少年のトニの夫が車から降り立った。おなじみの黒い革ジャンに腰穿きしたジーンズ姿のジュニアは、なんの悩みもないかのように、のろのろと歩き出した。

「なにをする気なんだろ？」トニがつぶやいた。

ぬくぬくしたカックルベリー・クラブに向かってくるのかと思いきや、ジュニアは当局による車両検査でもしているみたいに、車のまわりをゆっくりとまわった。ようやく窓に目を向けると、そこでスザンヌたちが見ているのに気づいて手を振った。

「つたく、しょうがないやつ」トニが小声で言った。

「あの人、なにをしてるの？」スザンヌは訊いた。

「車がどうかしたんじゃないかな？」

「わたしたちに外に出てきてほしいみたいよ」

ジュニアがまたふたりを手招きした。彼は色黒でがに股の気取り屋で、黒い髪をねじったりなでつけたりして、ジェイムズ・ディーンも顔負けのリーゼントヘアにしている。

「なに？」トニが窓のところで口を動かして訊いた。

「ふたりに見せたいものがあるんだよ」ジュニアの声がかすかに聞こえた。

スザンヌはドアをあけて、身を乗り出した。「どうしたの？　車の故障？」

「出てこいって」ジュニアは言った。「ちょっと実演をやるからさ」

「外で？　こんな寒いのに？」

ジュニアは両腕を広げ、わざとらしくうなずいた。

「つき合ってやろうよ」トニが言い、ふたりはコートをはおり、並んで外に出ていった。

「なんなの？」スザンヌの顔の前で吐く息が煙のように立ちのぼった。

それこそジュニアが待っていた瞬間だった。彼はそそくさと赤ワイン色のシェビー・インパラのボンネットに歩み寄ると、汚れた手を派手に動かしてそれを引きあげた。

「これさ」彼は誇らしげに言った。「おれの最新の発明品」

トニが顔をしかめた。「あんた、いったいなに言ってんのさ？」

ジュニアはにやりと笑って指を差した。

スザンヌとトニはオイルまみれのエンジンを見おろした。腐食したバッテリーの左、マニホールドのてっぺんにひしゃげたパン皿がワイヤーで固定してある。

「なんなの、これ？」スザンヌは訊いた。

「自動車型調理器《カークッカー》さ」ジュニアは言うと、ストリッパーの太腿をさするような手つきでシェビーのフロントバンパーをなでまわした。「信じられるかい？　おれなんか昂奮のあまり、いまにもぶっ倒れそうだぜ。ここまで運転して、みんなに見せてやるのが待ちきれなくてさ。

こいつは最新のすごいやつなんだ。百万ドルも夢じゃない」

そこへ突然、ペトラが転がるように店の前に出てきた。

「いったいなにごと？　車が故障したの？」

「カークッカーだよ」ジュニアが言った。「おれの新発明さ」

「パン皿がくくりつけてあるわね」ペトラはのぞきこみながら言った。

「そいつはいくつかある特殊な部品のひとつだよ。ミートローフがつくれるよう、細心の注意を払って設計してあるんだ」

「設計してある？　ミートローフ？」スザンヌはあきれたような声を出した。車のエンジンルームで食べ物をつくるという考えが、いまひとつのみこめなかった。

トニは苛立ったように息を吐き出した。「あんたがこれまで思いついたなかでも、アレチネズミの養殖場に次ぐくだらなさだね」

「そんなことないって」ジュニアは辛抱強く答えた。「耳の穴をかっぽじってよく聞けよ。こいつはエンジン料理法における次なる大物でね。これぞ、本物の自動車クッキングってやつなんだ」彼は、嚙んで含めるように説明しないとわからない三年生のグループを見るような目でスザンヌたちを見つめた。「わかった。説明しよう。あんたたちが長距離の旅に出るとするだろ。そうしたら、まずは家でミートローフの材料を混ぜ合わせて、この調理器にセットする。あとは車を運転中に腹が減ってたまらなくなったら、道ばたにとまって、うまい料理を食うだけだ」

三人はジュニアを呆然と見つめた。

「考えてもみろよ」ジュニアは得々としゃべった。「さびれた場所の安食堂なんかに入って、缶詰をあけただけとしか思えないワンプレート料理に六ドル九十五セントも払うのにくらべたら、はるかにましじゃないか」

「言いたいことはわかるわ」ペトラが言った。

スザンヌはペトラをぽかんとした顔で見つめた。「大胆なことを言うのね」

ペトラは肩をすくめた。「料理学校では教わらないけど、たしかにホームクッキングにはちがいないもの」

「ちがうわ」とスザンヌ。「カークッキングよ。大ちがいじゃないの。ちょっと考えればわかるでしょうに。さび止めの味がするミートローフなんか本気で食べたいと思う？」

「そうねえ」ペトラは鼻にしわを寄せた。「それは遠慮したいかも」

「それで、ジュニア」スザンヌは言った。「これがまともに動くとして、ミートローフをつくるのにどれくらい走らなきゃいけないの？」

ジュニアは水を得た魚のように、得意そうな笑みを浮かべた。

「二百度にたもって百二十マイルだな」

「あのばかたれが」

トニは陶器のマグを手に取り、カウンターに叩きつけた。

「まったく、しょうもない大ばか者だよ」

「あの発明はそう悪くもなかったわよ」スザンヌは言った。暖かな店内に戻ったせいか、同情する余裕ができていた。

「そう?」トニは頭を振った。「古いシェビーの利用法を見つけるんだなんて言ってたけど、あれだもん。うしろがガタガタ揺れて、とても運転できない代物なんだよ」

「だったら、カクテルシェイカーのアタッチメントをつければよかったのに」ペトラがいたずらっぽく笑った。

「こんな寒いのに?」スザンヌは言った。「フローズン・ダイキリをつくるにはうってつけかもしれないけど」

ペトラはトニを見つめた。「あなた、いまもジュニアを愛しているんでしょ」トニが赤くなった。「やっぱり。顔にそう書いてあるもの。彼は魚を釣るみたいにしてあなたを引き寄せる。あなたは、あんなお調子者のそばをどうしても離れられない。にっちもさっちもいかない状態なのよ」

「そんなことないって」トニは言ったが、あいまいに笑ってうつむいた。

「愛は盲目って言うものね」スザンヌは言った。

「うーん、だけどさ、愛が盲目なら」とトニ。「なんであんなに下着がもてはやされるんだろうね?」

「そうなの?」ペトラが訊いた。

トニはもげそうなほど首を縦に振った。

「そうだって。ジュニアってばフリルいっぱいのちっちゃなテディをのべつまくなしに買ってくれるんだ。あんなのどうやって着ればいいか、さっぱりわかんないし、脱ぐとなったらなおさらだよ。まったく、あんなのどこで買ってくるのかも、いつ買ってるのかもわかんないよ。所得税を払う時間も、つるつるになったタイヤを交換する時間もないくせしてさ。なのに、テディを買う時間はつくるんだ。きっとあいつ、ヴィクトリア・シークレット中毒だね！」

「ねえ、ちょっと」ペトラは言った。「下着の話をしているのなら――いまの会話はそっちに向かっているようだけど――わたしはおばあちゃんパンツ一本やりでいきますからね、悪いけど。そんなもので引っかけたり、つなぎとめたり、屈したり、もつれを解消しようなんて思ってないわ。下着は素朴で普通がいいの」

トニがぷっと噴き出した。「ペトラ、あんたがこういう話題にそこまでこだわるとは思ってなかった。そんな信条、どこに隠してたのさ。全然ちがう一面を見たよ！」

すると三人全員が噴き出し、女学生のグループみたいにくすくす笑い合った。自分をさらけ出し、いくらかでも緊張を解くのは気分がいい。

「でもさ、下着のプレゼントの仕方で男がわかるんだ」しばらくしてトニが話し出した。

「インターネットで注文してありきたりの茶色い袋に入れて送ってもらうような知恵のまわる男じゃなければ、恥ずかしいのをがまんして下着売り場に出かけて買ってくれたってことじゃん。つまり、それだけ真剣だって言えるんだ」

「初陣の兵士が受ける砲火の洗礼と同じね」スザンヌはなるほどというように言った。「わかるわ」

裏口のドアをドンドンと叩く音がした。

ペトラが振り返った。「ジョーイだわ」

ジョーイ・ユーワルドは十六歳、あまりまじめとは言えないウェイター助手兼皿洗いだ。

「やあ、ジョーイ」トニが声をかけた。いつもと変わらぬデトロイトのラッパー気取りの黒いダボダボコートに腰穿きしたジーンズ、チェーンのアクセサリーをじゃらじゃらいわせた彼がずんずん近づいてくる。

ジョーイは店内をぐるりと見まわし、小さく手を振った。「やあ、みんな」

「ちょうどいいときに来てくれたわ」スザンヌが言った。「お茶、コーヒー、午後のデザートを求めて、いつなんどきお客様の大群が押し寄せてくるかわからないの」

「ふうん、そう」ジョーイは肌身離さず持っているイヤホンの片方を抜き、iＰｏｄを操作した。それから遠慮がちにスザンヌたちの顔色をうかがった。「おばさんたち、大丈夫？このあいだの晩、裏でとんでもないことがあったって聞いたよ」

「なんともないわ」スザンヌは焦ったように言った。

「そうそう」ペトラも相づちを打った。「ドゥーギー保安官がちゃんとやってくれてるもの」

「ホントに？」ジョーイはびくびくしているように見えた。

「さあ、ぼく」トニが声をかけた。「仕事にかかれる？」

トニはジョーイがお気に入りで、彼のタトゥー、ピアス、チェーンのアクセサリーを容赦のない冗談のネタにしている。

「かかれるさ」ジョーイは言ったが、その声は抑揚に乏しく、いつもの元気いっぱいなところがまるでなかった。

「じゃあ、あたしと来な」トニは彼の腕をつかんだ。「始めるよ」

スザンヌは遠ざかっていくふたりをにこにこと見送ったが、その笑みはあっという間に消えてなくなった。どうしたことか、いつものジョーイらしくない。ビューサッカーさんの事件で不安になっているのか、それとも原因はほかにあるのか。少年から青年への移行期という不安定な時期にいる多くのティーンエイジャーと同じく、ジョーイもふさぎこむことはある。でも、きょうの彼はスザンヌとまともに目を合わせようとしなかった。ジョーイはいつだって――。

「保安官だわ」ペトラが窓の外に目をやり、かすれた声をあげた。「保安官が来たわよ」

スザンヌの頭から、ジョーイを心配する気持ちが一瞬にして吹き飛んだ。

ペトラは不安そうな表情でエプロンで手をぬぐった。

「ねえ、保安官と事件の話をするなら、というか、するのはわかってるけど、〈ブック・ヌック〉でやってもらえる？　カフェのほうはお客様も来ることだし」

「問題ないわ」スザンヌはそう応じたものの、この二日間はどう考えても問題だらけだった。

入口のドアまで小走りした。保安官が店のなかに足を踏み入れた瞬間、ペトラの予言が現実のものとなった。お客が乗った車が三台、あらたに到着した。

「なにかわかったのか？」

〈ブック・ヌック〉の椅子に落ち着くと保安官は尋ねた。

「訊きたいのはこっちよ」スザンヌは言った。「そっちでなにか進展はあった？　ビューサッカーさんの事件にかぎっての話だけど」

保安官は無精ひげで覆われた顎を手の甲でさすった。

「きのう会ってからほとんど休みなしで捜査してたよ。例のワイヤーについてさらなる分析をおこなったし、いくつかのあらたな手がかりも追っている」

スザンヌは指をひらひらさせた。「その手がかりとはどういう……？」

「不満を抱いている銀行の顧客だ」

「不満を抱いている銀行の顧客がいるの？」

保安官は顔をしかめた。「いまそう言っただろうが」

「そのなかにわたしの知ってる人はいる？」

「そういう情報は洩らせないんだ」

「あら、かまわないじゃない。ほかのことはなんでも教えてくれたくせに」

しかし保安官はかたくなだった。「だめだ。だいいち、あんたはすでに充分、首を突っこんじまってることだしな、スザンヌ」

「首を突っこんでるのは、事件がここで起こったからでしょ」

保安官はなだめるように、両手を広げて差し出した。

「わかるよ、スザンヌ。だがな、捜査情報を一から十まで開示するわけにはいかんのだ。おれはしかるべき手続きを踏んで選ばれた保安官だ。そうである以上、どうしたって――」

「ああ、そうね。選挙演説はけっこうよ。もう再選を果たしたんだもの」

「ちょっと言ってみただけだ」

スザンヌは一拍おいた。「ケーキはいかが？」

「ケーキだと？」保安官の目のなかで光がはじけた。「もちろんだ」そう言ってから、大きな手をあげた。「なにか魂胆があるんじゃないだろうな？」

「魂胆なんかないわ」

スザンヌはカフェに行くとジンジャーブレッド・ケーキをいつもの倍の大きさに切ってデイナー皿にのせ、フォークとナプキンを添えた。それを持って〈ブック・ヌック〉に戻り、保安官に差し出した。

「実にありがたい」保安官はさっそく食べはじめた。「昼めしが足りなかったんだよ」

「そう」

スザンヌはわずかに身を乗り出し、児童向けの『たのしい川べ』を手に取って、片手で無造作に持った。「きょう、思いがけない人が訪ねてきたの」

保安官はゆっくりと口を動かしていた。「ほう?」

「エリーズ・スタイナー」

保安官は口を動かすのをやめた。「いったいなんの用だったんだ?」

「わたしから捜査情報を逐一聞きたいんですって」

保安官は目を剝いた。「なんだと?」

保安官の呆気にとられた反応を見て、スザンヌは思わず笑いそうになった。

「エリーズはご主人が第一容疑者にされたと思ってるみたい。想像がつくと思うけど、ご主人が留置場にぶちこまれて、ゴムホースで意識がなくなるまでぶん殴られるんじゃないかとびくびくしてるのよ」

「亭主は第一容疑者なんかじゃない」

「あら、じゃあ、誰なの?」

保安官はすわったままカーキ色の制服に包まれた巨体をもぞもぞ動かした。

「おれをからかってるのか、スザンヌ?」

「いいえ、全然」

保安官は突然、ぴりぴりした表情になった。

「つたく、いまはやたらと容疑者がいるんだよ。まるで薪の束みたいに山をなしてやがる」

10

その晩の七時をまわる頃には、ペトラが週一回ひらくスティッチ&ビッチの会はおおいに盛りあがっていた。今夜は編み物派、キルト派、かぎ針編み派など十二人の強者が、居心地のいい〈ニッティング・ネスト〉という場で膝をつき合わせていた。

上等な毛糸、編み針、刺繍糸、帯状あるいは方形のキルト生地が揃ったこの場所は、雨が降っても晴れても、夏でも冬でも毎週毎週集まってくる熱心な人たちにとって自宅とはべつのわが家だった。

しかし今夜は、おのおのがふかふかの椅子に腰かけて針をせわしなく動かしながら小声でおしゃべりするいつもの雰囲気とはちがい、なんとなくテンションが高かった。

最高級のベロッコのナヌークという毛糸――何世代にもわたって編み物界を魅了してきたもっとも人気ある毛糸のひとつ――が届いたばかりだった。ウール六十七パーセント、ナイロン三十三パーセントのこの毛糸は、大げさなほどの宣伝広告を裏切らない逸品で、〝ぜひさわってみたくなる〟のもうなずける。

ブルージーンズにゆったりしたカウルネックのセーターを合わせ、自然のままのショートヘアをクリップでうしろにまとめたペトラは、まさに水を得た魚だった。届いたばかりの毛糸の箱に手を突っこむと、生まれたての貴重な子犬をあつかうような手つきで、格別にやわらかな毛糸をメンバーにまわした。

「さて、毛糸好きのみなさんのご感想は？」

「雲みたいな感触」トビー・ベインズが言った。

「アルパカかと思うほどやわらかね」そう感想を述べたレティシア・スプレーグは、郊外の農場でヒツジとアルパカを飼育している。

「ため息か軽いタッチかという感じでしょ」ペトラは言った。「しかも、この見事な色！　信じられる？」

おいしそうな明るめのミルクチョコレート色のナーワール、黄褐色と茶色が絶妙に配合されたカリブ、光のあたり具合によって明るくも暗くもなるやわらかな色調のブラッシュグレイ、高貴な色調のライトラベンダーのポラリス。

「いちばん気に入ったのはこれ」ペトラは言うと、あざやかで深みがある赤の毛糸をひと玉かかげた。「クラウスという色よ。これでダニーにアフガンを編んであげるの。彼の部屋を少しでも明るくしたいから」

ペトラの夫のダニーは現在、センター・シティ養護施設の認知症患者用区画で暮らしている。残念ながら、彼のアルツハイマーはかなり進行し、もうペトラが誰かもわからなくなっている。しかし、そんな残酷な運命でもペトラの献身がそこなわれることはなかった。何時間も付き添って、ウォルト・ホイットマンの詩を読んでやったり、ブラウニーやスニッカードゥードルを差し入れ、暖かい毛布や新鮮な水が充分にあるか、常に気を配っている。ふたりでテレビを観るときは――たいていクイズ番組かオーディション番組だ――ペトラは必ずダニーの手を握った。

このうちのどれかひとつでもダニーの病状にプラスになっているだろうか？　ペトラはなっていると信じている。ダニーはより穏やかになり、より満足しているように思う。隣にすわっているのが献身的な妻だと気づいてもらえなくてもいい――たしかに、向き合うのがつらい現実だ。しかしペトラはひたすら祈りつづけ、ようやくいくばくかの安らぎを見出したのだった。

「ねえ、ペトラ」ディーディー・マイヤーが編んでいるショールから目もあげずに声をかけた。「殺人事件の捜査はどんな具合？」

室内は突如として緊張に包まれた。針を動かす手がとまり、目があちこち泳ぎ、肩がこわばった。

「ドゥーギー保安官が最善をつくしてるわ」ペトラは顎を引き気味にして答えた。「一日じゅう、うちの店を出たり入ったりしているの」

「でも、容疑者はいるの？」ディーディーの問いに、全員がもっとよく聞こえるようにと身を乗り出した。

「わたしには……」ペトラはうろたえ、いつ泣き出してもおかしくなかった。顔をあげると、入口にスザンヌが立っていた。「スザンヌ!」ふいに現われた親友の姿に大きく安堵し、ペトラは思わず大声で呼んだ。

「ちょっと様子を見にきたの」スザンヌは言った。

「よかった」ペトラはスザンヌと目を合わせた。

しかしディーディーには、あきらめるつもりも引き下がるつもりもなかった。

「いまペトラに、ビューサッカーさんが殺された事件のことを訊いてたの。わたしたちみんな、気になって……」

「わたしたちだって事件のことは気になってる」スザンヌはさりげなく相手の話をさえぎった。「でも、わが町の保安官事務所の人たちが気を抜くことなく仕事をしてくれるよう祈るしかないと思うの」

「あの人たち、ちゃんとやってるの?」レティシアが訊いた。彼女はどう見ても巨大な繭《まゆ》としか思えないものを編んでいた。

「そう見えるわ」スザンヌは言った。「でも、お願いだからみなさん、冷酷な犯罪の話はこれくらいにしましょう。わたしが顔を出したのは、ちゃんとごあいさつしたかったからなの。すぐに戻って、お茶とおいしいスナックを準備する任務に戻らないと」

お茶とスナックが出ると知ったとたん、ビューサッカー殺害にまつわるさらなる質問はきれいに消え去り、一同は一斉にため息を洩らした。

「今夜はあなたも一緒にいかが?」トビーが声をかけた。

「そうしたいところだけど」スザンヌは言った。「わたしが編み物にもっとも接近するのは、凍えるような夜にペトラに編んでもらったショールを肩にかけるときくらいなの。あなたたちは才能があるからいいけど」

「みんなで教えてあげる」ひとりの女性が元気よく言った。彼女は編んでいるセーターとつながっている多色染めの毛糸の山から顔を出し、にっこりとほほえんだ。指と編み針の動きがあまりに速すぎて、スザンヌの目にはほとんど見えなかった。

「みんな世界屈指のすばらしい先生だと思うわ。絶対に。編み物はいまも、死ぬまでにやりたいことのリストに入ってるの。いずれ習うつもりよ」

それを引き金に〝わたしが教えてあげる〟とか〝善は急げと言うでしょ〟という声が飛び交い、スザンヌはそれを背中で聞きながら〈ニッティング・ネスト〉を引きあげた。

ふー。危ないところだった。とくにビューサッカー殺害に関する話題を振られたときは困ったわ。もっとも、みんながあの話をしたがるのは無理もない。頭がなくなった気の毒なベン・ビューサッカーの話題で町じゅうが持ちきりだもの。きっと一部始終が明日の《ビューグル》紙の一面にでかでかとのることだろう。

スザンヌはため息をつくと、軽食を準備するため厨房に急いだ。

水を入れたやかんをコンロにかけると、大型冷蔵庫をあけてチーズを何種類か出した。ねっとりとしたゴート、こくのあるチェダー、安定のスイス。それらをカッティングボードの上で薄切りにし、真っ青な陶器の大皿にきれいに並べた。大皿はジェサップにある絵付けのできる店でトニが色をつけたもので、最初はルリツグミを描いたのだが、途中で息切れして魚に変更した。そのせいで、逆進化サイクルみたいな図柄になっている。

青リンゴの薄切りも一緒に並べ、アーモンド、カシューナッツ、ペカンを四隅に山盛りにした。パリパリのフランスパン二本はスライスして、柳細工のバスケットに入れた。

やかんの笛が小さく鳴ると、蜂蜜とバニラの風味のお茶と濃い祁門茶《キーマン》、二種類のお茶をポットに淹れた。おいしそうな香りが混じり合って厨房をただよいはじめ、スザンヌは大きく息を吸いこんだ。緊張がほぐれていくのがわかる。ティーポットによるアロマテラピーだわ。どんなときでもお茶の鎮静効果はばっちりだ。

持ち手のない中国製の青白柄カップを十二個と紙ナプキン、ミルク、砂糖、フォークやスプーンを出し、それを全部、シルバーのトレイにのせた。二往復ですべてを〈ニッティング・ネスト〉に運びこんだ。

全員から〝すごい〟〝わあ〟〝ありがとう〟の声が次々にとんだ。

「本当にありがとう」トビーがそう言って、厚めに切ったフランスパンとスイスチーズに手をのばした。

「どういたしまして」スザンヌは言った。「たくさん召しあがってね」

女性たちはうれしそうにうなずきながら、スナックを食べはじめた。

スザンヌは次に〈ブック・ヌック〉に向かった。明かりのスイッチを入れ、手芸の本が並ぶ棚に歩み寄った。編み物、かぎ針編み、キルト、それに一般的な手芸の本三冊を選んでカウンターに持っていった。ペトラが編んだピンクとピーチ色のアフガンを店の入口近くにある小さな丸テーブルにていねいに広げ、その上にさっきの本を積みあげ、そのうちの二冊を立てて置いた。毛糸玉数個と方形のキルトも並べてディスプレイは完成した。そうだ、あれがある！ あわててオフィスに駆けこみ、届いたばかりのクロスステッチの新刊を取ってくると、それもディスプレイにくわえた。

いずれ、編み物好きも刺繡好きも脚をほぐそうと席を立つ。そうなれば、ぶらぶらと〈ブック・ヌック〉にやって来て、なにか新しいものはないかと探すはずだ。その読みがはずれたことはない。この方法でいつも必ず、五冊から十冊の本を売ってきた。要するに、ちょっとなにかプラスするだけで、カックルベリー・クラブの収益はぐんとあがるのだ。

三時間後、スティッチ&ビッチの会は終了した。お皿はどれもからになり、パンくずひとつ残っていない。編みかけのニットはトートバッグにしまいこまれた。参加者は全員帰っていき、ペトラもさよならと手を振ると、仲間のあとを追って正面入口から駆け出していった。

スザンヌは長い一日の疲労を感じながらも、まだデスクに向かって書類の山と取り組んでいた。幸いにも、ショックを受けるようなことはひとつもなかった。期限の過ぎた請求書も、メーカーからの取引停止の通知も、まちがって払ってしまったインチキな請求書もなかった。実際、カックルベリー・クラブの経営はかなりうまくいっていた。しかも、経済学者たちは二年前に終わったと主張しているが、世の中はいまだ〝大恐慌〟のさなかなのだ。ほかの小規模ビジネスが経費をまかなうことすらできない状況のなか、彼女の店はキンドレッド住民とハイウェイ六十五号線を行き来する人たちのおかげで、わずかなりとも利益を出すことができている。

みずからの運のよさをつらつら考えていると、店の裏口でカチャカチャいう小さな音がした。

スザンヌははっとして背筋をのばした。

なんの音？　誰かがドアをあけようとしてるのかしら？　なかに入ろうとして？

いまこうしてオフィスにいても、ひんやりした風が足首をなでていくのがわかる。

スザンヌはペンを置いて、聞き耳をたてた。

たしかに誰かなかにいる。やけに足音をひそめてこそこそ歩きまわっているけど、ペトラかしら？　ううん、ありえない。ペトラはいつもパワフルだから、生まれてこの方、一日だって音をたてないように動いたことなどないはずだ。

だとすると、きょうの参加者が忘れものでもしたのかも。買った毛糸？　編み物バッグ？　お財布？

スザンヌはさらに耳をそばだてた。

あれ——聞こえない。なんの音もしなくなっちゃった。

変ね。

しかし誰かがドアをあけたのはたしかよ。それとも、ビューサッカーさんのことがあったせいで、不必要にびくびくしてるだけ？

スザンヌは緊張感に耐えられなくなった。静かすぎるほど静かで、やけに気味が悪い。このまま仕事をつづけるなんて無理だ——調べるしかない！

食品庫に忍びこもうとするネズミのように息をひそめ、椅子をうしろに引いて立ちあがった。

うなじの細い毛が逆立ち、神経がそうとうぴりぴりいっているのがわかる。

わずか二日前、すぐ裏の森でベン・ビューサッカーが殺された。その冷徹な事実にスザンヌは怯え、不安が大きくふくらんでいく。まさか、残忍な犯人が舞い戻ってきたんじゃ？

緊急電話をかけるべき？　保安官に来てもらったほうがいい？　あるいはサムに。

足音がひとつした。

大変。助けを呼んでる余裕なんかないわ。やっぱり厨房に人がいる！

胸のなかで心臓が激しく脈打つのを感じながら、スザンヌは闇に閉ざされたカフェを、ジャングルキャットが獲物を追うような足取りでゆっくりと音もたてずに突っ切った。

スイングドアの手前で足をとめた。この奥に誰かがいるのだ。スザンヌは必死であたりを見まわし、武器になるものを探した。

厨房には肉切り包丁がきれいに並んでいる。こっちは身を守るためになにを使えばいいだろう。あるいは必要とあらば全力をあげて戦うために。

スザンヌは音をさせないようにそろそろと腕を頭上にのばし、置物のニワトリがいっぱい並んだ棚から黄色い陶器のニワトリをつかんだ。これにしよう。この彩色陶器で敵に立ち向かうしかない。スイングドアから誰か出てきたら、かまわずぶんなぐってやるのだ。

ぎいっという音がしたかと思うと、ドアがいきなり大きくあいた。

　スザンヌは侵入者の頭にニワトリを叩きつけるつもりで、前に進み出た。そして、振りおろす寸前で動きをとめた。

　ドアの前に少年が立っていた。黒ずくめのティーンエイジャーだ。黒いジャケット、黒いズボン、黒いブーツ。まるで少年ニンジャだ。短く刈りこんだ真っ黒な髪、血色の悪い顔、不安そうな目は〈ブック・ヌック〉から洩れてくる淡い光を受けて黄色く輝いている。

「ちょっと、なんなのよ！」

　スザンヌは思わず口走った。恐怖心に突如として怒りが交じった。わたしの店に押し入って、死ぬほどびびらせてくれたこのばかな子はいったい何者？

　ふと気になって視線を落とし、少年の手を確認した。よかった、武器は持ってない。少なくとも見える範囲には。とすると、いったいなんの用？　ここでなにをしていたの？

　スザンヌは左手をのばし、もどかしげに電気のスイッチを入れた。暖かな黄色い光が店内にあふれ、そのせいか、激しく鼓動していたスザンヌの心臓がわずかながら鎮まった。

　少年はスザンヌの手のなかにあるニワトリをじっと見つめた。

「ひでえな、そいつでおれを殴るつもりだったのかよ。死んじまうじゃねえか」

「ええ、そうするつもりだったわ」

スザンヌはキンドレッド中等学校で教えていたときのような、いかめしい声で言った。こういう声を出すと、不良少年たちはたいてい縮みあがったものだ。

彼女は拳銃を振りたてるようにニワトリを振り動かし、近くのテーブルにいざなった。

「おすわりなさい。ちゃんと説明してもらいますからね」

少年はスザンヌから一瞬たりとも目を離さず、もそもそと椅子のところまで来て腰をおろした。

「名前は？」スザンヌは訊いた。質問は順序立ててしなくては。

「うーんと……コルビー」少年は口ごもりながら答えた。

「コルビー？」スザンヌはさらに問い詰めた。「名字はなんていうの？」

少年は落ち着かなそうに目を店内のあちこちにやったあげく、ようやくスザンヌに戻した。指をプレッツェルのように組んだりねじったりし、足は動かしかけたところを見つかったかのように、不安定な恰好になっている。もちろん、実際動こうとしていたのだ。

「どうやって入ったの？」スザンヌは訊いた。

コルビーはぶっきらぼうに肩をすくめた。

「いいこと、ぼうや」スザンヌは言った。「厳しくやってもいいし、穏やかにやってもいいのよ」

「厳しくやるってどうすんだよ？」コルビーは不機嫌な声を出した。

「保安官を呼ぶ」

少年の片方の口角がくいっとあがった。「そんなことする気なんかないくせに」

スザンヌは壁の電話に一歩近づいた。「じゃあ、見ててごらんなさい」

コルビーの強がりが氷解したようだ。「で、穏やかにやるほうは？」

「正直に本当のことだけを言えば、その痩せこけた首をひねらないでおく」

コルビーは長いこと考えこんだあげくに言った。「鍵を持ってるんだよ」

スザンヌは呆気にとられた。「鍵を使って入ったですって？　ありえないわ。そんな話は信じられない」カックルベリー・クラブには鍵が四個しかなく、誰がどれを持っているかちゃんと把握しているのだ。

コルビーは汚れた手をぶかっとした上着のポケットに突っこんで、鍵を出した。薄ら笑いを浮かべ、小さな真鍮《しんちゅう》の鍵をスザンヌの前でぶらぶらさせた。

スザンヌは少年の手から鍵を奪った。「どこで手に入れたの？」鍵に目をやると、見慣れたチェーンがついていた。「なるほど。ジョーイから手に入れたわけね」彼女の声はいまや氷のように冷ややかだった。「ジョーイから渡されたの？」それから小声でつぶやいた。「まったく、あの子ときたら油断も隙もないんだから」

コルビーは骨の髄《ずい》まで冷えるというように背中を丸めた。

「何日か前に知り合ったんだよ。いまはダチみたいなもんだ」

「ねえ、なんでジョーイはこの鍵をあなたに渡したわけ？　たしか、今夜九時に就職の面接はないはずだけど」

コルビーの黒い目がスザンヌをねめつけた。「腹が減ってたんだ」

意表を突く答えだった。

「だからって、どうしてここに忍びこんだの？　家に帰ればいいでしょ？」

コルビーはその質問をはぐらかそうとするように、顔をそむけた。

スザンヌはそこではたと気がついた。雷鳴のようにひらめいた。「家がないのね」と穏やかな声で言った。「家出してきたんでしょう？」

少年は答えなかった。石像のようにじっとすわっているばかりだった。目だけが心のなかをあらわにしていた。なにかに取り憑かれたような狂気を帯びたその目は、檻に入れられ、不安で怯えきった動物を思わせた。あるいは足罠にかかった野生動物を。

スザンヌはべつの角度から攻めてみた。「ご家族はどこにいるの？」

「そんなのいねえよ」コルビーは頭をつんとそらして答えた。

スザンヌは小さく息をのんだ。その事実――事実だとしてだが――に唖然となった。「連絡する相手くらいいるでしょ。お母さんでもお父さんでも。あるいはきょうだいでもいい」

「いねえって」とコルビー。

スザンヌは食いさがった。「じゃあ、友だちは？」

コルビーは唇をすぼめた。

「どこから出てきたの？」スザンヌは訊いた。

「おばさんには関係ないだろ」コルビーはとげとげしく言い返した。

「きみはそうとうタフなのね」

「そうさ」

スザンヌは絶対にこの会話を途切れさせてはいけないと思った。少しでも情報を引き出したかった。そこで声をやわらげた。「ジョーイとは何日か前に出会ったと言ったわね。彼の家に泊まってるの？」

コルビーは首を横に振った。

「それじゃあ、どこで寝ているの？　ちゃんと寝ているんでしょ？」

とたんにコルビーは落ち着きをなくした。しばらくしてこう答えた。

「夜はそこの道の向かいにある大きな納屋で過ごしてる」彼はスザンヌの顔に驚きの色を見てとり、つけくわえた。「でも、全然平気さ。馬が二頭いて相手をしてくれるから」

「わたしの馬よ」スザンヌは小さくほほえんだ。「まあ、正確に言うなら馬一頭とラバが一頭なんだけど。モカとグロメットというの」

「おばさんの馬なの？」今度はコルビーが驚く番だった。

納屋そのものも自分のものだと教えようとは思わなかった。これ以上、納屋に忍びこんで干し草置き場に寝泊まりするようなことはやめさせないといけない。カックルベリー・クラブにひと晩泊まらせるのもだめだ。

「ねえ、聞いて。もうこんな時間だから、寝る場所を見つけないと」

「心配いらないよ」

「そうかしら」

「心配いらないって言ってんだろ」

「ねえ。あまり気が進まないけど、この町の法執行センターでひと晩過ごしたほうがいいわ」

「おれをサツに引き渡すつもりかよ？　牢屋に入れるってのか？」コルビーの目が怒りに燃えあがった。「正直に本当のことを言えば、そんなことはしないと約束しただろ」

「落ち着いて」スザンヌはなだめた。「逮捕させようっていうんじゃないの。今夜ひと晩、安全で暖かな場所で過ごしてもらいたいだけ。明日になったら福祉担当の人に相談しましょう。なんとかしてくれるわ」

「なぜここで寝ちゃいけないんだ？　なにも壊したりしないぜ」

スザンヌの心がふっとゆるんだ。「それはわかってる。でも、そうしてもらうわけにはいかないの」彼女は立ちあがった。「これから友だちに電話する。その人、保安官なんだけどね。そしたら車で連れていってあげる」

コルビーはふてくされたようなまなざしを向け、腕を組んだ。怒ると同時に失望しているように見えた。

「こうしましょうか」スザンヌは言った。「さきにおいしいターキー・サンドイッチをつくってあげる。それにアップルパイをひと切れ温めるわ。そのあと、車で行くの。どう？」

コルビーは深いため息をついた。

「わかったよ」

スザンヌはコートを脱ぐと、玄関のテーブルに放った。へとへとで、掛ける気力もなかった。スカーフ、帽子、手袋もその上に積み重ねた。コルビーを法執行センターに預けるのはひと苦労だった。少年は不機嫌で当局に不信感を抱いていたうえ、保安官のいつもの一喝もたいして役に立たなかった。それでもとにかくすべて片づき、もう彼女の頭を悩ませることはないはずだ。通信係のモリー・グラボウスキーか、社会福祉局で働くおばあさんのような存在のサンディ・プレストンがコルビーと心を通わせ、なんとか彼を家族のもとに戻してくれるはずだ。

バクスターが居間の入口でしっぽをしきりに振っていた。眠そうな顔をしているが、スザンヌの帰りを喜んでいる様子だ。

「遅くなってごめんね。今夜は大変だったの」

バクスターはスザンヌのもとに歩み寄ると鼻先を彼女の手に押しつけ、熱い息とびしょびしょの舌で歓迎した。

「わたしも大好きよ、バックス」そう言ったとき、電話が鳴った。「やれやれ、普段よりも遅い電話セールスだといいけど」彼女はため息をついた。「悪いニュースはごめんだわ」

「やつはあんたのところか？」受話器を取るなり、保安官が訊いた。

スザンヌは一瞬、まごついた。「誰がわたしのところですって？」保安官が言ってるのはサムのこと？　心臓がドキドキいいはじめた。なにか事故でもあったのかしら？

「例の少年だよ」と保安官。「コルビーだ。あんたのところにいるのか？」

「いいえ」スザンヌは顔をしかめた。「そっちにいるはずでしょ」

電話の向こうが静かになった。

「保安官、どうしたの？」スザンヌは呼びかけた。「なにがあったの？」

「くそ、とんでもない間抜けになった気分だ」保安官は言った。「あの小僧め、おれたちの目を盗んで逃げやがった」

「なんですって？」

「経緯はだな」保安官は浮かない声で言った。「ほんの二秒ほど背中を向けたら、あっという間にいなくなっちまった。一瞬のうちにな。天才奇術師フーディーニよろしく、ドアから消えちまったんだ」

「困った子ね」

コルビーは納屋に戻ったのだろうか。それともいまこの瞬間も、凍りついた大豆畑をとぼとぼ歩きながら、わらのなかにもぐりこんで暖を取るつもりでいるのだろうか。

スザンヌは頭を振って、その考えを追い出した。こんな寒いなか、外をうろついてるんじゃないかと心配したってしょうがないでしょ、と自分を戒める。あの子が選んだことじゃないの。しかしすぐに思い直した。心配しないでいられるわけがないじゃない。まだほんの子どもなのよ。

「申し訳ない、スザンヌ」保安官は言った。「とにかく、みんなよかれと思ってやったんだ」

「でも、これでせっかくの目論見《もくろみ》が水の泡だわ。そっちの誰かがあの子の信頼を得て、ちょっとでも情報を引き出してくれると期待してたのに。あの子をご両親のもとに戻してくれるんじゃないかと」

「必ず見つけ出す。明日の朝いちばんに、保安官助手全員に周知する」

「そう」

それ以上望みようがないのはわかっている。古いことわざにもあるわよね？　馬が逃げてから馬小屋を閉めても無駄だって。スザンヌは息をついた。

「そうだ、きょうの午後に話をしたあと、なにか新しいことはわかった？　ビューサッカーさんの事件であらたな手がかりはあった？」

「明日、デュカヴニーをしょっぴいて尋問する」保安官は言った。

「どうしてまた？」スザンヌは舌をもつれさせた。「そんなのだめよ。あの人は無実だもの」

「ああ、そうだろうよ。あんたからさんざんそう聞かされたからな。あいにく、多くの人はそう思ってないらしい」

「もっと深く掘りさげなきゃ。リードは犯人じゃないわ」

「モブリー町長とご立派な銀行幹部のエド・ラプソンの考えがあんたと反対である以上、そう簡単にはいかないんだよ」

「でも、明日になれば」スザンヌは言った。「《ビューグル》にジーン・ギャンドルの記事がのるから、町の人はみんな、チャーリー・スタイナーが犯人だと思うわよ」
「そうなるだろうな」保安官はため息をついた。
「もう最悪」スザンヌは言った。

11

スザンヌは寝室の鏡の前に立ち、ペンシルで眉をもう少しくっきりさせていた。いまは木曜日の午前七時三十分。ベン・ビューサッカーの葬儀の朝だ。

いつもはなんの手もくわえない顔に赤鈍色のアイシャドウを薄く塗ってはみたものの、すぐにティッシュでぬぐい落とした。これじゃアライグマだわ。まるで……タレントのキム・カーダシアンみたい。じゃあ、どうする？　淡いピーチ色の口紅を塗るだけにしよう。そもそも、お葬式に行くのだ。〈フーブリーズ・ナイトクラブ〉じゃない。

鏡のなかの自分に目を細め、厳粛な顔なのを確認した。こうでなきゃ。さあ、お葬式タイムよ。

葬儀は容赦のない儀式だ。スザンヌはこれまでいやになるほど参列し、この明確な事実を悟っていた。暗灰色の棺が中央通路をやってくれば、現実を回避することも否定することも不可能だ。友、あるいは愛する人がこの世からいなくなったことを、苦しみながら確認するしかない。

ただし今回の場合、ビューサッカーはキンドレッド住民から〝愛すべき存在〟と見なされていなかった。冷静沈着に効率よく銀行業務がこなせるからといって、友だちができるわけではなく、住民に影響をおよぼせるわけでもない。しかも、銀行の手数料をばか高くしたり、人の家を取りあげたりするのが仕事とあってはなおさらだ。

時計に目をこらすうち——あと十分ほどで出かけなくてはならない——沈んだ気持ちはベンの妻のクラウディアへと移っていった。お気の毒に。どんなにつらい思いをしていることか。いくらかでも心休まるときはあるのだろうか。悪夢を見ずにすむときはあるのだろうか。式のあとでなぐさめの言葉をかけてみよう。そうするのがきわめて妥当に思われた。

飛び出したいく筋かのブロンドの髪をなでつけながら——ヘアサロンの〈ルート66〉で少し手を入れてもらわないとだめだわ——ふと疑問がわいた。愛する人が冷酷に殺されて、心の安らぎを得られる人などいるのだろうか。しかも犯人はまだ特定も逮捕もされていないのに！　犯人はまだ自分たちのなかにいて、しかもきょうの葬儀に参列するかもしれないと思うと、気味が悪い程度ではすまない。

そのときスザンヌの頭にひらめくものがあった。きょうが終われば、彼女とクラウディアのあいだには共通するものが生まれる。きょうが終われば、ふたりとも夫を埋葬した妻になるのだ。

そんな不適切なことを思いながら、寝室の明かりを消して下におりた。犬たちに餌をあたえて裏庭に出さないといけないし、自分もトースト一枚くらいは食べておきたい。そうしたらホープ教会に出かけよう。保安官と鉢合わせして、逃げ足の速いコルビーを捕まえたよと告げられるところを想像した。それに、ビューサッカーさんを殺した犯人についてもいくらか話し合っておきたい。というのも、犯人につながる手がかりが真冬のミネソタの湖ほども冷たくなりつつあるからだ。時間が無駄に過ぎ、住民はしだいにじれてきている。つまり、わたしのことだ。

車で教会に向かうあいだ、ぼんやりかすんだ太陽が照ってはいたが、小さなキンドレッドを覆いつくす寒気と氷を追い払う役には立っていなかった。メイン・ストリートに出てみると、肩を寄せ合って建つ黄色煉瓦の建物が縮こまっているように見え、それぞれの煙突から煙が立ちのぼり、ボイラーがフル稼働していた。ファウンダーズ公園の木は樹氷で覆われ、交差点でブレーキを踏んだら車がゆっくりと横滑りして冷や汗をかいた。道路もつるつるに凍っている!

幸いにも、鋼線入りの上等なラジアルタイヤをはいていたおかげで、ものの数分でホープ教会にたどり着いた。

オークでできた両開きドアの片方を押しあけ、ローガン郡屈指の古い教会に足を踏み入れた。一月の弱々しい陽射しが背の高いステンドグラスの窓から射しこんで教会にぬくもりをもたらし、色とりどりの光線が舞うさまは万華鏡を思わせた。手彫りの木の巨大なアーチが白い石膏でできた天井の横幅いっぱいにかけられ、それが厳かな雰囲気を醸《かも》していた。

かすかに防虫剤のにおいをさせているダークスーツの案内人から、葬儀の式次第を手渡された。スザンヌは急いでひらき、ざっと目をとおした。ミルズ・シティ銀行の広告が掲載された。

れているのではと思ったが、さすがにそれはなかった。

真ん中へんにドゥーギー保安官を見つけ、同じ列にすわろうと側廊を忍び足で進んだ。教会内の弔問客はまばらだったが、花はありあまるほどあった。青いアジサイ、デルフィニウム、白いバラによる上品な花束が祭壇の両側を飾っていた。ミルズ・シティ銀行が会社の小切手帳をひらき、ビューサッカーを盛大に見送るためにそうとう奮発したのはあきらかだ。

「おはよう」そう声をかけて保安官の隣に腰をおろした。

保安官は大きな頭をくるりとめぐらした。「おはよう」まばらな髪をきれいになでつけ、カーキの制服はプレスしたばかりのようで、いつになくぱりっとして見える。ほんのり香っているのは、ドラッカー・ノワールのアフターシェーブ・ローションかしら？　たぶんそうだわ。

スザンヌは保安官にすり寄り、小声で訊いた。「あの子は見つかった？　コルビーは？」

保安官は目をしばたたいた。「まだだ」

「そう、せめてゆうべのうちに、なにか情報を聞き出しておいてほしかったわ」

「そんな余裕はほとんどなかった。目にもとまらぬ速さでとんずらされたもんでね」

「じゃあ、ジョーイ・ユーワルドからは話を聞いた？　うちのウェイター見習いだけど。あの子ならコルビーの立ち回り先についてなにかヒントをくれるかもよ。ふたりは友だちという話だから」

保安官は大きくため息をついた。「そのうちにな」

スザンヌは保安官をにらんだ。「でも、あの子は未成年で――」保安官は眉根を寄せた。「いいか、スザンヌ。保安官助手の数にも時間にもかぎりってもんがあるんだ」

「――その未成年の少年があなたの手からするりと逃げた」スザンヌはつづけた。「それもなんと、法執行センターで」

「まず第一にやらなきゃいけないのは、ビューサッカーを殺した犯人を捕まえることだ」保安官は淡々と言った。「どこの馬の骨ともわからん少年の行方を追うことじゃない」

「馬の骨じゃない――家出少年よ」

「断言はできんだろう。すぐ隣のジェサップに住んでるのかもしれないぞ。友だちを訪ねてきて、そのまま居着いてるだけかもしれん」

「本人が家出してきたと言ったのよ」スザンヌが言うと同時に、上の聖歌隊席でオルガンの音が炸裂した。「うちの納屋に寝泊まりしてたって」

そこから先は、古参のオルガン奏者アグネス・ベネットが力強く奏でる『オペラ座の怪人』のような音にのみこまれた。『アメイジング・グレイス』のメロディが教会内に朗々と壮麗に響きわたり、厳粛な雰囲気を際立たせた。

スザンヌはハンドバッグに手を入れて携帯電話を出した。連絡先の画面をスクロールしてジョーイの電話番号を見つけると、それを古い買い物リストの裏に書きとめた。

「はい、これ」ぶっきらぼうに言うと、紙切れを保安官に手渡した。「ジョーイに電話してみてちょうだい。協力的でないようならわたしに知らせて。あの子はカックルベリー・クラブの仕事をつづけたいはずだから、わたしが圧力をかければイチコロよ」

「おれが思うに、コルビーってガキはそこらへんでドラッグを売ってたんじゃないのかね」

「麻薬の売人という感じは全然しなかったわ。怯えた家出少年にすぎないと思う」

「どうだか」保安官はぞんざいに肩をすくめた。

「いつもいつも、人を悪く思うんだから」

「悪い連中を相手にしてるせいだ」保安官は切り返した。

それがスザンヌの神経を逆なでした。

「もうひとつ言っておく」と小声で言った。「リードを疑うのはやめてちょうだい」保安官の鼻先で指を振りそうになったが、教会のなかなので、どうにかこらえた。「あの人にはビューサッカーさんを殺す動機がなんにもないわ。わかってるでしょ」

保安官は硬い長椅子にすわったまま身じろぎし、肉づきのいい腕を組んだ。

「それが、動機はあるんだよ」

「なにを言い出すの？」スザンヌは頭に血がのぼりそうになった。

「けさ、もう少し調べてみた」保安官はスザンヌのほうを見もせずに言った。「そうしたら、デュカヴニーは銀行に融資を却下されてたことが判明した」彼は言葉を切った。「それも誰あろう、ベン・ビューサッカーにだ」

つららのような恐怖がスザンヌの心臓に突き刺さった。

「融資を受ける目的はなんだったの？」とつっかえつっかえ訊いた。

するど保安官は、感情のこもらない灰色の目を彼女に向けた。

「あんたの農場について話を持ちかけるつもりだったらしい」

「買おうとしてたってこと？」声が裏返った。スザンヌはあわてて首をすくめ、誰にも聞かれていませんようにと祈った。

「ああ。そうだ」

スザンヌは前方の祭壇をまっすぐに見つめた。何十個というキャンドルの炎がゆらゆらと揺れている。リードは本当に腹にいちもつある人なんだろうか？彼がビューサッカーさんに奇妙な罠を仕掛けたの？殺すつもりはなくて、あくまで警告をあたえるために？そうしておいて、あらためて融資を申しこむつもりだったとか？

その可能性はあると思ったが、そうでないことを強く願った。

「それでもリードは犯人じゃないと思う」スザンヌがつぶやくと、オルガンの奏でる音楽が大きく変わり、葬儀の始まりを告げた。

ひとり、またひとりと参列者が立ちあがり、教会の後方に目を向けた。悲しみに満ちた行列が始まった。

先頭を歩くのはストレイト牧師で、髪はほぼ真っ白、上品な黒いスーツ姿だ。そのすぐうしろを、白バラとスカシユリの花束で飾られたつやつやした暗灰色の棺が、六人の付添人にかしずかれ、台車の車輪をキイキイいわせながら進んでいく。

スザンヌはあの黒いスーツを着た無表情な男たちはいったい何者だろうかと首をのばし、おそらくエド・ラプソンに駆り出されたミルズ・シティ銀行の行員か、エキストラ専門のエージェンシーから送りこまれた人たちだろうと結論づけた。あるいはその両方かもしれない。

やがてクラウディア・ビューサッカーの青い顔が現われた。黒いスカートと地味な白いシルクのブラウスに身を包んだクラウディアは、取り乱した未亡人らしく、ドリースデン&ドレイパー葬儀場のオーナー、ジョージ・ドレイパーの腕につかまっていた。髪は一分の隙もなく整えられ、短めの黒いベールに隠れてはいるが、化粧は完璧だった。しかし中央通路をよちよちと歩き、数秒ごとに足をとめる姿は異常とも言えるほど弱々しくて痛ましい。途中、彼女はジョージ・ドレイパーにぐったりともたれかかった。長身で痩せ型、いくらか猫背気味のドレイパーは意外にも気遣いをしめし、ドレスデン人形を見るような目をクラウディアに向けた。

あれでちゃんとたどり着けるのかしら? スザンヌは首をかしげた。ドレイパーは支えるのが半分、エスコートするのが半分という状態だ。しかしクラウディアはなんとか教会の前方まで行くと、そこで芝居がかった仕種で棺に唇を押しつけ、席についた。

ストレイト牧師は棺に祝福をあたえると、参列者全員が頭を垂れるなかで開式の祈りを捧げた。祈禱《きとう》のあとはもちろん弔辞だ。最初に登壇したのはエド・ラプソンだった。ふだんは口が達者でぺらぺらとよくしゃべるくせに、弔辞を読むあいだはずっとカチカチに固まっていて話しにくそうだった。

「彼はみんなから愛されておりました」ラプソンは淡々と読みあげた。「誰にでも親切でした。模範的な行員でありました。彼の勤勉さと常に仲間を思う気持ちを失ったことは、われわれにとって大きな損失であります」

スザンヌは鼻にしわを寄せた。ラプソンの言葉は中身のない陳腐な表現がやたらと多く、葬儀で使っていい用語集から引いてきたとしか思えなかった。

対照的に、順番がまわってきたストレイト牧師の言葉は魅力にあふれ、心がこもったものだった。温かみのある穏やかな口調で、転勤によっていくつもの州を点々としながらも、ビューサッカーは妻につくし、クラウディアも夫につくしていたと語った。牧師はいたわるようにクラウディアを見つめて言った。「りっぱな方でした」さらに、ビューサッカーが中年になってもなお、あらたな地に根をおろそうと努力し、キンドレッド住民のために最大限つくしてきたと語った。

そのあと流れた美しい旋律の賛美歌を聴きながら、スザンヌはいま一度、式次第に目を落とし、椅子にすわったまま少しだけ振り返った。驚いたことに、後方の席にも少なからぬ人がすわっていた。

意外にも、チャーリー・スタイナーと妻のエリーズの姿があった。レスター・ドラモンドも参列者のひとりとして、いかつい顔に落ち着き払った表情を貼りつけ、まっすぐ前方を見つめていた。

あの人たちの誰かがビューサッカーの死を望んだ可能性はあるだろうか。チャーリーは農場を奪われかけ、細身の剣のような怒りを銀行に突きつけていた。

ドラモンドのほうは刑務所長の職を失い、とにかく仕事を必要としている。彼がビューサッカーの仕事と多額の給料をうらやみ、横取りしようとして殺したのだろうか？

スザンヌは葬儀に集中しようとがんばったが、思考は何度となくさすらった。殺人事件へ、そして動機へと。ふたり以外にベン・ビューサッカーを亡き者にした疑いのある者は誰がいるだろう？

彼女の目がエド・ラプソンをとらえた瞬間、小さくて旧式の脳がゆっくりと動きはじめた。実はラプソンさんが犯人だったりして？　前にもそう考えたことはあるけれど、そのときは深刻に受けとめなかった。

でも、銀行の状態が危機的段階に達していたとは考えられないだろうか？　ビューサッカーさんがあまりに多くの人を敵にまわしたとか、収支が合わなくなったとか、ただごとでない事態が発生したとか。トラブルがなんであれ、そのせいでラプソンさんが一線を越えたのかもしれない。

スザンヌが短く息を吸いこんだのを聞きつけ、保安官が怪訝そうに横目でにらんだ。

そういうことだったのかもしれない。でも、本当に？

どうすれば確証が得られるの？　銀行の状態なんか、どうやって探り出せばいいんだろう？

まずは、ハミルトン・ウィックから話を聞けばいい。親しげに話しかけてなにか引き出せるかやってみよう。いくらか突っこんだ質問をしても、あくまで心配しているふうをよそおえば、よけいなお節介を焼いているとは思われないだろう。彼の望みどおり、仕事上の味方になるのだ。

数分後、棺は通路を逆戻りしていった。クラウディアがあいかわらずいまにも気を失いそうな顔をしているのとは対照的に、黒服の付添人たちは平然としていて表情が読めない。スザンヌは最後にもう一度、リードにつきまとうのはやめてと保安官に目で警告し、クラウディアを探しに外に出た。

目指す相手はおもてにとまった、長い黒の霊柩車のわきで背中を丸めていた。夫の棺が乗せられていくのを見守る彼女の隣に、ジョージ・ドレイパーが見張りのように立っていた。

「心からお悔やみを言わせてね、クラウディア」スザンヌは身をぐっと乗り出し、相手の体を抱き締めた。

「ありがとう。来てくれてうれしいわ」クラウディアは消え入りそうな弱々しい声で言った。目に生気がなく、自動操縦モードで動いているとしか思えなかった。

「どうも」ジョージ・ドレイパーが葬祭業者らしくうわべだけのほほえみを浮かべた。

きょうの葬儀はそうとうクラウディアにこたえているようだ。まるで翼の折れたハトのように痛々しかった。

「わたしにできることがなにかあればいいのだけど」スザンヌは言った。

「もう充分、親切にしていただいたわ」クラウディアは弱々しくほほえんだ。「午後のクリスタルなお茶会にうかがえなくてごめんなさいね。行くつもりでいたのに、こんなことに……」彼女は手袋をした手をあいまいに動かした。

「少し休んで気が向くようなら、ちょっとくらい顔を出してみてね。あなたのことを気にかけてるお友だちもいらっしゃることだし」

「ご親切にありがとう」クラウディアは言った。

スザンヌは相手の両手をぎゅっと握ってから、手を離した。「ぜひどうぞ」そろそろとその場を離れながら言った。「心からお待ちしてます」

スザンヌがそそくさと自分の車に向かって歩いていくと、弔問客の一群から現われたモブリー町長に呼びとめられた。

「スザンヌ」でっぷりとした町長は指を一本立てた。「ちょっと話せるかね？」

モブリー町長は先だっての選挙でどうにか当選したが、スザンヌに言わせればどうしようもない人間のくずだ。腹黒くて下劣で、どう見ても信用ならない人物なのだ。彼は、町に雇用が生まれると大見得を切って、民間刑務所の建設を推進した。その結果、キンドレッドの郊外には、レーザーワイヤーの化け物がおぞましくも不吉な姿をさらすことになった。

「なんでしょう？」スザンヌはつっけんどんに言った。この、おかしな髪の分け方をした、横柄な町長が大嫌いなのだ。彼女の目に映る彼は、最低の田舎役人でしかない。

町長は急ぎ足でスザンヌに追いついた。地味な格子柄のスラックスにアイゾッドの長袖シャツ、上からぴちぴちのベージュのパーカを着こんでいる。凍るほど寒いはずなのに、ピンク色の頭皮に汗が点々と噴き出していた。

「ドゥーギー保安官は捜査でおたくのレストランに入り浸っているそうだな」町長は大声で訊いた。

「町のいたるところに入り浸っているはずですよ」スザンヌは如才なく答えた。彼女はモブリーが嫌いだが、相手がそれを知っていることもわかっている。

町長はかかとに体重をあずけて体を揺らした。

「とにかく、なぜこの事件がいまだ解決をみないのか、わたしは一瞬たりとも理解できんのだ」

「町長さんが思っているよりも複雑だからじゃないですか？」

町長の底意地の悪い目がスザンヌをじろじろとながめまわした。

「あの男が最後にきみの店に顔を出したのはいつだね？」

スザンヌはきつく顎を引いた。「ご自分で保安官に訊けばいいじゃありませんか」

「わたしは町全体に目を配っているだけだ、スザンヌ。住民のためにな」

「それはわかります。でも、ドゥーギー保安官はつい最近、再選されたばかりです。そこからは、キンドレッドの住民は百パーセント彼を信頼しているという強いメッセージが伝わってきます。みんな保安官の味方だし、必ずやビューサッカーさんの事件を解決してくれると強く信じているんです」

「本当かね？」

「わたしも保安官を信頼しています」スザンヌはそう言うと、あとずさって町長とのあいだに距離をおいた。

町長は前歯の隙間から息を吸いこみ、がさつな笑い声をあげた。

「そういう人間がひとりはいてうれしいよ」

12

スザンヌがカックルベリー・クラブの裏口をまたいだとたん、ほかほかとした暖かい空気が吹きつけた。

「あんたの顔を見られてこんなうれしいことはないよ」トニがさえずるように言った。「もう忙しくて忙しくてさ」

ペトラが同情するようなまなざしを向けて訊いた。「お葬式はどうだった?」

「胸がつまったわ」スザンヌは答えた。「参列者はあまり多くなかったけど」

「ビューサッカーさんはそんなに好かれてなかったからね」トニが言った。

「そうは言うけど」ペトラはジュージューいっているベーコンの薄切りをひっくり返し、煮立っているチーズソースの鍋をかき混ぜた。「自分の最後のお別れが思いっきり期待はずれだったら悲しいと思うわ」

「少なくとも、お花はきれいだった」スザンヌは言った。「それにストレイト牧師のお話はとても救いになったし」

「そう言われても、やっぱ残念な感じだね」トニは言った。「そう言えばさ、オットーおじさんのお葬式の話はしたっけ？　二十一発の弔砲を発射して、白いハトを何羽も空に放ったんだけど」

「大統領並みの扱いじゃないの」ペトラはフライパンをコンロからおろした。

「そうでもないけどさ。まずいことに、弔砲を発射する直前にハトを放っちゃったんだよね」

ペトラは言葉に詰まり、木べらをだらんとさせた。「うそでしょ」

トニはかぶりを振った。「鳥たちには残念なことをしたよ」

スザンヌは話を葬式のことから早くそらせようと、エプロンを取って腰のところで結んだ。

「なにを手伝ったらいい？　いくつか注文が入ってるみたいだけど」

「一分待って」ペトラは盛りつけながら言った。フレンチトースト、ソーセージと卵料理、それに木曜のおすすめ、ポーチドエッグのモルネーソースがけ。「これでよし、と」頭上のラックから十二の注文票を取ると、ひとつひとつの皿とつき合わせた。「さあ、おふたりさん、これを全部、お客様のところに大急ぎで届けてちょうだい」

スザンヌとトニはあわただしく働きはじめた。朝食を運び、コーヒーのおかわりを注ぎ、テイクアウトの注文をレジに打ちこんだ。

「あたしたちってば、花の十六歳みたいにちょこまか動きまわってるね」スザンヌとすれちがいざま、トニが言った。

「若返った気分がする？」スザンヌはにやりとした。

「お嬢さん、あたしはいつだって若い気分のまんまだよ」

厨房に戻ると、ペトラが顔を真っ赤にしてがんばっていた。

「スザンヌ、チーズを二カップ分おろしてもらえる？　卵のモルネーソースがけを、もう一回つくるから」

「まかせて」

スザンヌはチーズおろしとチェダーチーズの大きな塊を手にしておろしはじめた。一方ペトラは新鮮なパセリをひと束、粗みじんに刻んだかと思えば、木べらを手にしてコンロにかけた鍋を必死にかき混ぜた。それから浅い焼き皿に卵を割り入れると、上からパン粉をたっぷり振りかけ、チーズソースをかけてオーブンに放りこんだ。

スザンヌは仕切り窓からカフェをのぞき、コーヒーカップや銀器が触れ合う心地よい音――それにくわえてひそめた話し声や、ときおり差しはさまれる笑い声――がしてくるのを確認し、万事順調だとひと安心した。

この日三度めにして最後の卵のモルネーソースが、きれいなキツネ色に焼けてぐつぐついいはじめたところでオーブンから出し、モーニングタイム最後の客に料理を出し終えると、女三人は待ちに待った休憩を取った。

「ラジオで宝探しのヒントを聴くのを忘れたんじゃない？」スザンヌはトニに訊いた。

トニは《ビューグル》紙を手に取り、二本の指で軽く叩いた。「いいんだ、べつに。きょうはここにヒントが掲載されたから」彼女はきれいに描いた眉をあげ、唇をすぼめた。「ジーン・ギャンドルによる世紀の大スクープと一緒にね」

「ひどい内容？」スザンヌは訊いた。ビューサッカー殺害を報じる記事が葬儀当日に掲載されるなんて、タイミングが悪すぎる。

「低俗もいいとこ」とトニ。

「どぎつすぎるのよ」ペトラが鼻を鳴らした。

「どっちにしても、要するにひどい内容だってことね？」スザンヌはジーン・ギャンドルがチャーリー・スタイナーの怒りの声をひとことも洩らさずメモしていたのを、ほとんど忘れかけていた。「ジーンはどんな見出しをつけたの？」

「たぶん、気に入らないと思うよ」とトニ。

「いいから読んで。落ち着いて聞くから」

「こほん」とトニは咳払いをした。「えっとね、〝銀行マン殺害さる――いまだ解明されず〟だって！」

「そんなにひどくないじゃない」スザンヌは言った。というか、ちゃんと事実に即している。

「ところがさ」とトニ。「ここから急激にひどくなるんだ。なにしろ、〝頭部切断〟と〝カックルベリー・クラブ〟が最初の一文に同居してんだから」

「全部読んでもらったほうがよさそうね」スザンヌは不安を感じながら言った。

「〝キンドレッド当局は〟」トニは読みはじめた。「〝月曜の雪嵐のさなか、ルート六十五号線沿いにあるカックルベリー・クラブの裏で首なし死体となって見つかった地元銀行家のベン・ビューサッカー氏殺害に関し、緊急捜査を開始した〟」

「あきれた」スザンヌは言った。「うちとなんの関係があるっていうのよ？」

「もっとひどくなるよ。〝また、死体の近くには不審なワイヤーが張られていた。このワイヤーは、キンドレッド州立銀行頭取であるビューサッカー氏に危害をくわえる目的で張られたものと考えられる〟」トニは読むのをやめて顔をあげた。「このくらいでいい？」

「ええ」ペトラが言った。

「いいえ」とスザンヌ。

トニは新聞をスザンヌに渡した。「はいよ。自分で読んだほうがいいんじゃないかな」

スザンヌはざっと目をとおした。たしかにまともな内容ではないが、さりとて最悪というわけでもない。ビューサッカーがこの町に来て間もないこと、あとには妻のクラウディアが残されたことに触れ、さらに、地元民に対し断固とした手法でのぞんでいたことから、あまり好かれてはいなかったと示唆していた。

これもまた、すべて真実だわ、とスザンヌは心のなかで思った。

しかし、次の段落で思わず声が洩れた。「やだ、もう！」

「そこを読んだら絶対に怒ると思ったよ」トニがぽつりと言った。

ジーンの記事は、〝カックルベリー・クラブのオーナーであるミズ・スザンヌ・デイツが雪に埋もれた死体を最初に発見した〟と報じていた。さらに、彼女が〝見なければよかったと、いまものすごく後悔してる〟と《ビューグル》紙に語ったとも。

「わたしのことなんか記事にしなくていいのに」

「先を読んでごらんよ」トニがうながす。

「うわ、これひどい」

「なんなの？」ペトラが訊いた。

「ジーンたら、容疑者の名前まで出してる。読むから聞いて。〝保安官事務所は、このいたましい事故について事情を知っていると思われる複数の人間から話を聞いたと発表した。現時点では、ローガン郡在住の農民二名、リード・デュカヴニーおよびチャーリー・スタイナーに容疑がかかっている〟」

「ひどすぎるわ」ペトラが言った。「ここまで書いていいの？」

「だって、書いちゃってるじゃない」とスザンヌ。

「そうじゃなくて」とペトラ。「こんな形で名前を出すのは法律に違反してないのかってこと」

「ジーンはどうなると思う？」トニが早口で訊いた。「行き過ぎ取材で保安官に逮捕されてブタ箱行き？　あるいはお説教をくらうだけですむかな」そこでかぶりを振った。「そんなわけないか」

「そうね」とスザンヌは言った。「保安官はじっと耐えて、この記事が忘れ去られるのを待つだけだと思う」

「その一方で、ひたすら地道に捜査をつづけるってわけだ」

「保安官はできるかぎりの手をつくしてくれてる」スザンヌはいま一度、新聞に目をやった。「なのに、この記事ときたら。むかむかしてくる」

「簡易版の肯定宣言《アファメーション》をやってごらんなさいな」ペトラが声をかけた。「体内を浄化するように大きく息を一回吐きながら、自分にこう言い聞かせるの。〝マイナスの思考と悲しみを解き放ちます〟と。そのあと息を吸うごとに頭のなかでこう唱えるの。〝前向きな考えと幸せを受け入れます〟と」

スザンヌは目を閉じ、肺いっぱいに息を吸いこんだ。それから長々と吐き出した。

「よくなったみたい」しばらくしてからそう言った。

ペトラが上体を傾け、親友をすばやく抱き締めた。「これで大丈夫。わたしたちみんな」

「ええ」スザンヌは言った。「あなたの口ぶりは、自己救済のためのハウツー本みたいだけど」そう言うと、灰色がかったブロンドの髪をうしろに払い、トニに言った。「もっと軽い話題に話を戻しましょう。宝物のヒントはなんだった？」

トニは《ビューグル》紙をひったくるように取りあげ、なかのページをめくった。あざやかな赤いマニキュアを塗った指で追いながら、いくつかのコラムに目をとおしていく。

「あった！」

それからスザンヌとペトラに聞こえるように読みあげた。

よく見れば見つかる

足をとめて、目をこらせ
氷のなかをしっかりと見つめるのだ
臨時の現金はありがたい

トニは顔をあげた。「氷のなかを見つめる？　いったい全体どういう意味？　氷なんか町のどこに行ったたってあるよ。何カ月も探さなきゃなんないじゃんか！　そのうち、春が来て解けちゃうっての！」

「少なくとも、今度のヒントのほうが最初のよりもいくらか具体的だわ」スザンヌは言った。

「そんなことないって。あいかわらずどっから手をつければいいか、さっぱりわかんないよ」

「宝探しにあんなに昂奮してたくせに」ペトラが言った。「すっかり顔が暗くなってる」

「だってさあ……ヒントがちんぷんかんぷんなんだもん」トニは前歯で下唇を噛んだ。「あのさ……あんたたちも仲間にならない？」

「どういうこと？」スザンヌは訊いた。

「資金をつのる昔の山師みたいな口ぶりね」ペトラがくすくすと笑いを洩らした。

「ある意味、山師みたいなものかな」トニは頭を強くかいた。「まじめな話、助けが必要みたいなんだ」

「ねえ」スザンヌは言った。「手がかりがこんなに漠然としてるんだもの、どうせ誰も〝わかった！〃とはならないわよ」

「言えてる」とトニ。

「だから、三つめのヒントが出るまで待ちましょうよ。それから三人で知恵を出し合って、お宝探しに出かけるの」

「そうこなくっちゃ！」とトニ。「みんなはひとりのために、ひとりはみんなのために！」

「三チュー士みたい」ペトラが言った。

スザンヌとトニが鋭い目を向けた。

「いま三チュー士って言ったね」とトニ。

「言ってないわ」ペトラはばたばたとコンロの手入れを始めた。

「言ったってば」トニはおかしくてたまらないというように、体をくの字に折って大笑いした。

「言ったみたいよ」スザンヌも噴き出しそうになるのをこらえていた。それから両手を大きく振った。「ちょっと待って。話すのをすっかり忘れてた」

「なんなの？」ペトラは話題が変わってほっとしたように言った。

「夜に人が訪ねてきたの」

「いつの話？」トニが訊いた。「あ……ゆうべってこと？」

「ええ、ゆうべ。いわゆる侵入者があってね」

「え！」トニとペトラが同時に叫んだ。

スザンヌはふたりにコルビーのことをすべて話した。食べるものを求めてこっそり入ってきたこと。その際使った鍵は、もちろん、ジョーイのものだったこと。

「もう、心臓がとまりそうなほどびっくりしたわよ」スザンヌは言った。

「わかるわ。だって……」ペトラは奥の窓のほうに目を向けた。「言わなくてもわかるわよね」

「あったりまえじゃん」トニは言い、スザンヌのほうを向いた。「それで、そのあとどうなったの？」

「棍棒で意識を失うまで殴りつけてから、車に乗せて法執行センターに連れていったわ」スザンヌはそこで言葉を切った。「でもその家出少年ったらね、すぐさまドロンしちゃったの」

「ありえないよ！」トニが大声をあげた。

「それがありえたんだってば」スザンヌは言った。「保安官がワシのような鋭い目で見張ってたというのに」

「まったく税金の無駄遣いったらないね」トニは両手をはたいた。

「それでどうなるわけ？」ペトラが訊いた。「保安官たちはその子の行方を追うんでしょ？」

「すべての保安官助手に周知するそうよ」スザンヌは言った。「コルビーがいないか目を光らせろって。でもどうだか。だって、ビューサッカーさん殺害に関する手がかりを追うのに忙しいはずだもの」

「自分のしっぽを追っかけてる状態だけどね」とトニ。

「でも、その少年のことは？」ペトラが訊いた。「彼はどうなるの？」

「さあ」スザンヌは言った。「でも、彼がまたここに忍びこむかもしれないから注意してないと。向かいの納屋に寝泊まりしてたと、本人も認めてることだし、またここに現われる可能性はあるわ」そこでちょっと口をつぐんだ。「ううん、きっと現われる気がする」

そのときに、保安官が言ってたような麻薬の売買に手を染めていないといいけれど。


スザンヌがシュガードーナツをパイケースに積み重ね、砂糖コーティングされたタイヤチューブの小さな山をつくっていると、ジュニアが足音も荒く入ってきた。ペグジーンズ、バイクブーツ、鋲打ちの革ジャンという恰好で、手袋と帽子はなしだ。

「ごらんよ」トニがつぶやいた。「やっぱりあいつ、あたしと離れられないんだ。それだけあたしに魅力があるんだね」

ジュニアは足踏みし、あかぎれだらけの真っ赤な手に熱い息を吹きかけた。

「外は寒いぜ！」スザンヌとトニに見られているのに気づくと、大きな声でそう言った。

「そりゃびっくりだね」とトニ。「一月なのに」

「ここじゃ、やさしい言葉のひとつも聞けないのかよ」ジュニアは言った。「ちょっと昼めしを食いたいだけなんだぜ」

「手軽で便利なカークッカーを使えばいいでしょ」スザンヌが言った。

「使ってるさ」とジュニア。「いまグーラッシュをつくってんだけど、パスタがまだ煮えなくてさ。あと六十マイル走らなきゃだめなんだよ」

「じゃあ、サンドイッチくらいつくってやったほうがよさそうだね」トニが言った。「念のためにさ」

「でなければスープね」スザンヌは言うと、次にトニに向かって小声で言った。「どっちでも早くできるほうにしましょ。ジュニアに長居されたくないわ」

「そうだね」トニは短く答え、カウボーイブーツをカスタネットのように鳴らしながらカフェのフロアを突っ切り、ジュニアを席に案内した。「サンドイッチをつくってやるけどさ、さっさと食べるんだよ。ちゃんとしたお客さんがやってくるまでに、とっとと出ていきな」

「肉とチーズをはさんでくれるとありがたいな」ジュニアは席につきながら言った。「めいっぱいカロリーをとりたいんだよ」

スザンヌは後悔するとわかっていながら、訊かないではいられなかった。

「どうして、ジュニア？」

ジュニアは下卑た笑みを浮かべた。「マラソンがあるから、その準備さ」

トニは両手の親指をベルトにひっかけ、疑うような目を彼に向けた。

「それってマジ？」

ジュニアは女性陣の気を惹いたことに気をよくし、小さな笑い声を洩らした。

「テレビドラマの『ベイウォッチ』のマラソン放送を見る準備だよ。ネットフリックスからついさっき届いたからさ！」

「あいつの話を聞いてると、マジに奥歯を揺さぶられるよ」

トニが言う横で、スザンヌはピンクとオレンジのチョークを使って黒板に簡単なランチメニューを書いていた。ちょうど〝カニのチャウダー〟を書き終え、これから本日のサンドイッチを書くところだった。

「いい意味で言ってるの？」スザンヌは訊いた。トニの言いたいことが、いまひとつはっきり伝わってこなかった。サムはときどきスザンヌの世界を揺さぶってくるが、歯を揺さぶるなんてありえない。

「じゃあ、こう言い換える。ジュニアがいるとつま先立ちになっちゃうんだ（警戒する、気が抜けないの意）」

「カウボーイブーツを履いたバレリーナね」スザンヌは言いながら〝ライブレッドのハムサラダ・サンド〟〝イングリッシュマフィンのベーコンエッグ・サンド〟と書いた。

「でもさ、ジュニアが宝探しに連れてってくれるって」トニは言った。「あ、みんなと行きたくないってわけじゃないからね」とあわててつけくわえた。

「ねえ、ちょっと」ペトラが厨房のドアから顔を出した。「つまりあなたは、キンドレッド随一の不良中年とよりを戻したって言うの？」

トニはため息をついた。「ジュニアだって魅力がひとつもないわけじゃないんだ」

「ハニー」ペトラの声が尖った。「いまの言い方、前にも聞いたわよ」

「離婚したいと言いながら、次の日には考え直すの繰り返しじゃないの」とスザンヌ。「ふたりの関係をじっくりまじめに考えないうちは、再出発なんかしちゃだめ。忘れたの？　ジュニアが海外戦争復員兵協会で出会ったふしだらなウェイトレスに色目を使ったと大泣きしたのは、そんな昔のことじゃないでしょ」

「ティファニーよ」ペトラが吐き捨てるように言った。「ものすごく大きな……」

「盛り髪の人」とスザンヌ。

トニはがっくりとうつむいた。「わかってる。忘れたわけじゃないよ」

「つまり」スザンヌはつづけた。「ジュニア、またの名を恥知らずは、あなたを捨てたってことなの」

「男の人に捨てられたら、どうすればいいかわかる？」ペトラが言った。

「ドアを閉めるんでしょう？」とスザンヌ。「自分はこっちで、彼はあっちにいるとはっきりさせるために」

「そのとおり！」とペトラ。「そして鍵をかけるの！」

「そんな」トニが言った。

「本気で言ってるのよ」スザンヌがそう言ったとき、壁の電話がけたたましく鳴った。「ジュニアがふたたびあなたの人生にもぐりこもうとしても、慎重に対応しなきゃだめ」そう言いながら受話器を取った。「カックルベリー・クラブです」彼女はしばらく相手の話に耳をかたむけていた。「本当なの？　だってきょうは……そう、わかった」かぶりを振り、電話を切った。

「なんだった？」ペトラが訊いた。

「ジョーイから。きょうは来られないって」

ペトラは両手を振りあげた。「最悪！　あと五分でランチタイムは始まるし、クリスタルなお茶会だってあるのに。どうしろって言うのよ」

「おケツに火がついたみたいにして働くしかないね」トニは言うと、腕時計に目を落とした。オンボロのタイメックスはいつも五分遅れている。「いまから、だいたい、二時間後にモデルさんとブティックの関係者とヘアメイクの人がだーっと現われる。三時間後にはお客さんが到着する」

スザンヌは黒板に戻って〝チキンのポットパイ〟と書き終え、ひと休みした。あたりを見まわし、誰にも聞かれそうにないのを確認してからつぶやいた。

「ビューサッカーさんを殺した犯人が、お客のなかにまぎれこんでいませんように」

13

簡略バージョンのメニューにしたおかげで助かった。選択肢が四つしかないため、お客の注文は速くなり、食べるのはさらに速くなったようだ。スザンヌとしては願ったりかなったりだった。一時までには全部のお客を帰らせることもできそうだ。そのときだった。エド・ラプソンとレスター・ドラモンドがランチを食べに現われたのは。

スザンヌは歯嚙みしつつも、世の中はいたって平和とばかりに愛想よく出迎え、まずはコーヒーでもいかがですかと尋ねた。しかし、温かい飲み物を取りに戻ったり食事はなにがいいかと尋ねたりするより先に、レスター・ドラモンドが恐ろしいほど大きな白い歯をたっぷりと見せつけながら、にんまり笑った。

「喜べ」ドラモンドは言った。「刻一刻とおれは新しい仕事に近づいている」

スザンヌは無遠慮な物言いに目を丸くした。「なんのお話かしら？」落ち着いた声に聞こえるよう注意しながら尋ねた。

「いま、ここでエドに言ってたところだ、ぜひとも働きたいとね。キンドレッド銀行の新頭取として」

「本当ですか?」スザンヌはなんらかの反応——同意、驚き、戸惑い、なんでもいい——を求めてエド・ラプソンの顔をうかがったが、けっきょく、鉄板のように無表情で眉ひとつ動かなかった。

「おれは着地後すぐに走り出せる落下傘兵みたいな男なんだよ」ドラモンドは南部なまりで言った。「ウォーミングアップの時間など必要としないね、全然」彼は穴があくほどラプソンを見つめた。「仕事についたら一週めで結果を出してみせますよ」

ラプソンはまっすぐ前方を見つめつづけた。その姿はまるで、イースター島のモアイ像そのものだった。

「なにしろおれはものを覚えるのが速い。この地球でいちばんと言えるだろう。時間を無駄にしないし、時間を無駄にするやつにはがまんがならん」ドラモンドはラプソンに向かってほほえんだ。「おれを雇えば、おたくの銀行にとってひじょうに都合がいいことでしょうよ。キンドレッドの住民は言うにおよばず」

これは軽い売りこみなんかじゃない、とスザンヌは心のなかで思った。本格的でりっぱなPR活動じゃないの! 元刑務所長のろくでなし、レスター・ドラモンドは、いったいいつからこんなに口が達者で、ずうずうしいほど自分を売りこめる人間になったのだろう?

仕事を得る必要に駆られてからだ、とスザンヌは気がついた。彼のキッチンカウンターには請求書が山積みになっていて、銀行の口座にはそれをまかなえるだけのお金が入ってないんだわ、きっと。

　スザンヌはひとこともコメントしなかった。というか、このふたりが同じテーブルを囲む姿を見たショックをまだ引きずっていた。筋骨たくましいドラモンドと気取り屋の銀行家ラプソン。どうしようもなく不釣り合いな取り合わせだこと！

　ふたりの注文を取ると――ラプソンはカニのチャウダー、ドラモンドはイングリッシュマフィンのベーコンエッグ・サンド――スザンヌはそそくさと厨房に引っこんだ。

「お客様はあと何人？」ペトラが訊いた。

「ええと……六人くらいかな」

「じゃあ、これでランチの注文は最後になるわね」

「そうであってほしいわ」

　ランチを運び、レジで会計をし、細かいことに対応しながらも、スザンヌはドラモンドとラプソンの様子を頻繁にうかがった。ふたりはずるずる、あるいはくちゃくちゃ音をさせながら食事を口に運んだり、コーヒーを飲んだりしつつ、熱心に話しこんでいた。ドラモンドは指を何度もラプソンに突きつけ、空中に句読点を打つように振り動かした。一方、ラプソンは同意するようにうなずいている様子だ。

　トニもふたりの動きに気づいて、スザンヌに顔を寄せた。

「まさか、ドラモンドのやつが銀行の仕事を手に入れるわけじゃないよね」

「そうならないことを祈るばかりよ」スザンヌはその後も目の隅でふたりの様子をうかがいつづけた。そのせいで考えずにはいられなかった。あの人たちはベン・ビューサッカーの身に起こったことについて話しているのかしら？　ひょっとしたら、おたがいをちょっぴり疑っていたりして。探りを入れ合ってるのかも？

そう考えたとたん、ドゥーギー保安官と彼の捜査に思いが飛んだ。もうリードを尋問のために連行しただろうか？　あらためてチャーリー・スタイナーから話を聞いただろうか？　それともべつの意外な容疑者に関心が移ったとか？

ふたりのテーブルに顔を出すチャンスがないまま、ドラモンドが立ちあがって何ドルかテーブルに放り、それからラプソンと握手するのが見えた。ドラモンドはそそくさとカフェを出ていったが、ラプソンはすぐには帰りそうになく、残りのコーヒーを味わいながらスマートフォンでメールを確認していた。

スザンヌは彼のテーブルにそろそろと近づいた。

「デザートにアップルパイでもお持ちしましょうか？」

「いや、けっこう」ラプソンはぞんざいに手を振った。「とてもそそられるが、しかし……」彼は宇宙の神秘がすべてそこにあるとでもいうように、スマートフォンの画面をひたすら見つめていた。

スザンヌはひとつ深呼吸した。

「あの、ラプソンさん。お尋ねしたいことがあります。まさかレスター・ドラモンドを頭取に任命しようなんて、本気で思っているわけじゃありませんよね？」

ラプソンは警戒するような目でスザンヌを見つめた。

「任命するかもしれんよ。なにか問題でも？」

「ハム・ウィックはどうでしょう？　あの人も名乗りをあげてましたよね？」ウィックでは決断力に乏しいし、あまり有能と言えないのはわかっているが、それでもレスター・ドラモンドよりはましだろう。ほかの誰でも話は同じだ。

「いいかね」ラプソンはとげとげしい声で言った。「ふたりがこの仕事に賭ける意気込みがどれだけのものか、わたしはそれを見きわめたいんだよ」

「つまりコンテストのようなものだと？」スザンヌは冷静さを失うまいとしたものの、成功していないのはわかっていた。「ケーブルテレビでやってるケージファイティングみたいに戦わせるおつもりですか？」

なぜかラプソンはうれしそうな顔をした。「そんなようなものだ」彼はスザンヌのたとえが気に入ったらしく、うんうんとうなずいた。「ふたりが頭取という肩書に非常に強い関心をしめしているので、どれほどの情熱を抱いているのか知りたいのだ。どっちがよりしたたかで、ツラの皮が厚いかを見きわめるんだよ」

「開拓時代のアメリカじゃないんです！」スザンヌは癇癪玉を爆発させた。「それに、あのふたりのうちドラモンドさんのほうがしたたかなのはわかりきってるじゃありませんか」

ラプソンはにやりと笑った。「そう思うかね？」

「ほかに候補者はいないんですか？」

スザンヌは訊いた。けさ葬儀の場にいた、黒いスーツを着こんだ無表情な男たちが思い出された。あの人たちはどうだろう？　ひとりくらい、はるかにましな人がいるんじゃない？　たとえ、あとでうぬぼれ屋だとわかるにしても。

ラプソンは肩をすくめた。

「このささやかなライバル争いは、もうしばらくつづけさせるつもりだ」

けっこうだこと、とスザンヌは心のなかで言い返した。気がついたら、新頭取が六連発拳銃を二挺帯びて、薬室が空になるまで撃ちつくしてたなんてことになるかもよ。そのときの標的は誰かしらね？


トニが十二個のティーポットをカウンターに並べていると、入口のドアがきしみながらあき、身を切るような風が吹きこんだ。スザンヌは、ランチタイムは終了しましたと告げるつもりで目をやった。しかし、訪ねてきたのが誰かわかったとたん、気分が一気に明るくなった。

サム・ヘイズレットが入口に立って、しびれるような笑顔を彼女に向けていた。

スザンヌは小躍りしながら彼のもとに駆け寄った。

「クリニックを抜け出してランチを食べにきてくれたのね。食べるまで帰さないから！」

「なにか呼ばれてる気がしたんだ」サムは言うと、彼女を熱っぽく抱き寄せ、頬にキスをした。「心の声かな」

彼に体をあずけると、アフターシェーブ・ローションの香りが鼻をくすぐった。シトラスに琥珀がかすかに交じっている。それに消毒薬のにおいもちょっぴりと。

「きっと、うちのスープに引き寄せられたのよ。カニのチャウダーのなんとも言えないいいにおいが町じゅうにただよってるんだもの」

スザンヌは一歩さがって彼を見あげた。額にかかる茶色の髪、きらきら光る青い瞳、ニキビの跡、健康的でつやのある肌。どうして、いつ見てもこんなにすてきなの？　職場から直行してきたときでさえ。本当に謎だわ。でも、こんな謎なら大歓迎！

サムはカウンター席に腰かけ、スザンヌは湯気のあがるスープを運んだり、ペトラをせっついて、お得意のジューシーなローストビーフのホットサンドイッチをつくらせたりと、かいがいしく立ち働いた。

「多すぎるよ、こんなに」

スザンヌがそれらすべてを彼の前に置くと、サムは抗議した。

「ううん」スザンヌはほほえんだ。「このくらい食べなくちゃ」

そのあとはもちろん、エド・ラプソンとのちょっとした密談を話して聞かせた。ラプソンがレスター・ドラモンドとランチをともにしていた事実も。

「ラプソンさんはドラモンドを採用するつもりなのかしら」スザンヌは首をかしげた。

サムは口をもぐもぐさせながら考えこんだ。「その口調からすると、それはとんでもないまちがいだって感じだね」

「どういうことになるのか想像もつかない。おまけに、わたしたちには野放しになってる殺人犯までいるのに」

サムはスザンヌをひたと見つめた。「わたしたちって?」

「ええとつまり……ドゥーギー保安官とこの町の人々って意味よ」

サムのスープ皿がほぼからになったのを見計らい、スザンヌは声をかけた。

「あとどのくらい時間がある?」

彼は腕時計に目をやった。「二分かな。クリニックに戻らないと。盲腸の手術があるんだ」

しかしスザンヌは彼の手をつかみ、〈ブック・ヌック〉へと連れていった。

「ここは小さくても本当にいい店だね」サムは言った。歴史書のコーナーに目をらんらんと輝かせる彼を、スザンヌはロマンス小説のコーナーへと引っ張りこんだ。海賊、ヴィクトリア朝、情熱的かつ官能的な抱擁をかわすイギリス貴族のカップルをモチーフにした表紙に囲まれ、サムは腰をかがめてスザンヌにキスをした。

なんてすてきなの、とスザンヌは思った。あたふたとあわただしい一日のさなかに、予想外の贈り物だわ。これがごくあたりまえのことになっていくのね。きょうからは。

「今夜会えるよね?」サムが訊いた。

「パレードでしょ?」スザンヌはほほえんだ。「もちろんよ」

「愛するおふたりさんは、いったいなにをやってたのさ?」

サムが帰るとトニが訊いた。

「なんでもない」スザンヌは答えた。「ただ……本をなんとなく見てただけ」

「なんでもないようには聞こえないよ。その口ぶりからすると……アツアツのロマンスって感じだね」

スザンヌは噴き出した。「そう?」

「そうだよ」トニは言うと、白いリネンのテーブルクロスを振って広げた。「それって、どんなときでもいいことじゃん」彼女は年季の入った木のテーブルにクロスをかけた。「はい、一瞬で早変わり。即席ティーサロンのできあがりだよ」

「あと必要なのはキャンドル、お花、砂糖とクリームね」

「それに食べるものも」とトニ。「あたし、ペトラがつくるティーサンドイッチが好物なんだ。すごく……ちっちゃくてさ!」

「ペトラの様子を見てくる」スザンヌは厨房のドアに手をかけた。「パンの耳を切り落とす手伝いが必要かもしれないから」

しかし厨房に入っていくと、ここでも意外な訪問者の姿があり、スザンヌはまたもやびっくりした。

「コルビー!」スザンヌは叫んだ。

未成年ながら脱走の達人のコルビーが足を組んで椅子にすわっていた。なんの心配もいらないとばかりに、ペトラ自慢のローストビーフのダブルデッカー・サンドイッチを満足そうにむしゃむしゃと食べ、缶入りコークをがぶ飲みしていた。

「この恩知らず！」スザンヌは心臓のところを手で押さえた。「ものすごく心配したんだから！」

コルビーは一瞬だけ口を動かすのをやめると、おれはなんともないよと言うように、片方のてのひらを上に向けた。

「あなたがどこか寒い車庫の床で寝てるところを想像してたのよ。なのにそんな何食わぬ顔をして！」スザンヌはペトラを振り返った。「あなたもあなただわ。なんでこの子が来てるって教えてくれなかったの？　しかも、古巣に帰ってきた放蕩息子かなにかみたいに、食べるものまであたえるなんて。なんでこの子をこんな……こんな……」

「こんなおえらいさんをもてなすみたいなまねをして！」トニがあとを引き取った。いったいなんの騒ぎかと、様子を見にきたのだ。

ペトラはとたんにしゅんとなった。「わたしは……つまりその、この子がおなかをすかせていたものだから。いつの間にか忍びこんでたの。ネズミみたいにこっそりと。ついでに言うなら、とても礼儀正しかったわよ。でも、あなたはサムとあっちの本の世界に行っちゃってたでしょ。それでとにかく、なにか食べさせなきゃいけないと思って……」

スザンヌはつま先をコツコツいわせた。

「だからさっきも言ったけど」とペトラ。「この子はおなかをすかせてたの！」

「もうぺこぺこだったんだよ」コルビーが食べ物で口をいっぱいにしながら言った。

「ねえ、ぼうや」スザンヌはふたたびコルビーに全神経を集中させた。態度とは裏腹に、その何倍もの安堵を感じていた。「言い訳するだけじゃなくて、謝罪もするべきでしょ」

「スザンヌ」ペトラは捨て犬、路上生活をしている退役軍人、さらには棲息場所である池からさまよい出たカメを放っておけないたちだ。「この子の力になってあげましょうよ」

「どうかしら」スザンヌは言った。「その食べっぷりを見るかぎり、うちの食料を食べつくされなくてラッキーだったと思うべきよ」

「なあ」コルビーは口のなかのものをごくりとのみこんだ。「金はあとでちゃんと払う。うそじゃないって」

スザンヌは苦笑いした。「ええ、そうしてもらうわ。住むところがなかろうと——これは勘で言うんだけど——仕事がなかろうとね」

「こういうのどうかな」コルビーが言った。「食べた分だけ働いて返す」

「なに言ってんの？」スザンヌは言うと、このやりとりを言葉もなく呆然と見ているトニに目をやった。「この子がなにを言ってるかわかる？」

トニは首を横に振った。「さっぱりだよ。でも、ひかえめに言っても興味深いね」

コルビーが自分の発言を強調するように立ちあがった。

「ここでいろいろ手伝うって言ってんだ」彼は両腕でさっとまわりをしめした。「やんなきゃいけない仕事があるんだろ？　だったらさ、さっさとエプロンをよこして、仕事を言いつけろよ。床掃除、ごみ出し、必要ならなんだってやる」

スザンヌは意外に思いながらもその申し出を検討した。これが昨夜、保安官の隙をついて逃げ出したあの少年なの？　あのときの彼はぶっきらぼうで喧嘩腰だったのに、いまは手伝いを申し出ている。おまけにずいぶんと誠実な様子だ。スザンヌは気を許し、いくらかガードをゆるめた。

「午後のお茶会を少し手伝ってもらいましょうよ」ペトラがうきうきと、少し媚《こ》びるような声を出した。

「それだよ」コルビーは千載一遇のチャンスを得たとばかりに言った。「しゃれた茶会をひらくんだな。ってことは、ウェイター見習いか、ウェイターそのものが必要だろ」

「手が足りないのはたしかだよ」トニが割りこんだ。

スザンヌはコルビーの申し出を検討した。一か八かの賭けに出るか、けっきょくまた行方をくらまされるか。それはやってみなければわからない。「いいわ」彼女は思案の末に言った。「でも、きょうの午後は殺人的に忙しくなりますからね」

「身を粉にして働くさ」コルビーは請け合った。「信じてくれていい。絶対に後悔はさせない」

スザンヌは指を一本立てた。「後悔させられるのはごめんだわ。それから、ぼうや……」

三組の目がスザンヌに注がれた。

「いくつか質問に答えてもらうわよ」スザンヌはそう言いつつ、心のなかでこうつぶやいていた——絶対に保安官に通報する。

14

厨房の仕事はペトラにまかせ、スザンヌ、トニ、そしてコルビーの三人は飾りつけに取りかかった。くつろいだ雰囲気のカフェは冬らしい真っ白なリネンのテーブルクロスと輝くばかりのクリスタルの脚付きグラス、ピンクとクリーム色のスポードの食器、ひとひらの雪のような形をしたガラスのキャンドルホルダーとそれに挿したティーキャンドルによって、もののの数分でがらりと変わった。

「椅子の背にカバーをかける？」トニが訊いた。

「もちろん」とスザンヌは答えた。「ブライダルシャワーで使った白いのでお願い」

トニとコルビーのふたりが木の椅子にカバーを結んで上品な席に変身させるかたわら、スザンヌはスノースプレーで窓に雪化粧し、雪に包まれたおとぎの国を仕上げた。

「そのスプレーはいいよね」トニが言った。「でも一度、雪女みたいにしようと思って髪の毛にスプレーしたことがあってさ」彼女は鼻にしわを寄せた。「何週間も落ちなかったんだ」

「あとはなにをやるんだっけ」スザンヌはテーブルに目をこらした。ほぼ完璧に見えるが、なにかが足りない……。「そうだ、お花を飾らなきゃ！」

「おれが取ってくる」コルビーが手をあげた。

「冷蔵室よ」スザンヌは言った。花はけさ〈バッズ&ブルームズ〉から届いたばかりだった。それを冷蔵室のバターやチーズの上に置いたのは、われながら冴えていると彼女は思った。つぶれてないといいけれど。

数分後、コルビーが戻った。

「すごくきれいじゃんか！」彼は大声で言うと、花がぎゅうぎゅうに詰まった緑色の重たいプラスチック容器を二個おろした。「なんて品種なんだい？」

スザンヌは白い花に軽く触れた。「バラとユリよ」ふと目をやると、トニが四つん這いになって、小さな木の食器棚からクリスタルの花瓶を六個引っ張り出そうとしていた。

そのとき、ドアがいきおいよくあき、カーメン・コープランドがゆっくりとした足取りで入ってきた。

「あらまあ、ずいぶんがんばったじゃないの」彼女はそう言って忍び笑いを洩らした。

とまどったトニが振り返った。「へ？」

長い黒髪をうなじを見せるように結いあげたせいか、カーメンはいつにも増して個性的に見える。あざやかな赤いシルクのワンピースの上から毛皮のコートを無造作にはおり、細い手首には黒いハンドバッグをかけ、脚は黒いエナメルのハイヒールブーツにぴっちり覆われている。カーメンは飾りつけがすんだばかりの店内をえらそうな態度で見まわし、とくにひどいことは言わなかったものの、格別な褒め言葉も口にしなかった。

ずいぶんたってから、誰にともなく言い放った。

「準備をしに来たのよ。おたくの手芸部屋を使わせてもらっていいんでしょ？」そこでスザンヌに横柄な視線を向けた。

「〈ニッティング・ネスト〉のことね。ええ、どうぞ」スザンヌは腹をたててはいけないと自分に言い聞かせた。「みなさん、どうぞなかでくつろいでね。わたしたち、何週間も前からこのファッションショーを楽しみにしていたの。きょうは満席なのよ」

「満席になるに決まってるじゃないの」

カーメンはくるりと向きを変えた。そのあとを追うように、長身で脚が長く、作り物かと思うほどすべすべの肌をしたモデルたち、合計六人がのんびり歩いていく。彼女たちは衣装バッグのほかに、メイク用品、ハイヒール、下着、クリップ式のヘアピースでぱんぱんになったダッフルバッグを肩にかけ、母鶏に群がるひよこのように、カーメンのうしろにぴったりくっついていた。しんがりをつとめるのは、ブロンドの髪に青い目のミッシー・ラングストン。カーメンが経営する〈アルケミー〉というブティックの店長だ。歳は三十代前半、性格の素直さに関してはキンドレッドでも一、二を争うとスザンヌは思っている。ミッシーは破裂しそうなほどふくらんだ六つの衣装バッグに悪戦苦闘していた。

「持ってあげる」スザンヌはすかさず申し出た。

ミッシーは遠慮なく、細い肩からバッグを三個預けた。

「ありがとう。荷運び用の馬になったかと思っちゃった」

カーメンのミッシーに対する扱いはまさにそれだとスザンヌも思ったが、口に出しては言わなかった。いまここで、べつの仕事を探したらどうかとミッシーに勧めるのはまずい。そこで、一行を〈ニッティング・ネスト〉に案内し、荷物を置くのを手伝った。モデルたちに水、お茶、その他希望のものを出していると、〈ルート66〉のグレッグがヘアメイク担当としてやってきた。長身にブロンドの髪、ひょうひょうとした性格の彼は、キンドレッド随一のヘアサロンを経営するふたりのゲイ男性の片割れだ。グレッグは一カ月前、メイクアップ・アーティストとしてこのイベントに協力する契約をかわしたのだった。

「やあ、スザンヌ」グレッグは彼女を抱き締め、長々と音だけのキスを浴びせた。「そろそろ、根元のところの色をなんとかしなきゃと思わない？」彼の目は彼女の髪を食い入るように見つめていた。

「ツートンカラーはお気に召さない？」スザンヌは訊いた。それにしても、根元はそんなにひどい状態かしら？

「そうだねえ」グレッグは言った。「ぼくの好みからすると、ちょっとばかりブーだな。でも、ぼくにはどうこうしろなんて指図できないよ。あくまできみの美容師で、アドバイザーで、頼りになる相談相手にすぎないんだからさ！」

「なんか手伝うことある？」しだいに混雑してきた〈ニッティング・ネスト〉のなかをかきわけながら、トニが声をかけた。周囲を見まわした彼女は、シックなドレスときらびやかなモデルたちに目をとめ、「すごい」と声を洩らした。彼女のウェスタンシャツとジーンズは、ミュウミュウ、ジーイム・スパース、ステラ・マッカートニーといったハイセンスな服とは好対照をなしていた。

「わくわくするだろ？」グレッグが声をかけた。

「うん、わくわくする」トニは答え、綿あめのように軽くておいしそうなダークブルーのモヘアのジャケットに、おそるおそる手をのばした。

「商品に手を触れないで」カーメンのぶっきらぼうな声が飛んだ。

トニは手を引っこめた。「ごめん」少しびくびくしながらあとずさり、グレッグに向き直った。「あのさ、ちょっとあたしの眉を見てくれる？　毛虫が二匹のたくったみたいになっちゃってさ、専門家のアドバイスを聞きたいんだ」

「見せてごらん」グレッグは言い、トニの前髪をのけた。

「ととのえればいいのか、描き足せばいいのか、抜けばいいのかわかんないんだよ」トニは言った。

「ちょっと」カーメンがえらそうに割って入った。「ここで無料の美容相談なんか始めてもらっちゃ困るんだけど」

モデル全員の頭が一斉にトニのほうを向いた。突如として室内に充満した張りつめた空気に、ぷるんとした真っ赤な唇を半開きにしている。

「そんなカッカしないでよ」トニは言った。「ちょっとアドバイスを求めただけじゃん。エステの一日コースを頼んだわけじゃないんだからさ」

「そうよ」スザンヌもトニの擁護に立ちあがった。「そのくらい、いいじゃない。みんな友だちなんだもの、でしょ？」

「あのね」カーメンは引きつった声を出した。「そんなのはきょうじゃなくたっていいことでしょ」

その言葉にトニはかちんときた。両手を振りあげると、小声でグレッグに「いまのは忘れて」と告げた。それでも〈ニッティング・ネスト〉から足音も荒く出ていく際、スザンヌ以外の全員を背にしたところで、目をぐるりとまわし、舌を出した。

スザンヌは笑いそうになるのを必死でこらえなくてはならなかった。


ペトラお手製の上品な四段ケーキが、カフェの大理石のカウンターに置いてあった。キャンバスに最後の仕上げをする画家のように、ペトラはケーキのてっぺんと側面に白いアイシングで装飾的な渦巻模様を描いた。それからつやつやした白い飴細工で、てっぺんに飾る美しい雪片を三つつくった。

「わたし流の冬のホワイトアウトはいかが？」彼女は誇らしげに言った。「全部、砂糖でできてるの」

「すてき《スウィート》」とスザンヌ。

コルビーがつかつかと近づいてきた。

「こんなんでいいかな、おばさん」彼は花をいっぱいにいけたクリスタルの花瓶をかかげてスザンヌに見せた。「これでよければ、残りも同じようにやっちゃうけど」

「ばっちりよ」スザンヌは言った。コルビーの仕事ぶりには舌を巻くしかなかった。いつもウェイター助手をやってくれているジョーイ・ユーワルドはしょっちゅうなだめたりほめたりしなくてはならない――いわば、子犬のしつけと同じだ――けれど、コルビーは自分でどんどんやっていくタイプのようだ。「センターピースをつくり終えたら、エプロンをつけて給仕を手伝ってね」

「そこまでおれを信用していいのかよ」コルビーは眉をあげた。

「いまのところ、とてもよくやってくれてるもの」スザンヌはそこで声を落とし、コルビーの腕に触れた。「ねえ、コルビー。ひとつ訊いておきたいことがあるの」いったん言葉を切った。いまから言うことは遠回しにしようがない。「あなたが麻薬を売りさばいているという噂を聞いたわ。本当なの?」

「冗談言うなよ!」コルビーは大声を出した。「誰からそんな話を聞いたんだ?」

「関係ないでしょ」スザンヌは言った。

コルビーの黒い目が光った。「おれには関係ある」

「ねえ」とスザンヌ。「あなたの気持ちを傷つけてしまったのなら謝るわ」

少年はまだスザンヌをにらんでいた。「もう、いいよ」最後にむっつりと言った。

スザンヌが白いキャンドルに火をつけ、力作をとっくりながめようとうしろにさがったところ、外から車のドアのバタンという音が聞こえた。やがて、ほがらかでにぎやかな波のごとく、友人や隣人が寒い戸外からぞくぞくと入ってきた。あれよあれよという間にカックルベリー・クラブは、おしゃべり、笑い声、昂奮でざわめくお茶会のゲストに占拠された。女性たちは借り物のコートラックにコートを掛けると、自分の名前が書かれた座席札を探しながらうきうきとテーブルをめぐり、カックルベリー・クラブの豪華な変貌ぶりに全員が賞賛のため息を洩らした。

「コッツウォルズにある由緒正しい英国風ティーショップそのものね！」

そう叫んだのは、この店のティータイムの常連、ロリー・ヘロンだ。彼女はＢＢＣの古いドラマが大好きで、いつも昔のミス・マープル風によそおっている。つまり、ツイードのスカートに趣味のいい靴、ひだ襟のブラウスの胸元に小さなブローチをとめている。

「まったくだわ」相づちを打ったのはミネルヴァ・ビショップ。お茶を飲むのがなにより好きな、すてきなお年寄りだ。「きょうは四品のコースをいただけるんですってよ」

「ええ、そうなんです」スザンヌはすっと進み出た。「レモンのスコーン、チェダーとリコッタのキッシュ、ティーサンドイッチの盛り合わせ、デザートにはペトラ自慢のアーモンドケーキを用意しました」

「甘いものとしょっぱいものの組み合わせ、ね」ロリーが嬉々として言った。「すてきなお茶の雑誌にもそう書いてあったわ」

数分とたたぬうちに全員が席につき、スザンヌとトニはダージリンとラプサン・スーチョンを注いでまわった。

「一席をのぞいて全部埋まったね」トニが小声で言った。「大当たりじゃん！」

しかし、宣言するのは早すぎた。突然、〈ニッティング・ネスト〉からカーメンが飛び出してきて、入口のドアをあけた。

「クラウディア！　来てくれたのね！」

黒いミンクのコートに身を包んだクラウディア・ビューサッカーが、おずおずと戸口をまたいだ。ブロンドの髪をうしろになでつけ、口紅を塗り直していたが、額にくっきり刻まれたしわと目の下にできた紫色の影をスザンヌは見逃さなかった。

きっとご主人の墓前からいらしたのね。だとしたら、とてもつらい気持ちのはず。贅沢なコートをまとっていても、世の中の重みをすべて背負っているようにしか見えないわ。

その場にいた全員が口をつぐみ、クラウディアをじっと見つめた。お茶を含んだまま固まっている者もいる。しかしカーメンとクラウディアはジュエリーで飾った手を親密そうに握り合ううち、うっすらと笑みを浮かべはじめた。再開したおしゃべりは、とても肯定的な響きを帯びていた。

「りっぱだわ」ひとりが言った。

「来てくれて本当によかった」べつの誰かがつぶやいた。

カーメンがひとつだけあいていた席にクラウディアを案内すると、近くにいた全員が会釈し、ほほえみを浮かべた。ここにいる女性の多くはどこかしらでクラウディアにすげなくした経験を持つが、いまはにこにこと愛想がいい。夫を亡くした彼女を気の毒に思っているのはあきらかで、バッグやショールをそそくさとわきにどけて、自分たちの輪にクラウディアを迎え入れた。

そんな彼女たちの気配りにスザンヌの胸は熱くなった。もちろん、クラウディアを元気づけ、温かく迎えるのは当然のことだ。彼女は切実に助けを必要としている傷ついた小鳥なのだから。それに、キンドレッドの女たちはなにかにつけて力を合わせ、必要とあらば小さな違いを乗り越えて一致団結する。ウォルターが死んだとき、スザンヌのもとには何斤ものバナナブレッド、大量のスープ、いくつもの手づくりジャム、数々の手料理が届けられた。チョコレートチップ・クッキーの入った大きなかごを、玄関先に置いていってくれた女性もいた。いま思えば、そのとき受けた心遣いには本当に助けられた。思い出すだけで、いまも涙がこみあげてくる。

店のサウンドシステムから心地よいピアノ・コンチェルトの一節が流れるなか、スザンヌ、トニ、コルビーはティーサンドイッチを盛り合わせた三段のスタンドを運んで、各テーブルに仰々しい仕種で置いた。スザンヌは短い拍手を受けながら、最上段に盛りつけたのはチキンとアーモンドのサンドイッチで、真ん中の段はハムとアプリコットのピンウィール、いちばん下の段は食べやすく切ったローストビーフとモルタデッラ・ソーセージ、それにフラットブレッドだと説明した。

味のわかるお客でよかったと気をよくしたスザンヌとトニは、もうファッションショーを始められるか確認しようと〈ニッティング・ネスト〉をのぞいた。

「みなさん、スコーンは食べ終わっちゃって、キッシュとティーサンドイッチを食べはじめたわ」スザンヌは陽気に言った。「だから、ショーはいつでも好きなときに始めてもらってけっこうよ」

カーメンはぺちゃくちゃとおしゃべりしているふたりのモデルに目をやった。

「ジュリエットにココ！　ちょっとのあいだ、そのおしゃべりをやめて。それからチューインガムを捨てなさい！」

彼女は室内を見まわすと、念入りに髪をセットして衣装もばっちりのモデルを、ひとりひとり冷静に値踏みしていった。

「準備ＯＫ」それからスザンヌの手にCDを一枚押しつけた。「スタートの合図がわりにこれをかけてもらえる？」

「まかせて」スザンヌは言った。

「どの服が最初に出るの？」トニが訊いた。スザンヌにくっついてきた彼女は、モデルの変身ぶりに舌を巻いていた。一時間前は十八歳にしか見えなかった長身で華奢な彼女たちが、洗練されたパリの女性に変わっていたのだ。濃いアイシャドーで深みを出したうえにまわりを黒く縁取った目、大胆すぎるほど真っ赤に塗った唇、モダンに結いあげた髪、着ているのは小さなサイズ2のスーツ、スカート、デザイナーズジャケットだ。

カーメンはトニのほうに目を向けもしなかった。

「オープニングにはロベルト・カヴァリのチュニックを出すわ。ドルフィンブルーの」

トニは顔をゆがめた。「イルカのフリッパーみたいな色ってこと?」

スザンヌはトニの腕を強く引っ張った。とんでもないことになる前に、彼女をここから連れ出したほうがいい。

「さあ、向こうで簡単なあいさつをするわよ」

トニが小さなベルを鳴らすと、その軽やかな音で会話がぴたりとやみ、好奇心に富んだ顔がスザンヌたちに向けられた。スザンヌは開幕を宣言するため、店の中央に進み出た。

「みなさん。クリスタルなお茶会へようこそ」そこでにっこり笑った。「午後の軽食はお楽しみいただけたでしょうか。このあと、淹れたてのお茶を持ってお席までうかがいます。今度は茉莉花茶とピーチ・パラダイスの二種類ですが、ほかのお茶をご希望の方はお気軽にお申し出くださいね」そこでいったん言葉を切った。「ご存じのように、本日はロマンス小説界に君臨する女王、カーメン・コープランドさんにおいでいただきました。その彼女のブティック〈アルケミー〉から、選りすぐりのファッションをご紹介いたします」ぱらぱらと拍手が起こった。「カーメン、どうぞこちらに。パリのコレクションで仕入れたファッションの紹介をお願いします!」

大きな拍手に迎えられ、カーメンが悠然とした小型ヤマネコを思わせる落ち着いた様子で、ゆっくりと登場した。

「みなさん」カーメンは仰々しく呼びかけた。「みなさんの大半はこのような最先端のファッションとはなじみがないことと思います。でもどうか、広い心で見ていただきたいのです」彼女は芝居がかった仕種で両手を広げた。「ファッションは、つまらない人とあかぬけた人を区別する指標です。五感を養い、目を楽しませるものです。そこできょうは、みなさんの世界を揺さぶってみせましょう！」彼女がスザンヌのほうを向いてうなずくと、スザンヌはCDプレイヤーのボタンを押した。

ケイティ・ペリーのヒット曲『ファイアーワーク』が響きはじめると、カーメンが指を鳴らし、最初のモデルがビートに合わせて腰を振り振り、ゆうゆうとした足取りで登場した。「ココが着ていますのは、ロベルト・カヴァリのカシミアのチュニックに揃いのレギンスです」カーメンは少しはずんだ声で紹介した。「やわらかくてしなやか、この上なくエレガントな上下です」

〝あなたは花火なんだから〟という歌詞が流れるなか、ココが颯爽と店内を一周する。

「次のモデルが着ておりますのは紫のパワースーツです」カーメンが紹介した。「ごらんのように、肩を強調したデザインが復活してきています。これによってシルエットが美しくなり、腰がとても細く見えるんですよ」

〝ほら、あなたのすばらしさを見せつけてやって……〟

「このジャケットとスカートは」カーメンは熱をこめて語った。「絶対に買いです」

壁にもたれてショーを観ていたトニがスザンヌにささやいた。「服一枚に目玉が飛び出るような値段がついてると、店の人は必ず言うんだよね。お客様、これは買いですよって」

「次のモデル、ソフィアが着ておりますのは、華やかなシルクジャージでできたヒョウ柄プリントのワンピースです。ごらんのとおり、大きくあいたネックラインと伸縮性に富んだ素材が特徴でして、想像の余地がないほど体のラインがくっきり出るようになっております」

「シーッ」スザンヌはまじめな顔を崩すまいとしながら言った。

「あれって、すごく……すごく……」トニが言いかけた。

「言っちゃだめ」スザンヌは小声でたしなめた。「褒め言葉以外は……」

「やぼったいじゃん！」トニは思わず知らずぶちまけた。

15

スザンヌはファッションショーのさなかも、目立たぬようテーブルをまわり、お茶や薄切りレモン、ボウルのなかのクロテッド・クリームが足りているかどうかを確認した。感心なことにコルビーは、一品すむごとに慎重な手つきで皿をさげていた。てきぱきと手際がよく、実にいい仕事をしている様子だった。

「前にも経験があるんでしょ」さげた皿が入った洗い桶を抱えた彼が通りかかったときに訊いてみた。「レストランの仕事をいくらかしていたと見たわ。ちがう？」

「ミネアポリスの店でウェイターをやってた」コルビーは答えた。

「そこの生まれなの？」

「ちがう」彼は首を横に振った。「あんなまともなところじゃない」

「だったらどこ？」

彼の目がわずかに泳ぎ、輝きが失われたように見えた。

「どこってほどのところじゃない。そこらへん……てとこ」

カーメンのナレーションはまだつづき、モデルは驚くほど素早い衣装替えをこなしていた。

スザンヌはこっそり厨房に入り、保安官に電話をかけた。

「なんで電話したと思う？」相手が出るやいなや、スザンヌは明るい声で言った。

「殺人事件を解決したんだろ。おれの仕事を終わらせてくれたんだ」

「ちがうわ！」

「なら、なんだ？」

「例の少年が現われたの。コルビーが」

「なんだと？」

「いわば、犯行現場に戻ってきたってわけ」

「あの小僧」保安官は憤慨した。「昨夜はなぜ逃げ出したか言ってたか？　こっちはあったかな寝床とまともな食事をあたえようとしただけなんだぞ」

「なんとも言ってないわ。空きっ腹を抱えてひょっこりやってきただけ。どこで夜明かししたのかもさっぱり見当がつかない」

「やつはいまも、あんたの店にいるのか？」

「うちの仕事をさせてる。お皿のさげ方なんかプロ級よ。なぜ確認したの？　捕まえに来るつもり？」

長い沈黙が流れた。やがて保安官は口をひらいた。「いや、そんなつもりはない。あんたが法執行センターに連れてくるんじゃないかと思っただけだ」

「それはすでに一度ためしたでしょ。わたしの記憶によれば、あまりうまくいかなかったはず」

「やつはドラッグを売ってるんだぞ」保安官は脅すように言った。

「本人はそんなことはしてないって言ってるわ。でも、あなたの気がすむなら、もう一回訊いてみてもいいけど」

「どうせまた否定するだけだ」

「なら、訊かないでおく。どうしたいわけ、保安官？　どっちもってわけにはいかないのよ。そういつもいつも人を悪く考えてばかりじゃだめよ。悲観ばかりしてたら、人生なんてやっていけないわ」

「ったく……まいったな」保安官は電話に向かって大きくため息をついた。「このおれに講釈してくれなくてけっこうだ」それから耳をこらした。「音楽が流れているようだな」

「ファッションショーの真っ最中なの」

「ファッションショーだと！」保安官は鼻を鳴らした、「そんな時間がある暇人はどこのどいつだ？」

「あなたでないことはたしかね。きょうは様子が変よ。いつになく不機嫌で。大丈夫？」

「大丈夫なものか。ラバの群れに蹴飛ばされたうえに、踏みつけられた気分だよ」

「ところで、リード・デュカヴニーからはまた話を聞いたの？」

「聞いたさ」

「で？」

「あんたには関係ないことだ、スザンヌ」

「なんにも出てこなかったんでしょう？　だって、彼は無実だもの」

「おれは裁判官でも陪審員でもない。選挙で選ばれた保安官として、犯人を捕まえるだけだ」

「チャーリー・スタイナーからもあらためて話を聞いた？」

ふたたび電話の向こうで荒い息づかいがしたが、やがて保安官は言った。

「切るぞ」その言葉どおり、電話は切れた。

やれやれ、とスザンヌは心のなかでつぶやいた。保安官たら、いったいどうしちゃったの？

「保安官はまたご機嫌斜めだった？」ペトラが訊いた。彼女は寄せ木細工のテーブルを前にして立ち、ケーキを切り分け、慎重な手つきで骨灰磁器のデザート皿に盛りつけていた。二年ほど前、スザンヌがガレージセールで見つけたお皿だ。白とピンクの花柄で、裏にしゃれた青い文字でMと書いてあることから、フランスのマヴァレー社のリモージュ焼ではないかと見当をつけている。

「いつもどおりの保安官だった」スザンヌは答えた。

「つまり、彼の個性がまばゆいばかりにあふれてたってことね」ペトラは言った。

「だったらよかったんだけど」

ペトラは指についたフロスティングを舐め取り、首を傾けて聞き耳を立てた。

「カーメンのショーもそろそろ終盤のようね」

「ということは、あなたとトニはケーキを出す時間で、わたしは〈ブック・ヌック〉に急がなきゃ」

　商売熱心なスザンヌは、数冊のファッション雑誌と缶入りのお茶、それにファッション関係の書籍をしゃれた感じに並べていた。お客が〈ブック・ヌック〉にも立ち寄って、つられてなにか買おうという気になると見込んでのことだ。

　カーメンもまったく同じことを考えたらしい。

「わたしの本にサインでもしようかしら」彼女は厨房から出たスザンヌを引きとめて言った。

「ものすごくいい考えだわ」

　カーメンの本はディスプレイに使っていないが、棚から一列分の本を出してカウンターにきれいに並べておこう。そうしておけばカーメンはカウンターに入ってスツールに腰をおろし、心ゆくまで本にサインするはずだ。本人さえその気なら、この世の終わりまでやってもらってもかまわない。

「ファッションショーはとてもうまくいったわね？」ふたりで〈ブック・ヌック〉に歩いていきながらカーメンが訊いた。

「大成功よ」スザンヌは言った。「それにお茶のサービスも」

　ふいにカーメンは足をとめ、意味深長なまなざしでスザンヌの目をのぞきこんだ。

「わたしたち、とても似てるわね。あなたとわたしは」

「そうかしら？」いいえ、似てないわよ、と心のなかで言い返す。

「ふたりとも頭が切れるでしょ。それにがむしゃらな経営者だし」

「わたしもあなたも、生活のためにできることをやってるだけよ」カーメンがなにを言わんとしているにせよ、スザンヌはそれをなんとかはぐらかそうとした。

「ううん。わたしと同じで、あなたはトラよ」カーメンはそこで声を落としてつけくわえた。

「ほかの女の人たちはそうじゃない」

「きょう、ここに来てる人たちのことを言ってるの？　お友だちや隣近所の人たちのこと？」

見るとトニとペトラが、そもそもの最初からカックルベリー・クラブを信じ、支えてきてくれた大事な女性たちにケーキを配っている。病院でのボランティア活動のために時間とエネルギーを割き、兵士のために靴下を編み、障害のある子どもたちに読み方を教えてもいる女性たちだ。スザンヌは急に腹が立った。

「あなたのお店の服をすてきだと言ってくれた人たちのことなの？」

「でも、あの人たちのほとんどは〈アルケミー〉に一歩だって足を踏み入れっこないわ」カーメンは言った。「最先端の趣味と自由になるそれなりのお金のある特別な女性でなきゃ無理よ」

「でも、〈アルケミー〉は繁盛してると言ってたじゃない」こんな小さな町で高級ブランドの服が売れているのを、スザンヌは常々不思議に思っていた。

「そうよ。クラウディアのおかげもあってね」カーメンはカウンターに入り、黒いモンブランの万年筆を出した。「最近では、彼女がひとりでうちの店を支えていたようなものなのよ」

「うらやましいわ」

ご主人が亡くなったいま、クラウディア・ビューサッカーはいつまでキンドレッドにとどまるのだろうか。


一時間後、何十と売れた本と缶入りのお茶がピーチ色の薄紙で包まれ、モデルたちが奇抜なメイクを落として田舎娘に戻ると、スザンヌは最後の客を出口へと案内した。にこやかに手を振り、ドアをしっかり閉めてそこにもたれかかった。それから、ふと思いついて掛け金を操作してきちんと施錠した。

やれやれ。無事に終わった。店内に戻りたいという人がいてもおあいにくさま。だって、もうへとへとで、足が死ぬほど痛いんだもの。

「ペトラ！　トニ！」スザンヌは足を引きずりながら厨房に入った。「どんな具合？」

ひと目見ただけで、ふたりも快調ではないとわかった。ペトラは折りたたみ椅子にだらしなくすわって首をさすっているし、トニは壁を背にして木の長椅子にうずくまっている。

「あたしたちがどんな具合に見えるっての？」トニが言った。「ぼろぼろだよ」

「そのとおり」ペトラが言った。「でも、たっぷりのお砂糖があれば、どんな症状も治ると思うわ」彼女は体を起こすと、ケーキを大きめに切り分け、フォークを手に攻撃を開始した。

スザンヌはローファーを蹴るようにして脱ぎ、コルビーが汚れた皿を大量に抱えてそのわきを通りすぎた。

「この靴を履いたのがまちがいだったわ。あるいはジェルタイプの中敷きを敷けばよかった」

「東洋式のフットマッサージがきくみたい」ペトラが言った。「前に雑誌でやり方を見たことがあるわ。正しくツボを押せば、痛みなんか消えてなくなるんですって、一瞬のうちに」

「ちがう、ちがう」トニが言った。「カウボーイブーツを履けばいいんだって。なかにすぐれものの金属のアーチみたいなのが入ってるんだ。一日じゅうだって立ってられるし、馬に踏まれたって平気なんだよ」

「馬に踏まれたことならあるわよ」スザンヌは言った。「自分の馬だったけど。全然平気なんかじゃなかったわ」

トニは肩をすくめた。「おかしいな」

ペトラはわずかに残ったフロスティングをこそげ、厨房を見まわした。

「いまやるべきなのは、ここを売ることだわ」ペトラはけっこうな片づけ魔で、散らかった厨房、それもモーニングとランチを大量につくり、そのあと盛大で手間のかかるティーパーティを開催した厨房を見ているだけで、頭がどうにかなってくる。そうなると、手を揉みしぼりながら、ぐるぐる歩きまわるのが常だった。

「誰が買いたがるっていうのさ?」トニが言った。

「カーメンに売ろうかしら?」スザンヌは冗談で言った。「大物実業家を夢見てるみたいだから」

トニは苦い顔をした。「あたしがあの女のところで働くと思ってんの？　冗談じゃないよ」

「わたしの知らない問題でもあるの？」ペトラが顔をあげた。

「いつものようにつまらない意地を張ってるだけよ」スザンヌが答えた。「カーメンはトニに愛想がいいとは言えないから」

「カーメンはあたしを切り刻んで、ぽいっと捨てるのを楽しんでんだ」トニは言った。「手術でかっこよくした鼻ごしに、人を見下すのが好きなんだよ」

「あら、トニ」スザンヌは言った。「そうじゃないわ。カーメンは誰に対しても、同じように見下した態度をとってるもの」

「たしかにわけへだてのない気取り屋だよ。でもさ、これだけははっきり言える。カーメンはあたしたちより自分のほうが上だと、いまだに思ってるんだ」トニはブラウスの裾を引っ張った。「こういう服を着てるからだめなのかな」

「着てるものなんか関係ないわ」とペトラ。「わたしを見てごらんなさいな。Tシャツとクロップパンツとあざやかなグリーンのクロックスよ。マリオ・バターリとジョリー・グリーン・ジャイアントを足して二で割ったみたいじゃない？　でも、誰もわたしを見下したりしないわ」

「それは、あんたがとってもいい人だからさ。それにみんなあんたのことが大好きだし」トニはひとりうなずいた。「やっぱさ、『アニーよ銃を取れ』から抜け出たような恰好をするのはやめたほうがいいかもしれないね。もっと洗練された服を買おうかな」

「買ってもどうせ気に入らないくせに」ペトラが言った。「着ていて落ち着くはずがないもの」

「着てみなきゃわかんないよ」とトニ。

スザンヌはふと思いついた。「ねえ、ミッシーが衣装でぱんぱんのガーメントバッグをオフィスに置いていったんだけど」

トニは電気ショックを受けたプレーリードッグのように背筋をぴんとのばした。

「え、本当？　着てもかまわないかな？」

「かまわないんじゃない？　十二分に気をつければ」

トニは厨房から駆け出した。

「気をつけてよ」とペトラが声をかけた。「スイングドアにぶつけないようにね……」

「頭を」スザンヌが言ったところへ、コルビーがふたたびよたよたと現われた。

ペトラはコルビーの肩に手を置いた。「ねえ、クリスタルの水のみグラスは、さげてくれたらわたしが手洗いするわ」

「わかった」コルビーは言った。

「そうだ」ペトラはふたたび腰を浮かした。「運ぶのも手伝うわね。あのグラスはとても壊れやすいの」

厨房にひとり残されたスザンヌは、チキンサラダをはさんだ残り物のサンドイッチをぱくつき、自分用にケーキを小さめに切り分けた。

裏のドアを鋭くノックする音が聞こえ、彼女はぎくりとした。

なんなの？

おっかなびっくり顔をあげた。まず頭をよぎったのは――裏口にいるのはいったい誰？

カーメンのモデルさんがマスカラを忘れたっていうんじゃないでしょうね。三日前の夜にワイヤーを張った異常者なんかじゃありませんように！

しかし、霜のついた細い窓からのぞいたのは、見慣れたリード・デュカヴニーの顔だった。

「あら、なんだ」彼女は即座に胸をなでおろし、ドアを引きあけた。「リード、どうぞ入って」

「こんちは、スザンヌ」デュカヴニーはそのそと入ってきたものの、厨房の床に雪をまき散らしたくないのか、断固としてドアのそばを離れなかった。

「保安官のことで話があるんでしょ？」もちろん、そうに決まっている。

「うん、まあな。保安官のしつこい質問と皮肉のせいで、頭がどうかなっちまいそうだ」

デュカヴニーは肩をすぼめて茶色のパーカを脱ぎ、頭のストッキングキャップを取って、くしゃくしゃの灰色の髪をあらわにした。以前写真で見た、晩年のアルベルト・アインシュタインにどこか似ている。

「あなたは無実だと、わたしからも保安官に言ったのよ。頭を冷やしてちょうだいって。なのに全然、耳を傾けてくれないの」

「そうなんだ。銀行家のエド・ラプソンの話には耳を傾けるくせにな。それにおそらく、モブリー町長の話にも」

「町長はどんな問題でも、きっちりきれいに解決できていればそれでいいのよ。正しいとかまちがってるとかはどうでもいいって感じ」

「人生はそんなもんじゃないのにな。あんたも知ってるとおり」

「ねえ、リード。ちょっと訊きたいことがあるんだけど……」

彼は帽子を手でねじりながら、スザンヌをじっと見つめた。

「ベン・ビューサッカーに融資を申しこんだそうね。でも、却下された」

デュカヴニーは目を伏せた。「とてもじゃないが納得できなかったよ」彼はかすれ気味の声をしぼり出した。「おれの信用保証があまりかんばしくないと言われたときにはな。そうなんだ、あんたの農場を買い取ろうと思ったんだ」

「そうだと思ってた」スザンヌは言った。「とてもありがたい申し出だわ。でも、どうしても訊いておかなきゃいけないんだけど……」

デュカヴニーが足を踏みかえると、防寒ブーツの雪が解けて小さな水たまりがふたつできた。

「あなたはなにもしてないんでしょうね？」

デュカヴニーは突然、レーザービームばりの視線でスザンヌをにらんだ。

「どういう意味だ？」

「だから、ビューサッカーさんの注意を惹く目的で、妙なことやいつもとちがうことをしたなんてことはないんでしょ？」

「あたりまえだろうが！」

きつい口調で言い返され、スザンヌは身をすくめた。一歩うしろにさがると同時に、厨房のドアが大きくあいてペトラがなかをのぞきこんだ。

「大丈夫？」ペトラは訊いた。デュカヴニーに気づいて、にっこりほほえんだ。「いらっしゃい、リード」

デュカヴニーは軽くお辞儀をした。「お邪魔してるよ、マダム」

ペトラはふくよかな胸を手で叩いた。「あなたまでマダムと呼ぶなんて！　わたし、そんなに老けて見える？」

デュカヴニーは首を左右に振り、うっすらほほえんだ。「いいえ、マダム」

「んもう、また言ってる」

うしろからガラスのカチャカチャいう音が聞こえると、ペトラはドアを押さえ、そこをガラス食器でいっぱいの洗い桶を抱えたコルビーが、おそるおそる通っていった。

「そこに置いてちょうだいね」ペトラは業務用シンクを指差した。彼女はまばたきすると、まだ片づけていないごみに目をとめた。「そのごみを外に出してもらえる？　悪臭祭りにならないうちに」

スザンヌとデュカヴニーがにらみ合うなか、コルビーはごみを片づけると、赤いプラスチックの容器からごみ袋を出し、もう一枚の袋に無理矢理突っこんで二重にしようとした。

「袋は一枚で充分よ」ペトラが声をかけた。「放射性廃棄物なんかじゃないんだし」

「とにかく」デュカヴニーはスザンヌから目を離さずにパーカをふたたびはおった。「保安官にうまくとりなしてもらえるとありがたいよ」彼はファスナーを締めた。「おれの容疑を晴らしてくれ」

「わかった」スザンヌは言った。ペトラとコルビーがごみ出しに励んでいるそばで、リードと腹を割った話をするのは無理だ。「そのうちまた話しましょう」ドアを出ていく彼の背中に声をかけた。

「ひもをきつくしばって」ペトラがふくらんだ袋をひとつつかんだ。「そしたら外に出して、大型ごみ容器に投げ入れて終わりよ」

しかし、コルビーは作業を終わらせるどころか、急にあわてふためいた顔になった。妙なものを目にしたのか、それとも頭のなかがお留守になったのか、裏口のドアに目をやった。

スザンヌはそれに気づいた。「どうしたの、コルビー?」

彼はコート掛けから自分の上着をつかみ、袖をとおした。

「おれ、もう行かなきゃ」そう言って、あたふたとごみ袋を背中にかつぎあげた。

「わけがわからない」スザンヌは言った。コルビーはいきなり不審な行動を取りはじめた。まるで殺人の容疑で追われてでもいるように。

「コルビー?」ペトラもまた、彼のただならぬ様子に気がついた。

「なにをそんなあわてているの？」スザンヌは訊くしかないと、思いきって訊いた。

「なんでもない」コルビーは完全に心を閉ざしてしまった。もう、スザンヌと目も合わせようとしない。

「なにかあったの？」

「ないよ」

スザンヌは頭をかたむけた。「なにか思い出したとか？」

「かもな」

そこでぴんとひらめいた。「コルビー、このあいだの晩、ここでなにか見たのね？」

彼はメキシコトビマメのように身をよじった「まさか……そんなんじゃない」

スザンヌは詰め寄った。「スノーモービルの男の人が殺された晩、現場にいたんでしょ？」

「う……」コルビーは言葉に詰まった。スザンヌと目を合わせたものの、すぐにそらし、ふたたび視線を戻した。おどおどと落ち着きがなく、怯えているも同然だった。「かもな」

スザンヌは息がとまりそうになった。逃げられない程度に揺さぶるなんて、いったいどうやればいいの？

「コルビー、あなた犯人を見たの？」

「見てない」と小さな声で答えた。

「本当？」

「うん」そう言いながらも、彼の手はドアノブを引っ張っていた。

「コルビー」スザンヌは呼びとめた。「ワイヤーを張った人は見た？」

しかし答えは返ってこなかった。冷たい空気が吹きこんだかと思うと、スザンヌがなにもできないうちにコルビーはいなくなっていた。

16

スザンヌはすぐさまわれに返り、どうにかコートを着こむとコルビーを追って裏口から飛び出した。太陽はちょうど沈みはじめたところで、茄子紺色に変わりつつある空のもと、雪に覆われた地面にこれが最後とばかりに金色の光を降り注いでいた。

「コルビー!」スザンヌは大声で呼んだ。「コルビー、戻りなさい!」

風で形を変える吹きだまりや暗がりをのぞきこみ、少しでも動いているものがあると立ちどまって全方向を確認した。しかし、雪のなかを逃げていく少年の姿は見あたらず、黒いビニールのゴミ袋が雪だまりに落ちているだけだった。

どこに行っちゃったんだろう? スザンヌは首をひねった。まさか、あの子ってば世界レベルのスプリンターだったりして?

森に入って納屋を目指し、雪に覆われた広大な土地の向こうにある自分の農場を見やった。デュカヴニーが買い取ろうとした農場だ。カラスが一羽、未収穫のトウモロコシの穂軸を掘り起こすべく、急降下爆撃をしかけている。しかし、コルビーの姿はどこにも見あたらなかった。

両腕をさすって体を温めるうち、はっきりと確信した。コルビーはベン・ビューサッカーが殺害された晩のことをなにか知っているのだ。一部始終ではないにしても、パズルのピースを一個くらいははめこんで、解決に一歩近づけてくれるような気がする。問題はどうやってコルビーを見つけるかだ。さらには、彼を見つけた場合、いかにして信頼を取り戻すかだ。

「それで、彼はどこに行っちゃったの？」なかに戻ったスザンヌにペトラが訊いた。彼女は泡だらけの水に肘まで漬けて、スポンジを小さくキュッキュッといわせながらガラスの食器を洗っていた。

「見当もつかない」スザンヌは答えた。「とにかくいなくなっちゃった。どこへともなく……消えちゃったわ」

「誰が消えちゃったって？」

トニがひょっこり戻ってきた。さっきほめちぎっていた男仕立ての黒いスラックスとダークブルーのモヘアのジャケットで決めている。

「コルビーよ」スザンヌは言った。「またドアから逃げてっちゃった」

「子どもってのはそういうもんだよ」トニは淡々と言った。そこで素早くくるりとまわった。「でさ、どう？　ファッションショーから抜け出たみたいに見える？」

「とってもすてきよ」スザンヌは言った。まだコルビーのことを考えているせいで、少し上の空だった。

「すごくあかぬけて見える」ペトラが言った。「でも、いつもの恰好のあなたのほうが好きだわ」

トニは意外そうな顔をした。「へ？　またなんで？」

「だってそれは本当のあなたじゃないからよ。二十ドルのサラダとちょっぴり多めのシャルドネでランチするような女性にしか見えないの」

トニはそうかなあという顔をした。「本当にそんなふうに見える？」

ペトラはうなずいた。「新しい服だと着られてる感じがするのよ。その服のせいで……うまく表現する言葉がわからないけど……あなたの個性が消えちゃってるように思う」

「ペトラが言いたいのはね」とスザンヌ。「あなたじゃなく、服が主役になってるってこと」

「なるほどー」トニは言った。「でも、やっぱり今夜のパレードにはこれを着てくよ。どんな反応があるか楽しみだもん」

「だったら」ペトラは賛成しかねるという顔で言った。「カーメンに見つからないようにしないとね」

「ペトラの言うとおりだわ」とスザンヌ。「そのジャケットを着てるところを見られたら、大目玉をくらうわよ！」

冷たい風がキンドレッドのメイン・ストリートを吹き抜け、旗をひるがえらせ、雪けむりを舞いあげていた。しかしその程度のことで、待ちに待った炎と氷のパレードの見物をひかえる者はひとりもいなかった。老いも若きも縁に毛皮がついたごついパーカ、もこもこのダウンジャケット、保温ライナーがついた赤と黒の格子柄のウールのコートに身を包んでいた。なかには折りたたみ椅子を持参して、雪だまりにひろげている者もいた。寒さに強い者は寝袋を敷いた上にすわっていたが、二十世紀初頭の煉瓦造りの建物に身を寄せている者もいた。そこなら寒さをしのげる小さな玄関と装飾をこらした張り出し屋根があるからだ。大人たちはコーヒー、場合によってはアルコール度数の高い酒を満たした保温マグを両手で包みこみ、子どもたちはホットアップルサイダーを飲んだり、町長の事務所からふるまわれた赤と白のカラースプレーを飾ったシュガークッキーを食べている。

スザンヌは最初に見つかった雪のないスペースに車をとめると、メイン・ストリート沿いにある〈ルート66〉の真ん前を目指して雑踏をかきわけていった。サムとそこで午後七時十五分ぴったりに待ち合わせていた。パレードのスタートには充分間に合う時間だ。

〝患者はあとひとり〟さっき彼から携帯にメールがあった。〝終わったらクリニックから駆けていく。じゃ、また〟

〝うん、わかった〟とスザンヌは返信した。〝待ち遠しい〟の言葉も添えて。

きっかり五分後、紺のザ・ノース・フェイスのパーカを着たサムが、着ぶくれした人の波をかわしながら通りを歩いてくるのが見えた。

目が合うと、彼は顔をくしゃくしゃにして笑った。

本当にハンサムだわ、笑ったときはとくに。もう何度めかわからないが、スザンヌはあらためてそう思った。

「いたいた！」近づいてくる彼に向かって、スザンヌは叫んだ。

ふたりは、すっかりなじんだ様子で抱き締め合った。花ひらきつつあるふたりの関係を他人がどう思うかと気にすることは、もうなくなっていた。

「今夜はすごい人出だね」サムが言った。「きみが見つからないんじゃないかと、不安になったよ」

「わたしは全然」

ふたりは手をつなぎ、ものすごい人混みを楽しみながら通りをそぞろ歩いた。雪をかぶって凍てついた木々に、キンドレッドの公共事業部が小さいながらも派手な赤と白の電球を取りつけていた。その電球がインクを流したような漆黒の空を背景にまたたき、豪華できらびやかな雰囲気を添えている。

「きょうのお茶会はどうだった？」サムが訊いた。

「最高だったわ。満席だったし、みんな存分に楽しんでくれたみたい」スザンヌはそこまで言って、急に口をつぐんだ。

「ただし……？」サムは彼女の気分が変わったのを察知した。

「ええ、例のコルビーという少年がまた現われたの。前に話したでしょ？」

「家出少年だね」

「そう、その子。ランチの直後、あなたが帰ってすぐに厨房に戻ってみたら、ペトラがコルビーにおいしいものをこれでもかと食べさせてたの」

「でも、それがどうして悩みの種なんだい？」

「またいなくなっちゃったからよ。リード・デュカヴニーが現われてすぐに」

「デュカヴニーを見て怖くなったと思うんだね？」

スザンヌはその場で足をとめた。「なんとも言えないわ。なにかあったのはたしかよ。コルビーはワイヤーを張った人物を目撃したんじゃないかという気がしてならないけど、実際のところはわからない」彼女はかぶりを振った。「なんとも言いようがないわ。うさんくさいところのある子だし」

「ということは、またひょっこり現われるかもしれないわけだ」サムは言い、腰と腰がぶつかるまで横に移動した。「心配することはないよ。裏のステップに、チーズとボローニャソーセージを多めに置いておけば、くんくんにおいを嗅ぎにくるさ」

スザンヌはサムの肩を強く叩いた。「少年なのよ。のら猫とはちがうわ」

「保安官を呼んで捜してもらうといい」

「言うはやすしよ」とスザンヌ。

ふたりは人混み、イルミネーション、お祭りの雰囲気を楽しみながら歩いていった。パレードを観覧するのにうってつけの場所まで来てみると、トニとジュニアが〈シュミッツ・バー〉から出てくるのが見えた。

ジュニアはいつものごとく、たるんだジーパン姿だったが、今夜はめずらしく白いTシャツではなく、寒さ対策で黒いボマージャケットをはおっていた。

「よお！」ジュニアはスザンヌとサムの姿を認めると、うれしそうな声をあげた。「ほら、あそこを見ろよ！」彼はトニの腕をつかむと、人混みのなかを引っ張った。「いま来たばかりかい？　おれたちは〈シュミッツ・バー〉で軽く一杯やってたとこなんだ」彼は片手で飲む仕種をし、ひきつるような笑い声をあげた。

ジュニアの間抜けな笑い顔を見れば、飲んでいたことくらい簡単にわかる。しかしトニはこう言った。「店のなかはなごやかでいい雰囲気だったよ。喧嘩もないし、人の頭に折りたたみ椅子を叩きつけるやつもいなかった」

「よかったじゃないか」サムは愛想よく言った。それから、トニが着ているダークブルーのモヘアのジャケットに目をとめた。「すてきな服だね」

「ありがと」トニはいくらか背筋をのばした。

「おれたち、お祝いをしてたとこなんだ」ジュニアはバイクブーツのすり切れたかかとでよろめきながら、声高らかに言った。

「きょう、ジュニアがいいニュースがあるって言うからさ」トニはジャケットの襟を軽く叩いた。

「どんなニュース？」スザンヌは訊いた。ジュニアの保護観察期間がついに終わったとか？

「きょう、ものすごく重要な電話をかけたんだ。一般向け商品をつくってる大手企業の営業部長と話したんだよ」

スザンヌは爬虫類のようにゆっくりとまばたきした。

「なんでそんなことをするわけ？」

「なんとか契約をまとめられないかと思ってさ」ジュニアは言った。「ほら、おれのカークッカーのことだよ」

「どんな会社に連絡を取ったの？」スザンヌは訊いた。自動車の解体屋かなにか？

「電気鍋のメーカーなんだってさ！」トニはにやりと笑った。「わかってるって。たしかにカークッカーなんてばかげてるとあたしも言ったさ。けど、この人がなにかをつかみかけてるなんて、生まれて初めてのことだと思うんだよね」

「そう、おれはつかみかけてるんだよ」ジュニアはトニを引き寄せ、彼女の頬に盛大にぶちゅっとやった。

「カークッカー？」サムは聞きまちがえかというように首をかしげた。

「で、先方には契約する気があるの？」スザンヌはせっついた。

「それなんだけどさ」ジュニアは胸を張った。「特許を売るって話だから、ひと晩で話がまとまるってもんでもないんだ」

「特許を取ったの？」

「いや、そいつはなんとかしなきゃなんない。それに、あっちは事業計画みたいなのが見たいって言うしさ。消費性向だの購買行動だのまで含めた形のを。だから、そこをクリアするのが第一段階だな。そのあと技術サポート関係の書類も必要らしい」

「がんばってね」

そのとき突然、シンバルが打ち鳴らされ、派手なドラムロールが始まり、トランペット、チューバ、フレンチホルンによるシンフォニックなサウンドが夜空に響きわたった。

「パレードが始まる！」トニが言った。

「先頭をつとめるのはキンドレッド・ハイスクールのマーチングバンドだわ」スザンヌは言った。白いパーカ姿のフラッグトワラーたちが一列になって通りを進んでいく。

あわてて道路わきに駆け寄ると、赤と黒のぱりっとした制服に身を包んだ楽隊が、大音響をとどろかせながら通りすぎていった。

「ジョン・フィリップ・スーザの行進曲にまさるものはないね」サムが言った。

目の前を行くスネアドラムとバスドラムに合わせ、観衆が手を叩き、歓声をあげる。

「ぞくぞくしてきちゃう」

スザンヌはこの瞬間を、サムとこの場にいることを心から楽しんでいた。おまけにジュニアに対してもいくらか寛大な気持ちになっていた。もっとも、それはいつまでもつづかないだろうけれど。

楽隊のあとにやってきたのはバトントワラーで、赤いスパンコールがきらきら光るボディースーツの効果で、ほっそりと脚が長く見える。ひとりが合図すると六人のトワラー全員がそれぞれのバトンを高く放りあげ、コマのようにくるくるまわりながら落ちてきたところをキャッチした。

見物客から一斉に「うわあ！」と声が洩れた。

次に登場したのはメインである炎と氷の山車《だし》だった。赤い発泡スチロールでこしらえた、ちょっといびつな火山からオレンジや赤の炎がちろちろのぞき、そのわきにはプラスチックでできた北極海の氷がでんと鎮座し、ごていねいにも白い体毛で覆われたホッキョクグマまで添えられていた。

「あの山車は初めて見る」トニが言った。

「モブリー町長が特注でつくらせたんだろうよ」とジュニア。

「町民が苦労して納めた税金を使って？」とスザンヌ。

「そう言えばさ」トニは言った。「パレードが始まったのに、まだあいつを見かけてないね」

つづいて、何台ものクラシックカーが、クラクションを鳴らし、ライトを点滅させながらのろのろと進んでいった。

「ほら、見ろよ。今度は車だぜ」

ジュニアはなめらかなラインとクラシックなデザインのベイビーブルーの五六年型サンダーバードを目ざとく見つけ、小躍りせんばかりになった。

つづいてたいまつを持ったまじめな顔の女性の一団がやってきた。図書館組合の誇り高いメンバーたちだ。

お次は犬ぞりチーム。りりしく、血気さかんで手入れの行き届いた二十頭ものアラスカン・ハスキーが、操縦者《マッシャー》に手綱を操られながら意気揚々と進んでいく。

最後に、かつて第二次世界大戦で従軍した屈強そうな外見の年配者ふたりが、オープンカーの後部座席に乗って現われた。厚手の外套に身を包み、耳覆いのついた毛皮の帽子をかぶったふたりは、アルデンヌから帰還したばかりのように見えた。

ジュニアが握ったこぶしを突きあげ、通過していくふたりに向かって叫んだ。「陸軍万歳！あんたらがナチどもをぶちのめしてくれたんだな」

スザンヌはトニに向き直った。「ねえ、ジュニアは第二次世界大戦が六十年以上も前に終わったってわかってるの？」スケートボーダーやバイク乗りの寄せ集め集団が山車と並んで進んでいくのが見えた。

「わかってると思うよ」とトニ。「ただ、軍の話となると、全部ごちゃまぜになっちゃうんだ。たぶん、何年も前、陸軍の徴兵官に不合格にされたのを根に持ってるんじゃないかな」

「扁平足《へんぺいそく》が原因？」スザンヌは訊いた。

トニは自分の側頭部を軽く叩いた。「IQが低すぎたんだよ」

かわいらしいガール・スカウトとボーイ・スカウトの一団が元気よく行進していくのにつづき、町の有志による消防団のぴかぴかで真っ赤な消防車がしんがりをつとめ、パレードは終わった。大喝采のあと見物客は一斉に向きを変え、ぞろぞろとファウンダーズ公園に向かいはじめた。そこで炎と氷の王と王女の戴冠式がおこなわれるのだ。

「楽しんでる？」サムがスザンヌの手を握りしめながら訊いた。

「小さな町のパレードにまさるものはないわ。さあ、戴冠式を見物しに行きましょう」

サムの目もとにしわが寄った。「王冠には本物のジュエリーをあしらってあるのかい？」

「もちろんよ」とスザンヌ。「雑貨店で直接買いつけたジュエリーをね」

大勢の見物客が今夜最後の出し物を見ようと、近くの公園に押しかけていた。その出し物とは盛大な戴冠式だ。もちろん、王になるのは著名な経済界のリーダーと決まっており、王女に扮するのはたいてい十八か十九の娘たちだ。彼女たちは王女の衣装につくり直したプロムパーティのドレスで震えながら、ちょっぴり不安ながらもわくわくした表情で待っていた。

「あっちに行こう」サムはスザンヌの手を引きながら公園内を進んだ。氷の彫刻コンテストのために持ちこまれた巨大な氷の塊のわきを抜け、ボランティアが組んだ高さ六フィートの木のステージの前に向かった。保安官事務所から運びこまれたまぶしい三脚照明に照らされたステージは、てかてか光る垂れ布と色つきの電飾がなければ犯行現場といってもおかしくなかった。

スザンヌはサムに寄り添った。ふたりは王族の到着を待ちわびる見物客に混じって、寄せては返す人の波に揺られていた。

しかし、誰かに背中を突かれ、スザンヌはうしろを振り返った。

「ジョーイ！」思わず大声を出した。きょうの仕事を休んだウェイター助手のジョーイ・ユーワルドが、使いこまれた紫色のスケートボードをわきに抱え、生意気そうな様子で立っていた。オークランド・レイダースの黒いジャケットを着こみ、いつものごとく首にかけた十字架だの骸骨だのがぶつかり合って小さな音をたてている。

スザンヌは彼の腕をつかんだ。「ジョーイ、話があるの」

相手は無表情に見つめ返した。

「がっかりだわ。なんの相談もなしに、うちの店の鍵をコルビーに貸すなんて。りっぱな背任行為なのよ」

「それについては謝るよ、ミセスD」ジョーイは言った。

「スザンヌと呼んでと言ってるでしょ」

「スザンヌ」ジョーイは言い直しながら、その場を離れようとした。「じゃあ、また」

「話は終わってないわよ、ジョーイ」スザンヌは腕をつかむ手に力をこめた。「お友だちのコルビーの居場所を教えてちょうだい」

ジョーイは肩をすくめた。「さあね。やつ《デユード》は死なない」

「映画の科白を聞きたいんじゃない。嘘いつわりのない真実を知りたいの」

「あいつの居所なんか知らないよ」

「あなたのところに泊まってるんじゃないの？」

ジョーイは首を左右に振った。「ちがう」

「お母さんに電話しても、同じ答えが返ってくる？」

「もちろん」

「そう」スザンヌは言った。「あとひとつ質問があるわ。コルビーはドラッグを売ってるつ？」

ジョーイはティーンエイジャーとドラッグを結びつけて考えたことなどないと言わんばかりに、ぎょっとした顔になった。

「ドラッグ！」アカデミー賞ばりの演技力を発揮して驚いてみせた。「どういうたぐいのやつ？」

「とぼけないで。ハッパ、スピード、メス、その手のものよ」

「ありえないって」ジョーイは答えたが、すぐに言い直した。「そんな話は聞いてないよ」

「コルビーがドラッグを売ってるとわかったら、わたしに教えてくれるわね」

「ああ……いいけど」ジョーイは言うと、今度こそ、そそくさといなくなった。

「しょうがない子だこと」スザンヌは小声でつぶやいた。

「どっちがだい？」サムが訊いた。

「どっちもよ」

観客がステージに向かって前進を始め、スザンヌとサムもその流れにまかせて移動した。映画『野郎どもと女たち』のリメイク版で主演をつとめるのかと思うようなピンストライプのスーツで決めたモブリー町長が壇上に登場し、つづいて炎と氷の王族が登場した。町長がマイクをつかむと、観客から歓声があがった。

「これよりみなさまに」町長はありったけの貫禄をかき集めて言った。「あらたに選出された炎と氷の王をご紹介いたします！　その人の名は、ジョージ・ドレイパー！」

観客からふたたびあがった歓声と冷やかしの声を聞きながら、スザンヌは葬儀社のドレイパーを見あげた。このあいだ見たときは、彼の腕には気の毒なクラウディアがつかまっていた。今夜のジョージ・ドレイパーは、真紅のベルベットのローブとイミテーションの宝石をちりばめた王冠を身につけ、滑稽なほど得意そうにしている。ドラゴンを退治したか、囚《とら》われの姫君を救出したことで、本当に王の称号を授かったかのようだった。

トニがスザンヌのすぐ横に来ていた。「見てごらんよ、ジョージ王を。ローブが気のふれたリスの一群にくわれたみたいなありさまなのに気づいてるのかな」

ジュニアが顔を寄せ、話に割りこんだ。

「ふたりとも知らないかもしれないけどさ、実はドレイパーは急遽、代役に決まったんだ」

「どういうこと？」スザンヌは訊いた。

「本当はベン・ビューサッカーが炎と氷の王になるはずでさ」ジュニアは思いきりあきれた表情をした。「けど、こういうことになっちまったんで、モブリー町長が独断でドレイパーを任命したってわけだ」

「あんた、なんでそんなに町の動きにくわしいのさ？」トニがけげんな顔で尋ねた。

「コネがあるんだよ」とジュニア。

「それなのに」とスザンヌ。「ドレイパーさんは圧倒的な大差で選ばれたみたいにふるまってるわね」

「王女たちを見てごらん」トニが誇らしげに言った。「キット・カスリックが王女のひとりに選ばれてる！」

　キットは以前、〈フーブリーズ〉でヌードダンサーをしていたが、スザンヌがその仕事をやめてもっとふさわしい仕事を探すよう説得したのだった。

「たいしたステップアップだと思わない？」

「青い照明《ブルー・ライト》を浴びる踊り子から名門《ブルー・ブラッド》の王女さまへ、か」スザンヌは言った。「人生ってすばらしいわ」

　バンドがホイットニー・ヒューストンの『ワン・モーメント・イン・タイム』を少々あぶなっかしく奏でるなか、モブリー町長の演説はだらだらとつづき、王女たちは肩ひものないドレス姿でひたすら震えつづけた。それでも総じて、小さな町のイベントとしては申し分のないものだった。

「みんなにホットココアを買ってこようか？」サムが申し出た。「ホープ教会の女性たちがやっているらしきスタンドが、あっちにあるんだ」

「うん」スザンヌ、トニ、ジュニアが声を揃えた。

　しかしサムがいなくなり、人々が押し合ううち、いつしかスザンヌはハミルトン・ウィックの隣に立っていた。よりによって、と心のなかでつぶやく。最高！　彼から話を聞く絶好のチャンスだわ。

「こんばんは」スザンヌは誠実そうな笑顔を無理矢理浮かべた。「またお会いしたわね」

「すばらしい夜だと思わないか？」ウィックはおざなりにほほえんだ。

「最高ですね」スザンヌは彼のほうににじり寄った。「で、どんな具合ですか？　頭取の座に少しは近づきました？」

「だといいんだが。よかったらきみからもなにか……」

「強力にあなたを推すつもりでいます」

ウィックはびっくりしすぎて、まともに言葉が出てこなかった。「きみが？　本当に？」

「ええ」スザンヌは嘘つきになった気分で答えた。「もちろん」

「きみは真の友だよ、スザンヌ」ウィックは言った。

「どうしても訊いておきたいことがあるんです」スザンヌは言った。「少々立ち入った話になりますが……」

ウィックの涙ぐんだ青い目の上で、眉がアーチ形になった。

「なんだね？」

「それが」彼女はひたすらつま先で雪を蹴った。「わたしの見た感じですけど、ラプソンさんとビューサッカーさんはあまりうまくいってなかったようですね」

「というと？」

「ひょっとしてラプソンさんは、ビューサッカーさんを片づけたかったんじゃないでしょうか」

「片づけたい」ウィックは繰り返した。「きみは自分がなにを言ってるのかわかっているのか？」彼は急に落ち着かない表情になった。

スザンヌはうなずいた。「ええ、わかってるつもりです」

「さてね。いささか強引な話にも聞こえるが……たしかにラプソンはそうとう情け容赦のない男だ。頑固だし、あれこれうるさい」

「つまり、ビューサッカーさんとラプソンさんは敵対関係にあったと？」

「たしかなことはわからないよ」ウィックはそう言うと、まだなにか言い足りなそうに迷っていたが、けっきょくかぶりを振った。

「なにかおっしゃりたいことがあるんですか？」スザンヌは訊いた。「ビューサッカーさんのことをもっと教えてください。彼のことを知る手がかりがほしいんです。彼はどういう人でしたか？」

ハミルトン・ウィックはスザンヌの目をじっと見つめた。

「言っておくが、それほどくわしくは知らないんだ。たいして親しくなかったからね」

「でも少しはご存じのことがあるでしょう。一緒に仕事をしてたんですから。同じ銀行で働いてたんじゃありませんか」

侮辱だか辱めだかを思い出したかのように、ウィックの顔がけわしくなった。

「あの男にはいくつか秘密があってね」

「どんな秘密でしょう？」

ウィックは声を落とした。「まず第一に、ベンと妻のクラウディアはあまりうまくいっていなかった」

「そうなんですか？」スザンヌの心臓の鼓動が速くなりはじめた。そういう情報を求めていたのだ。もっと具体的なことを聞きたくて、ウィックのほうにいくらか顔を近づけた。

「ただの噂にすぎないがね」ウィックはあわてて言った。

「なるほど。でも噂というのはたいがい、真実がもとになってるものですよ」

あの手この手で話を引き出そうとするスザンヌを、ウィックはのらりくらりとかわしつづけた。

そのうちうっかり、こう洩らした。

「要するにだな……クラウディアは、あ……逢い引きしていたんだ」

スザンヌは必死で驚きを押し隠した。彼を怯えさせたくなかったからだ。それでもまず頭に浮かんだのは——クラウディアったら、とんだ食わせ者だわ！　きょうの午前といい午後といい、よくもいけしゃあしゃあと。

「つまり彼女は不倫していたと？　なんてことかしら」この事実について、さらに数秒ほど考えこみ、もう一歩踏みこんだ質問をした。「相手は誰かご存じですか？　関係はいまもつづいてるんでしょうか？」

ウィックの目が壇上に泳ぎ、すぐにスザンヌに戻った。「本当に知らないんだ」

「このことを知ってる人はほかにいますか？」スザンヌは訊いた。たとえば、ドゥーギー保安官とか？

「誰にもひとこともしゃべっていない。この話をしたのはきみが初めてだ。なんで話してしまったのか自分でもわからん。おそらく、きみを信用しているからだろう。わたしはむやみに噂を広めるような人間じゃない」

「わかります」スザンヌは言った。でも、もっと話してほしい。「ほかにもなにかありませんか？」

「ベンが死んだ結果……」ウィックは言いかけたものの、そこで口をつぐみ、唇を舐めた。

「ベンが死んだ結果？」スザンヌは繰り返した。ウィックの腕に手を置き、励ますように握った。

「つまりだね」とウィックは言った。「保険のことなんだ」

「なんの保険ですか？　あ、ビューサッカーさんの保険の話ですね」

「そのとおり」ウィックは背筋をまっすぐに起こした。「きみも知ってのとおり、わたしは銀行で保険業務を一手に引き受けている。各種保険および年金の処理をしているんだ」

「ええ、存じてます」スザンヌは声にささやかな尊敬の気持ちをこめた。

「そういうわけで」とウィック。「たまたま知ったのだが、クラウディアにはかなりまとまった額の金が入る」

「その、まとまった額とはどのくらいなんですか？」

「七桁は下らないとだけ言っておく」

「百万かそれ以上ということ？」

「百五十万だ」ウィックはすぐさま答えた。

「興味深いですね」

スザンヌは必死の思いで最低限の反応にとどめた。しかし、心のなかではこうつぶやいていた。やったわ！　百五十万ドルなら人を殺してでも手に入れたい額じゃない？　ココアが入ったカップをいくつも持ったサムが戻ってくるのを見つめながら、スザンヌはこう答えていた――ええ、そうよ。断言してもいい。

17

スザンヌはビールの入ったグラスを小さくまわしながら、サムの話に耳を傾けていた。ふたりは〈シュミッツ・バー〉の奥の薄暗いボックス席に落ち着いていた。脂とこぼれたビールのにおいが濃厚にただよい、ビリヤードの球がポケットに落ちていく音が耳に心地よく響く。

「ごめん、いまなんて言ったの？」

百五十万ドルという数字がスザンヌの頭を離れなかった。奥のビリヤード台のキューボールのようにあちこち跳ねまわるものだから、気になってしょうがなかった。ハミルトン・ウィックとの会話は奇妙な夢のなかの出来事だったような気もするが、現実なのはわかっている。本当にあったことなのだ。

「ぼくの言うことをちっとも聞いてないねと言ったんだ」サムはビールをぐいっと飲んだ。「さっきからずっと、ミセス・ヒルストロームのハンマートゥ（足の指が丸まったまま戻らない症状）の話をしているのに、まったく気にかけてないじゃないか」

スザンヌは話に集中しようとした。

「気にかけてるわよ。でも、本当にそんな話をしてた？」

「いや、きみをためしてみただけさ。ミセス・ヒルストロームなんかいないし、ハンマートゥもない」サムはいとおしむようにスザンヌを見つめた。「だけど、スイートハート、ひどく浮かない顔をしてるよ。この十分間、ずっと」サムはテーブルごしに手をのばし、彼女の手を握った。「どうしてだい？　なにがあった？」

「ハム・ウィックとちょっと立ち話をしたの」スザンヌは言った。「あなたがココアを買いにいってるあいだに」

「ハム・ウィック。きみのところのランチメニューみたいな名前だね」

「銀行の人よ。もうひとりのね。生きてるほう」

「ああ、わかった」サムは顔にしわを寄せた。「自分の席で果てしなくつづく数字の列とにらめっこしてる、蝶ネクタイを締めた小男だ」

「あたり」とスザンヌ。

「彼がどうかしたのかい？」

「うまいこと言って彼に取り入って、ビューサッカーさんに関する情報を聞き出そうとしたわけ。そしたら、ものすごく深刻な情報をぽろっと洩らしてくれちゃって」

「誰にとって深刻なのかな？」

スザンヌは顔をぐっと近づけた。「クラウディアよ。ベン・ビューサッカーの奥さん」

サムは指を一本立てた。「そこでストップ」不安そうな表情だった。「ぼくが聞いてもいいのかな？」

スザンヌは高まるパニックの波を抑えこんだ。「どうしても誰かに言いたいの！」

サムは大きく息をついた。「わかった。話してごらん」

「こういうことよ。ベンが亡くなったことで、クラウディアは百五十万ドルの保険金を受け取るらしいの」

サムは小さく口笛を吹いた。

「わかるでしょ」とスザンヌ。「だから、すでに複雑になってる方程式に、それだけの金額がくわわったというわけ」

「と同時に、あらたな容疑者もくわわったようだね」サムはそう言うと、横に目を向けた。

〈シュミッツ・バー〉の経営者で、ヒッピーくずれのバーテンダー、フレディがいつの間にか注文票と鉛筆を持って立っていた。

「ご注文は？」フレディは言った。ブルージーンズにサスペンダー、Tシャツにはこう書いてある――〝おれは変じゃない。才能があるんだ〟

「バーガー・バスケットにする？」サムはスザンヌを見ながら言った。彼女はうなずいた。

「バーガー・バスケットをふたつ」

「オニオンフライも？」フレディが訊く。

「当然」とサム。いつもはヘルシーな食事を心がけているが、フレディがつくるグリルドハンバーガーはべつだ。五百度以上にも熱した昔ながらの鋳鉄のグリルで焼いたパテは、外側こそ真っ黒だが、なかはうっすらピンク色で肉汁たっぷりに仕上がっている。

「チェダーチーズかブルーチーズは？」フレディが訊いた。

「頼む」

「はいよ」フレディは注文を全部書きとめた。

「それで」フレディが去るとサムは言った。「いまの莫大な保険金の話は保安官の耳にも入れるんだろう？」

「そうするべきだと思ってる」

「同感だな。保安官はもう知ってるかもしれないけどね」

　スザンヌはため息をつき、ボックス席のひび割れた合成皮革の背にもたれた。ほかの客をうかがうと、節だらけのパイン材を使った店内には見知った顔がたくさんあった。ソフトボール大会のトロフィーが飾られ、壁にはブリキの看板がとめられ、色褪せた写真には、全盛期のキンドレッド・ボウリング・チームの面々が写っている。フレディがまたひとつ、あらたな看板をコレクションにくわえていた――〝当店のグラスはきれい《クリーン》だが、マティーニはダーティにかぎる（オリーブの漬け汁をくわえてシェイクしたマティーニをダーティ・マティーニという）〟

　奥の壁にぴったりくっついているジュークボックスから、ジョン・メレンキャンプの『ピンク・ハウス』の軽快なサウンドが流れ出した。スザンヌは残りのビールを飲みほしてほほえんだ。おかしなコレクションにあふれた、なごやかなこのバーは本当にいい。しかし、視線を移してチャーリー・スタイナーの姿が目に入ったとたん、彼女の顔から笑みが消えた。

彼はオーバーオールと着古したカーハートの上着という恰好で、カウンターにうずくまるようにすわってひとりちびちび飲んでいた。ふさぎこんだ表情を見れば、人生そのものに嫌気が差しているのは誰の目にもあきらかだ。彼はビールをぐいと飲んで唇を舐めると、マグをカウンターに乱暴に叩きつけた。

「ねえ」スザンヌはつま先でサムをつついた。「カウンターにいる人を見て」

サムはちらりと見やった。「スタイナーじゃないか。きみの第一容疑者の」

「もう容疑は晴れたかも」スザンヌは、不愉快そうな顔でぶつくさ言っているスタイナーをじっと見つめた。「保安官がまた、彼にうるさくつきまとって質問を浴びせてるんだと思う？」

「ありうるね」サムはそう言ったが、すぐに考え直した。「どうかな、それはきみの得意分野だろう？」

スザンヌは頭をさっと戻してサムを見つめた。「なにが？」

「調べることがだよ。そんなことを言うのはつらいけどね。それに、きみがむやみやたらと容疑者に質問してまわってると思うと、ものすごく怖いんだ」

「質問してまわってなんかいないわ」スザンヌは自分の関与を小さく思わせようとして言った。「だいたい、むこうからわたしのところに来るのよ」

「クラウディアはちがうだろう？」

「そんなことない。彼女もきょう、うちの店に現われたの」

「本当かい？　ご主人のお葬式があった当日なのに？」

「お茶会に誘ったの。いくらか気持ちが落ち着くわよと言って」

「そうか」

「実際、彼女がやってきたときには、なにか慰めになるものを求めてのことだと思った。でも、そんなのわからないでしょ。みんなと友だちになって、影響力を行使したかっただけかもしれない」

五分後、フレディが熱々の注文の品を持って、ふたりのテーブルに再度現われた。

「お待ちどう」ふたりの前にチーズバーガー・バスケットを二個置いた。「ほかになにかあるかな？」

「ビールをふたつ頼む」とサム。「シェルズがあればそれで」

「よしきた」フレディが言うと同時に、入口のドアが大きくあき、十人以上もの客が飛びこんできた。

「今夜は商売繁盛だね」サムが言った
「いつだって商売繁盛さ」フレディは上機嫌な様子で足をとめ、でっぷりしたおなかをかいた。「この調子じゃ、来週はそこの壁を殴って穴をあけ、あと九百平方フィートは広くしないといけないくらいだ」

「すごいじゃないか」とサム。

フレディはにやりとした。「増設したほうはドカンドカン・ルームとでも名づけるかね」

「あきれた」スザンヌは言った。「お願いだから、セールスポイントにストリッパーをくわえるのだけはやめてちょうだいね」

「どうしてだ、スザンヌ？」フレディはにやにやしながら訊いた。「オーディションを受けたかったのかい？」

ふたたびパーカを着こみ、スザンヌとサムはメイン・ストリートをゆっくりと歩いていった。明かりはまだちらちらまたたいているし、カイパー金物店やシェリル文房具店のショーウィンドウは行く人の目を楽しませてくれる。しかし全体的に見て、町の中心部はかなり閑散としていた。

「みんないなくなっちゃったね」サムが言った。

「〈シュミッツ・バー〉にいるのよ」スザンヌはぶるぶる震えた。「うー、寒い。車はどこにとめたの？」

「もう一ブロック先だ。パン屋のそば」

「そう、あなたの車でわたしを――」

そのとき突然、くぐもった悲鳴が冷たい風に乗ってふたりの耳に届いた。取っ組み合うような音がそれにつづく――その角を曲がったあたり？　さらにはがちゃんという大きな音。シャベルで車を殴りつけたような音だ。

「いったいなにごと？」スザンヌは言った。

聞きまちがいようのないアスファルトを踏み鳴らす靴音が響き、しだいに小さくなっていった。

「行こう！」サムが全速力で走りはじめた。

角を曲がると黒っぽい人影が目に入った。体の一部は歩道に投げ出され、ピックアップ・トラックのフロントバンパーにねじ曲がった恰好でもたれていた。気の毒に、ぬいぐるみのように投げ捨てられている！

「気をつけて！」スザンヌは声をかけた。真っ暗だし、なにがどうなっているのかよく見えない。しかし追いついたときにはもう、サムは四つん這いになっていた。

「まだ若い子だ」

スザンヌは滑るようにとまると、小さくうめき声を洩らしている人影をじっと見おろした。ふと見ると、紫色のスケートボードが裏返しになっている。

「ジョーイだわ！」思わず大声をあげた。「ジョーイ・ユーワルドよ！」

「きみのところのジョーイ？」

スザンヌはうなずいた。歯がカタカタ鳴りはじめた。かわいそうにジョーイは、冷たい舗道に大の字になり、足が無意識に動くたびに黒いブーツがアスファルトをこすっている。何度となく起きあがろうとするものの、さっぱりうまくいかなかった。

「ジョーイ」サムが声をかけた。「ぼくの声が聞こえるかい？」

ジョーイは目を半分だけあけて、両手でまずおなかを、次に顔、最後に頭をさわった。

「じっとしていてもらえるかな」サムは言った。「調べるから」

「たいへん、血が出てる」スザンヌはうろたえながら、サムの隣にしゃがんだ。頭にできた切り傷から黒々とした血が筋となって流れて顔じゅうにべっとりつき、ナヴァホ族の戦《いくさ》化粧のようになっている。「重傷だわ」

サムは慣れた手つきでジョーイの頭を調べ、目をのぞきこみ、脈拍と呼吸をはかった。「頭部裂傷だな。病院に搬送しなきゃいけない。何針か縫うことになるし、おそらく頭部のCTスキャンも必要だ」サムは自分の携帯電話を出して緊急通報用の九一一にかけ、通信係に指示を伝えて救急車を要請した。

スザンヌは自分のスカーフを取って、ジョーイの顔についた血をそっとぬぐった。

「わたしがついてる」負傷した少年と自分自身を落ち着かせるために、やさしく声をかけた。「大丈夫。わたしたちがついてるから」

ジョーイはまたうめき声をあげ、まぶたをひくひくさせた。サムが少しでも暖かくなるようにとパーカを脱いでかけてやった。

数分後、救急車が救急灯を点滅させ、サイレンをけたたましく鳴らしながら到着した。そのせいで若干の野次馬が通りに出てきて、ジョーイが担架に移され、救急車の後部にそろそろと乗せられる様子を見守った。サムもジョーイに付き添う形で乗りこんだ。車はあとで取りに来ればいい。スザンヌはふたりを追って病院に向かうことにした。

救急車が夜の闇に消えていくと、スザンヌは集まった人垣に目を向けた。このなかの誰かの仕業なの？　このなかの誰かが、あの子をあんな目に遭わせたの？

ジョーイが病院の検査室の寝台に無事おろされ、看護師チームによる洗浄がすむと、サムは医療着を身につけて治療を開始した。注射器でリドケインを注入し、麻酔がきくまで数分待ち、たくみな手つきで頭部を三針縫った。

それがすむとすぐ、待合室に出ていった。スザンヌが足をむやみに動かしたり、《ナーシング・トゥデイ》を落ち着きなくぱらぱらめくりながら待っていた。

「どんな具合？」サムの姿を認めるとスザンヌは尋ねた。

「ずいぶんと落ち着いたようだ。何針か縫った」

「かわいそうに」スザンヌはまだ神経が高ぶっていた。単なるスケートボード中の事故でないとわかっていたからだ。ジョーイの身に起こったのは、悪意のある人間による計画的な攻撃だ。「誰か、ジョーイのお母さんに電話してくれたかしら？」

サムはうなずいた。「いまこっちに向かっている」彼はちょっと口をつぐんだ。「これでもう怒れないな。カックルベリー・クラブの鍵をコルビーに貸した件は許してやってくれ」

「そんなに怒ってたわけじゃないわ」

「けっこうきついことを言ってたぞ」

スザンヌはかぶりを振った。「どうしてもわからない。誰がジョーイにこんなことをしたの？　その理由は？　ジョーイはなにか言ってた？」

「うしろから飛びかかられたとしか」

「信じられない」スザンヌは言った。「まだほんの子どもなのよ。ときどき、いらいらさせてくれるけど、基本的にはいい子なの」スザンヌは首のうしろを揉んだ。ずきずきする痛みがすっかりいすわっている。「ねえ、あなたは……」

「なんだい？」

「コルビーがこれにかかわっていると思う？　ひょっとしたらふたりは喧嘩でもしたのかも」

「してもおかしくないな」

「ティーンエイジャーの男の子がどういうものか知ってるでしょ。DVDやXboxのゲームや、想像上のガールフレンドなんてくだらないものをめぐって本気で喧嘩するんだから」

サムの目がそれた。彼はスザンヌのうしろをじっと見つめ、小声で告げた。「保安官だ」

「え？」スザンヌが頭をめぐらすと、保安官がすっかりトレードマークになった扁平足歩きでのしのしと近づいてくるのが見えた。

「ユーワルド少年の件を聞いたものでね」保安官は言った。

「彼から話を聞いてやって」スザンヌは言った。「なにか覚えてるかもしれないから」

「やつはまだ起きてるのか？」保安官はベルトをずりあげながら訊いた。

「いまのところは」とサム。「いつうとうとしてもおかしくないですけどね」

保安官はうなずいた。「きみたちにひとつ質問がある。きみたちのどっちでもいいが、今夜チャーリー・スタイナーを見かけたか？」

「ええ」スザンヌは言った。「〈シュミッツ・バー〉にいたわ」

「飲んだくれてたか？」保安官は訊いた。

「そうだと思う」ピンク・レディをちびちび口に運んでたわけじゃなかったもの。「ひとりぼっちでカウンターにすわってた。なんでそんなことを訊くの？　まさかチャーリーがジョーイを……ええと……襲ったとでも？」

「さあな。まだなにがどうなっているのかさっぱりわからん。だがな、ひとつ教えてやろう。ベン・ビューサッカーを殺すのに使われたのと同じワイヤーがチャーリー・スタイナーの敷地でも見つかった。豚舎の周囲にめぐらしてあった」

スザンヌの目がフリスビーのように丸くなった。「ワイヤーが一部切られてたの？　リードのところのフェンスのように？」

保安官は真剣な表情をした。「そうだ」

「それで？　いったいどういうこと？」

「ワイヤーを州のBCAに送ることになるだろうな。犯罪捜査局のことだ。そこなら専門のラボがあって、より詳細な分析ができる」

「そんな高度な鑑定をやる必要が本当にあるの？」スザンヌは訊いた。「地元の金物店をまわって、最近、どんなワイヤーが売れたか確認するだけじゃだめなの？」

「それはもうやったんだ」

運転は慎重に。そうサムから言われたことが、スザンヌの頭にずっと引っかかっていた。単に思いついたからでも、形式的な別れぎわのあいさつでもなかった。ジョーイが頭を強く打ったことを踏まえ、サムは本気で心配していた。だからじゅうぶん注意しながらキンドレッドの通りを走り、なんとか無事に自宅のガレージに車を入れた。そこから一足飛びで裏口に駆けこむと、犬たちに取り囲まれ、しっぽを振りながらおやつを要求された。

「みんなでおやつにしましょうね」

スザンヌは言うと、缶からリヴァロヴァをひとつかみ出し、コンロにやかんをかけた。五分後、犬たちはまだ口のまわりを舐めていたし、スザンヌは熱々のおいしい茉莉花茶を飲んでいた。緊張をほぐし安眠を促進するのに絶大な効果があるお茶だ。

手にマグを持ったまま居間をうろうろし、テレビでレターマンのトーク番組でもちょっと観ようかとも思ったが、すぐにそれはやめにした。落ち着かない気持ちのまま廊下に出て、ウォルターの書斎をのぞきこんだ。

ウォルター。

ゆっくりとなかに入り、きょろきょろと見まわした。ウォルターが生きていたときとなにひとつ変わっていない。上等な木のデスク、ファイルキャビネット、本棚には医学書、政治サスペンス、それにマス釣りの本がぎゅうぎゅうに詰まっている。彼がいつもデスクに置いていた金色のフレームに、ふたりで写っている写真がおさまっていた。いつだかの年の十二月にニューヨーク旅行をしたときに撮ったものだ。ウォルターは彼女に腕をまわし、彼女のほうは彼の肩に頭をあずけている。ふたりが立っているのはロックフェラー・センターの前で、うしろの大きなクリスマスツリーがまばゆいほどに輝いている。新婚時代の、熱々だった頃の写真だ。

とてもなつかしい。

スザンヌはうっすらと笑みを浮かべ、お茶をひとくち含んだ。デスクから目をそらし、書斎全体をながめた。

そろそろここを図書室にしようかしら。この家には図書室が必要だわ。それに……これだけ時間がたったのだから、そのくらいのことはしてもいいと思う。

足のつめが硬材の床をコツコツと叩く音がした。

振り返ると、バクスターが愛情と好奇心にあふれた黒い目で彼女を見あげていた。

「どう思う、相棒？　そうしてもかまわない？」

彼は低く吠えた。「グルル」

「あなたも同じ意見でうれしいわ」

スザンヌは二階にあがって顔を洗い、歯を磨き、大きくてゆったりしたTシャツに着替えてベッドにもぐりこんだ。暗闇のなか、上掛けにくるまれて横たわっていると、心臓の鼓動が少しずつペースを落としていくのが感じられた。それでもジョーイのことが頭に浮かんだ。

いったい誰があの子に襲撃をかけたのだろう？　あまりに突然で、しかも——残酷な襲撃を。

スザンヌは横向きになって、さらに深くもぐりこむと、このあと八時間はジョーイのことを忘れなさいと自分に暗示をかけた。夜は休息と再生のための時間であり、おぞましい場面を思い出すためにあるのではない。

おぞましい場面に、おぞましい告げ口。

ハミルトン・ウィックがクラウディアを誤解していたとしたら？　彼女が不倫などしていなかったとしたら？　ウィックの思いこみだとしたら？　その可能性はある。彼がやっかんでいるだけかもしれないのだ。

眠りに落ちかけたそのとき、スザンヌの頭にひとつの光景がひょっこりと浮かんだ。葬祭業者のジョージ・ドレイパーが、クラウディアに対して、やけに礼儀正しく、やけに親身で、やけに親切にしている姿だった。目をうっとりと輝かせて彼女を見つめている。まるで恋人のように。

ハミルトン・ウィックは、クラウディアの不倫相手が何者かは知らないと言ったが、そのとき目は壇上に向いていた。王冠を授けられたばかりのジョージ・ドレイパーをまっすぐに見つめていた。

息を鋭く吸いこんだとたん、すっかり目が覚めて目を大きく見ひらいた。その瞬間、スザンヌは確信した。クラウディア・ビューサッカーとジョージ・ドレイパーは愛人関係にあると。

そこでひとつ大きな疑問がわいた。ふたりは共謀してベン・ビューサッカーを殺害したのだろうか？

18

午前五時五十九分、スザンヌの目がぱっちりとあいた。頼もしいCDプレーヤー兼目覚まし時計から、WLGN局の陽気な朝のDJのにぎやかな声が炸裂するぴったり一分前のことだった。

「ジョーイ」彼女はしんしんと冷える暗闇にささやいた。「ジョーイのお見舞いに行かなくちゃ」

上掛けを払いのけ、体を起こして目をこすった。ジョーイの無事を祈った。熱が出るとか頭が腫れるとか、ひと晩で容態が悪化していないといいけれど。漠然としか覚えてないが、ジョーイが恐ろしい目に遭う夢を見た。彼が血だまりに倒れ、凍った舗道にブーツを力なく叩きつけている夢だった。

ピンクのテリークロスのローブをはおり、ピンクのふかふかのスリッパを履いた。犬のしたたかな頭脳が遊びモードに入ったときのバクスターが、ウサギに見立てて追いまわしたがるスリッパだ。スザンヌはぺたぺた足音をさせながらおりていくと、裏口のドアをあけ、用足しをさせるために犬たちを外に出した。

「さっさと済ませるのよ、きみたち。寒いんだから！」と呼びかけた。

スザンヌはドアのところで凍るような空気を小さく吸いこんだ。東のほうの空が明るくなりはじめ、灰色から薄紅色が交じった鳥の子色に変化していく。とても美しいが、ちょっと不気味な感じもする。西のほうで雪のきざしがあるようだ。もしかしたらすでにコロラドかモンタナでは道路がつるつるに凍り、電力供給がピンチに陥っているのかもしれない。

犬たちが戻ってくると、ボウルに新鮮な水を満たし、ドッグフードを山盛りにした。そのまま立って見ていると、犬たちはボウルに鼻面を突っこみ、カリカリフードをそこらじゅうにまき散らした。

しょうがないわね。床から拾ってちゃんと食べなさいよ。

彼女は濃いブラックコーヒーを急いで飲みほすと、シャワーを浴びようと二階に駆けあがった。

熱くて心地よい湯を背中と首筋に受けながら、スザンヌは何分かよけいにシャワーの下に立って、心ゆくまで楽しんだ。それでも頭はジョーイのことを考えつづけた。なぜ彼は襲われたのだろう？　これはキンドレッドにあらたな犯罪の波が訪れる予兆なのだろうか？　それとも、ビューサッカーさんの殺害とどこかでつながっているのだろうか。ぞっとするような疑問はいくつもわいたが、どれにも明快な答えは見い出せなかった。

三十分後、スザンヌは病院の清潔で明るく消毒薬のにおいがする廊下を大股で歩き、二階のジョーイの病室に向かった。せかせかと人が行き交っている。患者の様子を見てまわる看護師。洗いたてのリネンを山ほど抱えた病院スタッフ。朝食のトレイをのせたカートがスクランブルエッグとシナモントーストのにおいを振りまきながら、病室から病室へとカタカタ走りまわっていた。

ジョーイの病室のドアは薄くあいていた。スザンヌは強めに一回ノックして声をかけた。

「ジョーイ?」

彼はベッドに起きあがって、膝に朝食のトレイをのせていた。髪の毛が何カ所かつんと立ち、ゆうべサムが縫合した頭の傷はきれいなガーゼ包帯で覆ってあった。

「やあ!」ジョーイはちらりと目を向け、照れくさそうに笑った。

「具合はどう?」スザンヌは病室に入りながら尋ねた。

「まあまあってとこ」ジョーイはテレビのリモコンに手をのばし、『スポンジ・ボブ』の音を小さくした。「おれ、三針も縫ったんだ!」

「聞いたわ」スザンヌはジョーイの頬が健康的なピンク色を帯び、目が生き生きと好奇心に満ちているのを見てとった。よかった、と心のなかでつぶやいた。後遺症の心配はなさそうね。

スザンヌはパーカを脱ぎ、ドアのそばのフックにかけた。

「ベッドで朝ごはんだったのね」彼女はそう言ってほほえんだ。ジョーイの近くまで行き、ベッドの横にあるすわり心地の悪そうなプラスチックの肘かけ椅子に腰をおろした。

ジョーイはくすくすと笑い声を洩らした。「スクランブルエッグはかなりいけるよ。それに見てくれ。パンケーキもあるんだぜ」彼は一ドル銀貨大のパンケーキとミニサイズのボトルに入ったシロップを指差した。

「ヴァーモント州のメープルシロップじゃないの」スザンヌは言った。「すごい。フォーシーズンズ・ホテルのルームサービス並みだわ」

「おまけにコーヒーまで持ってきてくれたんだ」とジョーイ。「飲む？　まだ全然口をつけてないけど」

「ありがたくいただくわ」スザンヌは小さな銀色のポットを持ちあげ、カップに注いだ。

「給仕してもらうのもけっこう楽しいもんだね」ジョーイは言った。「ちっちゃい頃、風邪をひいたかなんだかで学校を休んでうちにいたときのことを思い出すよ」彼は額にしわを寄せ、わざとらしいまじめな顔をつくろった。「きょうは仕事に出るのは無理っぽいな」

「必要なだけ休んで元気になってちょうだい。わたしたちのことは心配しなくていいから」

「ゆうべはごめん」ジョーイは言った。「反省してるんだ、あんなに……ぶっきらぼうにしたことを。ほら、最後に会ったときにさ。公園で」

スザンヌは手を振った。「そんなことはいいのよ、ジョーイ」それから椅子にすわったままにじり寄った。「でも、ゆうべの叩かれたときの話を聞かせて」

「ぶん殴られたんだって！」とジョーイ。

「そのときのことでなにか思い出せない？　いまなら振り返って考える時間があるでしょ

う？　あなたを襲った相手のことで、覚えてることはないかしら？」

ジョーイは白いガーゼ包帯に触れ、顔をくもらせた。

「これと言ってなんにも。あのときは、おれ、スケボーで自分んちに帰ろうとしてたんだ。そしたら突然、ニンジャの暗殺者かテロリストの襲撃かって感じでさ。マジにバキッてやられたよ」彼は十代の少年らしい効果音を駆使して、自分の体験を彩った。

「それだけ？」スザンヌは訊いた。コーヒーをまた口に運んだ。

ジョーイはうなずいた。「だいたいのところはね。野球のバットで殴られたみたいでさ。そのまま倒れこんだってわけ。バタリ！」ここでも効果音。

「とめた車のあいだから飛び出してきたか、うしろから襲われたかはわかる？」

「全然。本当にあっという間のことだったからさ」

「犯人はあなたより背が高かった？　歳はあなたと同じくらい？」コルビーみたいに、と心のなかでつけくわえる。

「わかんない」ジョーイは笑いを噛み殺した。「いまのはどれも、ゆうべドゥーギー保安官に訊かれたよ」

「まあ、それはしかたないわ。わたしも保安官もあなたを襲った犯人を突きとめようとしてるんだもの」

「きっと同じ学校のばか野郎の仕業さ」ジョーイは言った。

「そうね」スザンヌは言った。そうじゃないかも、と心のなかで突っこみを入れる。椅子から立ちあがり、片手をのばして彼の肩に触れた。えらいわ、気をつけてねと言うように。

「無理しないで。ゆっくり休むのよ」

「うん。きょうじゅうに退院できるみたいだ」

スザンヌはコート掛けに向き直り、パーカに手をのばした。そのとき、隣にかかっているジャケットに目がとまった。黒と灰色の地に、盾のモチーフとフットボールのヘルメットをかぶった海賊の絵がついている。彼女は目をしばたたき、しばらくジャケットを見つめた。それからつとめてゆっくりと言った。「上着をコルビーと交換したのね」質問ではなく、事実を述べただけだった。

「そうだよ」ジョーイは答えた。「二日前かな。それがどうかした?」

「どうして交換したの?」

ジョーイは肩をすくめた。「あいつのはレイダースのジャケットだったからだよ。おれのダウンジャケットとちがってちっともあったかくないからさ」

「あててみせるわ。コルビーのレイダースのジャケットと引き換えに、自分のダウンジャケットとカックルベリー・クラブの鍵を彼に渡したんでしょう?」

ジョーイはばつが悪そうな顔をしたが、否定する様子はなかった。

「そうだよ」洟をすすり、鼻に指を突っこもうとしたが、それはやめておいた。「おれのこと、むちゃくちゃ怒ってんだろ?」

「ジョーイ」スザンヌは言った。「あなたがゆうべ襲われたのは、このジャケットのせいかもね」

ジョーイはけげんな表情になった。「どういうこと？」

「何者かがレイダースのジャケットを着たあなたを見て、コルビーだと思いこんだのよ」

「誰が思いこんだって？」ジョーイはパンケーキの最後のひと切れにフォークを突き刺した。

スザンヌは正直に真実を言うしかなかった。「殺人犯」

「え？」ジョーイは持っていたフォークをトレイに落とし、三オクターブも高い声をあげた。「つまり、おれは撃たれるか刺されるかするところだったってこと？」

「そうみたい」

たちまちジョーイは毛布の下でぴくぴくと小刻みに震えはじめた。

「ちょ、ちょっと待ってよ。いま、殺人犯って言ったよな。スノーモービルのおじさんを殺したやつのこと？」

「その可能性はかなり高いわ」

ジョーイの頭のなかで歯車がまわりはじめ、大急ぎで事実と事実をつなぎ合わせているのが手に取るようにわかった。

「おれをつけねらってるやつがいるってこと？　おれの身に危険が迫ってんの？」

「いいえ、ハニー、それは大丈夫」スザンヌは請け合った。「ドゥーギー保安官に電話しておく。ちゃんと手を打ってもらうわ」

「約束だよ？」怯えた顔のジョーイを見て、スザンヌは胸が苦しくなった。

「約束する」

病院の駐車場にとめた車に飛び乗ると、スザンヌはエンジンをかけ、ヒーターをめいっぱい強くした。それから携帯電話を出して保安官の番号をプッシュした。「出てちょうだい、保安官」押し殺した声で祈った。「仕事をしてて」

彼は最初の呼び出し音で出た。「ドゥーギー保安官だ」

「昨晩、ジョーイが襲われた理由がわかったわ」スザンヌは息をはずませ、カフェイン過剰摂取による早口でまくしたてた。

一瞬の間があいて保安官は言った。「いったいなんの話だ？　落ち着け、スザンヌ。ちゃんと説明してくれ」

「ジョーイを襲った犯人はコルビーとまちがえたのよ！」

「コルビーって、例の家出少年か？」

「こういうことなの」スザンヌは声をうわずらせまいと必死だった。「いま、ジョーイのお見舞いに寄ったんだけど、彼はコルビーが着ていたレイダースのジャケットを持ってたの」

「オークランド・レイダースのか？」

「そう。重要なのは、ふたりが上着を交換してたってこと」

「それではジョーイが襲われた納得のいく説明になってないぞ」

スザンヌは理路整然と話そうとつとめた。

「きのう遅く、カックルベリー・クラブでコルビーと話をしたとき、ビューサッカーさんが殺された夜になにか見たんじゃないかと訊いたの。というのも、彼がうちの店の周辺に出没してて、通りの反対側にある納屋に寝泊まりしてたからよ。そしたらコルビーが急にそわそわして態度があやしくなったものだから、なにか目撃したんだと確信したの。あのときの彼の反応をあなたにも見てほしかったわ。ビューサッカーさんのスノーモービル事故の話を持ち出したとたん、熱したワイヤーで突かれたみたいになったんだもの」

「ほう？」

「で、それから数時間後に、コルビーのジャケットを着たジョーイがむごい襲撃を受けた」

「それが殺人犯の仕業だというのがあんたの考えなわけだ。そいつがジョーイをコルビーと思いこんで、目撃者かもしれないやつを始末するべく舞い戻ったと？」保安官は納得していない口ぶりだった。

「ええ、まさしくそのとおりよ！」

「ふん」

「そう考えればつじつまが合うわ」スザンヌはロゼッタストーンの暗号を解読したような気分だった。

「たしかにいい線いってるかもしれんな」保安官はつぶやいた。「だが、もっと具体的な事実が必要だ。とりあえず、コルビーだ。あのガキの居場所を突きとめ、徹底的にしぼりあげなきゃならん。いま、やつはどこにいるって？」

「そこが問題なのよ」スザンヌは言った。「誰にも見当がつかないの」

「ジョーイも知らないのか？」

「知らないと言ってる」

「そうか、わかった。緊急手配をかけよう。そうすれば昼までには身柄を確保できるだろうよ」

「それは希望的観測でしょ？」

「おれは保安官だぞ、スザンヌ。われわれが本気で探せば、必ず見つかるんだ」

「ほかにも報告したいことがあるの」ジョージ・ドレイパーとクラウディア・ビューサッカーがまずまちがいなく不倫関係にあることはどうしても話しておきたかった。ベン・ビューサッカーを亡き者にする動機として充分な百五十万ドルの保険金のことも。しかし、このとっておきの情報は、直接会って伝えたい。

「ほかになにを握ってるんだ？」保安官が言った。

「ねえ、きょう、ランチタイムに店に寄ってちょうだい、ね？　そのときに直接話す」

「おれは忙しいかもしれないぞ」

「チキンのポットパイを食べる時間もないくらいに？」それが保安官の大好物なのはわかっていた。

「まったく意地の悪い女だな、スザンヌ。おまけにしたたかときている」

「お昼に待ってる」スザンヌは言った。

スザンヌがカックルベリー・クラブに入っていくと、焼いたタマネギ、挽き立てコショウ、麦芽のようなアッサム・ティーの香りに迎えられた。

「ああ、幸せ」スザンヌはブーツを蹴るようにして脱ぎながら言った。

ペトラがコンロから目を離してほほえんだ。「朝食用キャセロールを焼いているところよ」

「においでわかるわ」

そのとき、スイングドアがばたんとあいて、トニが飛びこんできた。

「ジョーイの具合はどうだった?」

スザンヌは意表を突かれた。「どこでジョーイの話を聞きつけたの?」

ペトラはふくよかな腰に手を置いた。「あなた本気で言ってるの? 誰だか知らないけどツイッターでつぶやいてたわよ。この郡全体に知れわたってるわ」

「最近じゃ、うしろを向いてこっそりおならをしたって、誰かにツイートだかツイッターだかされちゃうんだから、たまんないね」

「トニ!」ペトラがたしなめた。「下品なことを言って」

「本当のことなのに」トニはつぶやいた。

「それで、ジョーイの具合はどうだった?」ペトラは訊くと、ココア色の卵が入ったかごを手に取り、大きなアルミのボウルに一個ずつ割り入れた。「病院に寄ってきたんでしょう?」

「順調に回復しているようよ」スザンヌは言った。「パンケーキを食べたり、『スポンジ・ボブ』を観たりしてた」

「まるでジュニアみたいだ」とトニ。

「いきなり襲われたなんて恐ろしいわ」ペトラは泡立て器を手に取って、卵にいどみはじめた。「警察は……犯人は子ども？　悪い連中の仕業？」

「絶対にちがう」スザンヌは言った。それから、すべて正直に話そうと決めた。「それについては、わたしなりの仮説があるの。もう、保安官にも伝えてあるわ」

卵をかき混ぜていたペトラの手が突然とまった。「どういうこと？」

スザンヌはジョーイとコルビーが上着を交換していたことを手短に教えた。それから、犯人がジョーイをコルビーと勘違いしたと考えられる根拠をていねいに説明した。

「うっそー！」トニが素っ頓狂な声をあげた。「それってマジ？」

「残念ながら」とスザンヌ。

「気に入らないわ」とペトラ。

「まったくだよ」とトニ。「つまり、犯人はまだこの町にいるってことじゃん」

「犯人は昨夜、炎と氷のパレードに来てたってことよ」スザンヌは言った。

「考えただけで寒気がしてくる」ペトラは言った。「わたしはその場にいたわけじゃないけど、あなたたちはいたんだもの」

「チャーリー・スタイナー犯人説はどのくらいたしかなのかな？」トニが訊いた。「だって、ジョーイの頭を怪我させたのはあいつかもしれないいんだよね」

「ええ」スザンヌは〈シュミッツ・バー〉でスタイナーがひどく腹をたてて気むずかしかったことを思い出していた。

「こんなこと訊きたくないけど」とペトラ。「ゆうべはデュカヴニーさんも来てたの？」

スザンヌとトニは顔を見合わせた。

「わたしは見なかったわ」とスザンヌ。

「あたしも」とトニ。

「リードの仕業じゃないわよ」スザンヌは言った。

しかしペトラは納得しなかった。

「何日か前までは、彼はやっていないと聖書に手を置いて誓えたわ。でも、きのう、店の裏口から入ってきたときの彼は……ものすごい剣幕だった」

「リードの仕業じゃないってば」スザンヌはきっぱりと繰り返した。しかし、心の奥底ではこう考えていた――ああ、神様、もしも彼の仕業だとしたら？

その後三人は不安を振り捨て、テーブルの準備をするなど、モーニングタイムに全神経を集中した。トニはコナ・コーヒーのグリーンビーンブレンド――シナモンとクローブのほのかな香りとバターのようなコクが特徴のコーヒーだ――をいくつものポットに淹れた。スザンヌは中国製のティーポットを三個出し、ラズベリー・ティー、ダージリン、モロッコ産ミント・ティーの茶葉を量り入れた。

「新鮮な茶葉が手に入るのに、なんでティーバッグなんか使うのかしらね」彼女はひとりごちた。

「手づくりしないで冷凍ピザを食べるのと同じ理由だよ」トニが言った。「知識がないんだ」

「でなければ、おいしいピザ生地の作り方を知らないのかも」

トニはうなずいた。「うん、そうかも」

モーニングタイムの客が寒い戸外からどっと入ってくると、スザンヌとトニはスピードをあげてコーヒーを注ぎ、注文を取り、それを急いでペトラに伝えた。

「うわあ、すごい」厨房に飛びこむなりスザンヌは言った。寄せ木のカウンターの上におろしチーズが巨大な山を築いていた。「チーズでできたビッグロックキャンディ山って感じ。チーズをおろすのは終わったの？」

「これでキッシュに使うチーズが足りるかわからないけどね」ペトラはいたくまじめな顔で言った。

「でも、卵液に入れるのと、上にのせる分だけでしょ」スザンヌは言った。

ペトラはうなずいた。「わたしはときどき、キッシュの表面に一インチか二インチほどもチーズをのせて焼くの」

「このチーズが低カロリーの低コレステロールでよかった」

「そうね」ペトラが笑った。

九時ともなるとあいているテーブルはひとつだけ、窓ぎわのふたり掛けだけとなった。そのとき、ヨーダー師がよろよろと入ってきた。

「ちょうど最後のテーブルがあいています」スザンヌはほほえみながらヨーダー師に告げ、席に案内した。「あやうく、テイクアウトにしていただくところでした」

ヨーダー師は隣に建つ旅路の果て教会の聖職者、募金係、世話人、なんでもこなす大黒柱だ。長身でガリガリに痩せており、シルバーグレイの髪と堅苦しいふるまいのせいで、おじけづいてしまう人も多い。しかし、宗教に身も心も捧げた者らしいコチコチの風貌をひと皮剝けば、子猫のような心臓が鼓動している。どんなときでも心やさしく、理解があり、親身になってくれる人なのだ。教会が大火災に見舞われたあとも、心臓発作で倒れたあとも、ヨーダー師はひたすら仕事に打ちこみ、少ないながらも熱心な信者を導いている。

ヨーダー師はスザンヌにうなずいてみせた。

「お会いできてうれしいですよ、ミセス・デイツ」

「スザンヌです。スザンヌと呼んでください」

「お望みならば」ヨーダー師は言った。そこで少し間をおいた。「この数日ほど、いわば布教の旅に出ておりまして、きのうこちらに戻ったのですよ」彼は興味深げにスザンヌを見つめた。「しかし、こちらで大変なことがあったと聞きました」師の眉がふたごの毛虫のようにうごめいた。「ベン・ビューサッカーが？」

「そうなんです」スザンヌは答えた。

「ええと警察は……ああ、つまり、保安官は容疑者を特定したのですか？」

「容疑者は何人かいますが、逮捕はまだです」スザンヌは指でテーブルをコツコツと叩いた。「ですから、どうか気をつけてくださいね。犯人が逮捕されるまではドアに鍵をかけなくてはいけません」教会の奥に小さな書斎があり、ヨーダー師はその下にある小さな居間、キッチン、寝室で暮らしている。

「ドアに鍵をかけるのは気が進みませんね」ヨーダー師は言った。「拒絶しているように受け取られかねませんから」

「でしたら、警戒を怠らないように」スザンヌはペンを注文票に押しつけた。「なにになさいますか？」

「オートミールだけでけっこう」ヨーダー師は言った。「フルーツを少々のせて。あればブルーベリーを」彼は椅子にすわり直した。「数週間後に落成式を予定しているのはご存じですね。火災のあとこんなに早く再建でき、しかもひじょうに美しい教会に仕上がって、信者一同、すっかり昂奮しております。新しい像も購入しました。手作業で色を塗ったイタリア製です」彼はいったん口をつぐんだ。「あなたは当教会の信者ではありませんが、スザンヌ、来ていただけるとたいへんにありがたい」

「ぜひうかがいます」スザンヌは言った。「よろしければ、カックルベリー・クラブのほうで軽食の準備をいたしますよ。コーヒーにクッキー、おいしいシートケーキを焼いてもいいですね」

「われわれのためにそこまで？」ヨーダー師はうれしそうでもあり、ほんの少し驚いてもいた。

「もちろんですとも」スザンヌは言った。「それがお隣さんというものじゃありませんか」

「ありがとう」ヨーダー師は言った。「心から感謝します」

19

「時間だよ」

カウンターのところでトニがスザンヌを軽く押した。

「ヒントの」

「そうだったわ！　大事な第三のヒントを聞かなくちゃ」

スザンヌはラジオの音を小さくしてかけ、トニは紙とペンを用意した。ポーラ・パターソンの親しみやすい声が、宝探しの第三のヒントを歌うように告げた。

左を見て、右を見て、まっすぐ進む
ずいぶん近くなってきたから、射止めるのはあなたかも
あたえられた手とじっくりつきあえ
溶けないようにご用心！

「なにをさえずってるのか、さっぱりわかんないよ」トニがふてくされた。「いまのところ

ヒントはどれも雪と氷ばかりだけど、このあたりにはそんなもの、腐るほどあるのにさ」そう言うと、すがるような目をスザンヌに向けた。「これからも謎解きを手伝ってくれるよね？」

「ジュニアに手伝ってもらうんだとばかり思ってた。ゆうべは手伝ってもらってたんでしょ？」

トニは小さく洟をすすった。「そんな意地悪言わなくたっていいじゃん。ジュニアが原子力潜水艦の一等航海士じゃなくて、車の修理工なのにはわけがあるんだからさ」

「そこまでひどいの？」スザンヌは訊いた。トニの言うことにも一理ある。おそらくジュニアにとっての宝探しとは、町じゅうを車で走りまわり、誰彼かまわずドラッグレースに引っ張りこんでは、ポットローストをつくることを指すのだろう。

「今夜ふたりでヒントを検討したら、少し調べてまわるのもいいね」トニが甘えるように言った。「芝居が終わったらさ」

「あ、そうだ」スザンヌは言った。「今夜はお芝居があるんだったわね。忙しすぎて、すっかり忘れてた」

「『タイタニック』だよ」トニはこの上演を本当に楽しみにしていた。「でも、そのあとで調べにいく時間はあるかな」

「たぶん大丈夫よ」スザンヌは言った。

まだ数人の客がカフェに残り、ペトラは厨房でラジオに合わせて鼻歌を歌っている。一日のうちでスザンヌがいちばん好きな時間だ。モーニングタイムの終わりとランチタイムの始まりのあいだの四十分から五十分。なにもかも適度にゆるゆるとしたテンポに落ち着き、お茶を飲んだり、〈ブック・ヌック〉に顔を出したり、クリエイティブな腕前を発揮してしゃれたディスプレイをこしらえたりする余裕ができる。ちょうど金融、不動産、証券取引に関する新刊が何冊か入荷したところだ。昔の計算機や《ウォール・ストリート・ジャーナル》を何部か筒にして、なにか作ってみてもいい。最近はお金、あるいはそれがないことが人々の頭のなかを占めているようだ。

「ペトラ?」スザンヌは声をかけた。厨房の鼻歌がぴたりとやんだ。「きょうのスープはなあに?」

「それがね、最初はチキンヌードル・スープのはずだったんだけど」ペトラの声が返ってきた。「残りもののチーズがあったから、それも入れてみたの。だから……そうねえ、チキンのチーズスープとでも名づけようかしら」

「わかった」スザンヌは言った。チーズ入りチキンスープね。渦を巻くマグマのようなチーズのなかに、チキンが数切れ入っているんだとすれば。

スザンヌはチキンのポットパイ、ターキーとスイスチーズのサンドイッチ、モンテ・クリスト・サンドイッチ、それにブロンド・ブラウニーをメニューにくわえた。それらを色チョークで黒板に書き終えたとき、正面の窓の向こうでクロムめっきがきらりと光るのが目に入った。保安官の黄褐色の巡回車が店の駐車場に入ってくるところだった。

「チキンのポットパイはあとどれぐらいで焼きあがる?」声を張りあげて訊いた。

「五分よ」ペトラが仕切り窓から顔をのぞかせた。「どうして?」

「ひとつ出さなきゃいけないの。大至急」

「ああ、保安官ね」

「そう。これからふたりでささやかな会談をするわ」

「がんばって」

トニが声をかけるのと同時にドアが素早くあき、ドゥーギー保安官が大股で入ってきた。いつものように大声でなにやらわめきながら特大サイズの手袋をはずし、パーカを脱ぎ、全員に〝やあ〟と大声であいさつした。カーキのシャツはおなかのところがよれて、ずいぶんだらしない感じだが、本人は気づいているふうもなかった。そもそも気にしていないのかもしれない。

「こっちに来て」スザンヌは彼に向かって指をぴくぴく動かした。「カウンターにすわれば、わたしが仕事をしながらでも話せるでしょ」

「おれの話を聞きながら、きみが仕事をするんじゃないのか?」保安官は高笑いした。

「どっちでも同じでしょうに」

スザンヌはパイケースに手を入れ、たっぷりのカラメルフロスティングとペカンのみじん切りに覆われたスティッキーロールを一個出した。

「ランチはまだ準備できてないから、前菜がわりに甘いものでもいかが?」スザンヌはロールパンを皿にそろりとのせ、サーカスのクマを調教するみたいに高くかかげた。

「もちろんもらう」保安官は言った。「あればコーヒーも」

スザンヌは保安官の前にロールパンを置き、陶器のマグにコーヒーをいきおいよく注いだ。

「さっき電話で伝えたことは検討してくれた?」

保安官はスティッキーロールにかぶりつき、もぐもぐやりながら考えこんだ。

「ジョーイがコルビーとまちがわれたという仮説は、たしかに的を射ている。それは認めよう」

スザンヌの胸が躍った。ようやくこれでなんらかの進展が見られるわ!

「コルビーについてなにか情報は?」スザンヌは訊いた。

保安官はまだ口を動かしていた。「いいや。まだこのあたりにいるとしたら、そうとういい隠れ場所を見つけたんだろうよ。われわれも手をつくしてる。ジェサップのクロスローズ・モールにも部下をふたりやった。ふたりはあちこち捜しもしたし、聞き込みもおこなった。ガキどもがたむろしてる妙な店も何軒か訪れたそうだ。あれはなんて言うんだったか――ヘッドショップ?　だが、コルビーは見つからなかった。やつの人相風体に合致する少年もいなかった」

「ひきつづき捜してくれるんでしょう?」

保安官は決まり悪そうにもぞもぞと動いた。

「どれだけ捜せばいいんだ？　うちの人員には限りがある。それはわかってるだろう？」

「でも、コルビーはすべての鍵を握ってるかもしれないのよ！　しかも、家出少年なんだし」

「捜索願いは出てない」保安官は言った。スザンヌが口をはさもうとすると、それを制して、「おれの立場からものを考えてみてくれ。ラストネームや生い立ちなどの情報はなく、心配して問い合わせてくる親もいない。これじゃ五里霧中だ、スザンヌ」

「わかってる」

「それに忘れてもらっちゃ困るが、ビューサッカー事件を解決しろとモブリー町長にせっつかれてるんだ。例のいかれぽんちな銀行家のエド・ラプソンまで一緒になってな。この事件が解決しないかぎり、新頭取を赴任させるわけにはいかんのだそうだ。未解決事件の被害者の代わりをつとめるやつなどいないんだとさ！」

「それも一理あるわね」

「そのせいで、ますます保安官事務所にプレッシャーがかかってるんだよ」

スザンヌはしばらく考えこんだ。「レスター・ドラモンドが頭取の座を射止めるという噂を聞いたことはある？　あの人なら、殺された人のオフィスだって平気でしょ」

「たしかに、とんでもない冷血野郎だからな」保安官はうなずいた。「だが、ドラモンドはあの職にふさわしい人間とはとても思えん」保安官はシャツの前に落ちたパンくずを払った。

「保釈保証金から長期国債に乗り換えるようなものじゃないか」

「どうもー、保安官」トニが皿の山を抱えながら近づいた。「刑務所の新しい所長のことは知ってる？　イタチ顔って呼ばれてるらしいんだけどさ」

「誰がそう呼んでるの？」スザンヌは訊いた。「受刑者たち？」

保安官はおかしそうに笑った。「実をいうとだな、役場にいるほぼ全員がそう呼んでいる」

「すごいじゃないの」スザンヌは言った。「着任早々、高水準の信頼と尊敬を勝ち取るなんて。いい仲間にめぐまれたものね」

「チキンのポットパイができたわよ！」ペトラの声が飛んだ。

スザンヌは仕切り窓まで行って料理を受け取った。キツネ色に焼けてほかほかの湯気をたてているポットパイを、保安官の前に置いた。その隣に格子柄のナプキン、ナイフとフォーク、冷たい水を並べた。

ポットパイを見たとたん、保安官の目がぱっと輝いた。「こいつはうまそうだ！」彼はさっそく食べようとばかりにフォークを手にした。

「さきに突ついて、なかの湯気を逃がしてね」ペトラが声をかけた。「そうしないと舌と頭が爆発しちゃうから」

「警告してくれて礼を言うよ」保安官は言うと、期待に胸を躍らせながらフォークを突き刺した。

スザンヌは保安官ににじり寄り、声を落として言った。

「もうひとつ話があるんだけど、あなたの胸におさめておいてほしいの」

保安官は無表情な目を彼女に向けた。「いいだろう」彼はがぶりと大きく頬ばると、口のなかで転がし、肉づきのいい手でやけどした唇をあおいだ。「うまい」と言ったが、本当は〝熱い〟と言いたかったのだ。

「クラウディア・ビューサッカーはほぼ百パーセント、ジョージ・ドレイパーと不倫関係にあるわ」スザンヌは言った。

保安官は水のグラスを口もとに持っていく途中だった。スザンヌの言葉を聞いたとたん、手が震え出し、シャツの前に数滴こぼしてしまった。彼は急いでグラスを置くと、嚙みつくように言った。「なにを言い出す？　あの葬儀屋とだと？」

スザンヌはうなずいた。思わず笑いころげそうになった。「ええ、葬祭業者のね」

「どこでそんなネタを仕入れた？　縫ったり編んだりするお仲間か、ロマンス読書会の連中からか？」

「ハム・ウィックの重い口をひらかせたのよ。ゆうべ、戴冠式のイベントでたまたま会ったものだから」

「しかし、絶対にたしかだと言ったわけじゃないんだろう？」

「ウィックさんから聞いたのは、クラウディアとベンが不幸な結婚生活を送っていて、彼女のほうがこっそりほかの人とつき合っているということだけ」

「ならばどうして、相手がジョージ・ドレイパーだと結論づけた？」

「一と一を足したってところね。ふたりが……そのう、やりとりしてる様子から」

「ほう？」保安官はすっかり困惑した様子で、スザンヌを見つめた。

「あくまで勘よ」スザンヌは白状した。ひょっとしたら透視術かも。「でも、九十九パーセント確信がある」

保安官は目を細くした。「そんなにか？」

「わかったわよ、九十パーセントにしておく。でも、ビューサッカーさんのお葬式のときに、ふたりが一緒のところを見たでしょ。あれは単なる礼儀なんかじゃない、絶対に……愛だった」でなければ情欲か。

「とてもじゃないが信じられんな。だが、いちおう話は聞いておくよ。もっとも半信半疑にはちがいないが。なにしろ、根拠の大半が女の直感というやつときてはな。まちがっているくせに自分が正しいと思いこむたぐいのおかしな勘ではな」

「そんなことない」スザンヌは言った。「ふたりの関係はまぎれもない事実よ」

保安官はまたポットパイを口に運んだ。「せいぜいが思いつき程度だろう」彼はゆっくりと嚙んだ。「思いつきで捜査するわけにはいかん」

スザンヌはカウンターに両肘をつき、さらに身を乗り出した。

「じゃあ、これはどうかしら、カウボーイさん……」

保安官はもぐもぐやるのをやめた。

「ビューサッカーさんには百五十万ドルの保険がかかっていたの。そのお金は奥さんが受け取ることになっている。彼女はそれを、下劣でくだらないことにほいほい使うつもりよ、きっと」

保安官は無言のまま、ポットパイと一緒にこのあらたな情報をじっくりと味わっていた。

「さあ……これでもまだばかばかしい思いつきだって言うの？」

「そうではなさそうだ」保安官はもう一度ゆっくりと言った。「そうではなさそうだ」


スザンヌが厨房に入っていったとき、ペトラはグリルの上でモンテ・クリスト・サンドイッチをひっくり返し、トニは白いランチ皿にラディッシュとニンジンのスティックを並べていた。

「ふたりに話しておくことがあるの」彼女は言った。保安官はランチを終えて引きあげ、店内は少しずつ混みはじめていた。急がなくてはいけない。

「なに？」トニが訊いた。「おいしいゴシップでも聞かせてくれんの？」

「そうよ」とスザンヌ。

ペトラが振り返って顔をしかめた。「スザンヌ」その声は警告の響きを帯びていた。

「よく聞いてね」スザンヌはクラウディア・ビューサッカーとジョージ・ドレイパーの関係について手短に語った。

「保安官とこそこそやってたのってその話？」トニが訊いた。「めちゃくちゃおもしろそうじゃん！」

「おもしろいもんですか」ペトラが言った。「恥知らずにもほどがあるわ」

「ちょい待ち」トニは深く考えこむように、首をかしげた。「ねえスザンヌ、それってクラウディアにはダンナを殺す動機があったってこと？　もしかして彼女はいわゆる……殺し屋を雇ったかもしれないわけ？」

「正直なところ」とスザンヌ。「ありえないことじゃないと思う」

「スザンヌ」ペトラが木のスプーンを振り振り言った。「あなたはいつも動機、動機って言ってるでしょ。普通の人はいきあたりばったりに殺したりしない。チャールズ・マンソンみたいな頭のおかしな人はべつだけど」

「あるいは、ハンニバル・レクターとか」とトニが口をはさんだ。

「それに具体的な証拠はひとつもないし、動機らしい動機もない」ペトラはつづけた。「だったら、もうそのくらいにしておきなさい」

スザンヌは爆弾を落とす決意を固めてペトラを見つめた。「これからふたりに話すことは、このささやかな厨房から外には絶対に出さないでね」

「え？　なんなのさ？」トニは先を聞きたくてうずうずして叫んだ。

「クラウディアはご主人が亡くなったことで百五十万ドルを受け取るの」

ペトラは息をのみ、手を胸にやった。「なんですって？」

「どっひゃー！」とトニ。「そんなお金、どこから出てくるわけ？」

「ものすごく高額の保険からよ」

「ぶったまげた」とトニ。「百五十万ドルって言ったら、一ドル札がむちゃくちゃいっぱいあるんだろうね」

「いまの話は本当なの？」ペトラが言った。「単なる憶測じゃないんでしょうね」

「マジですごいお金だ！」とトニ。

「本当よ」スザンヌは言った。「つまり、この情報によって状況は大きく変わってくる」

「話が複雑《シックン》になるわけだ」とトニ。

「あるいはわたしのウェストが太くなる《シックン》か」ペトラはうれしくなさそうな顔をした。「どっちが先かしら」


スザンヌはやきもきしていた。コルビーの身を案じ、クラウディアについてあれこれ思いをめぐらし、それ以外の人たち――デュカヴニー、スタイナー、エド・ラプソン、ジョージ・ドレイパー、それにレスター・ドラモンド――は酷使しすぎて沸騰しかけている頭のなかで端役にあまんじていた。まったく釈然としないし、なにひとつしっくりこない。とにかく、殺人事件が一件と加重暴行が一件発生した。いったいどういうことなんだろう。なにがどうつながっているんだろう？　それに、クラウディアとジョージ・ドレイパーの関係はできすぎじゃないかしら？　ふたりの動機はあまりに単純な気がする。

死んだビューサッカーまでもがスザンヌの思考に割りこんだ。早く答えを出せとせっついている！

ようやく、冷蔵庫の隣のささやかなスペースに逃げこんだ。いずれはここをシャビーシックなブティックにするつもりだ。やわらかくてシンプルで女性らしい感じのヴィンテージ物や、ヴィンテージに見えるほど使いこんだしゃれた品を集めたいと思っている。

すでに手先の器用な女性がひとり、委託販売用に何点か持ちこんでいる。ふうむ。スザンヌはアラベスクのポーズを取ろうとするバレエ・ダンサーのように、しばらくその場に立ちつくしていたが、やがてオフィスに飛びこんで、デスクの下から箱を出した。

中身は卵の殻のような白に塗られ、ピンク色の生地の笠がついた電気スタンドだった。すてき。それから、スプーンモチーフのブレスレットに、フランスの王冠がステンシルされた枕。いずれもすぐに買い手がつきそうな品だ。ヴィンテージ物の青い渦巻き模様の額に入ったマリー・アントワネットの肖像もあった。

スザンヌはマリー・アントワネットをじっと見つめた。気の毒なこのお姫様も頭を切り落とされたんだったわ。ビューサッカーさんのように。たちまち、この一週間で起こった事件に頭が引き戻された。そして昨晩の……ジョーイのことにも。そうだ、あの子は上着を交換したんだった。

もしかして……。

スザンヌはすぐに考えるのをやめ、急いでジョーイの家に電話をかけた。数分ほど彼の母親と愛想よく世間話をしたのち、ようやくジョーイと電話がつながった。

「具合はどう？」スザンヌは訊いた。

「ばっちりさ」とジョーイ。「母ちゃんが昼めしにおれの大好物をつくってくれたんだ。スロッピー・ジョー（ハンバーガーのパテのかわりにミートソースをはさんだもの）だぜ」

「ねえ、ジョーイ。ひとつお願いがあるの。コルビーと交換したジャケットのポケットを調べてくれない？　なにか入ってないか見てほしいの」

沈黙が流れた。やがてジョーイが言った。「へ？」

「いいからやってちょうだい、ね？　なにか入ってないか知りたいのよ」

「わかった」

受話器を置くカタンという音が聞こえ、スザンヌはそのまま三十秒間、無音に耳をこらしていた。ようやく、ジョーイが電話口に戻った。

「ポケットを全部調べたけど、ほとんどからだった」

「なんにもなかったの？」

「ガムが一個。スペアミントみたいなにおいがするやつ。それと、コンサートのチケットの半券」

「それにはなんて書いてある？」

「ガムに？」

「ううん、チケットの半券のほう」

「うーんと……ファイアー・スポークス、だって」

「それってグループの名前よね？」

「そう。腹にズンズンくるサウンドのバンドさ。おれのｉＰｏｄにほとんど全曲入ってるよ」

「ベニューはどこ？」スザンヌは訊いた。

「べ……なに？」

「コンサートが開催された場所のこと」

「ええと……ちょっと待って」またしばらく静かになり、ジョーイがふたたび電話口に戻った。「ファースト・アヴェニューって書いてある。ミネアポリスの」

「ほかには？」

「とくになにも」

スザンヌはこのささやかな証拠の断片について考えをめぐらした。コルビーはミネアポリスのファースト・アヴェニューでおこなわれたコンサートに行っている。しかも、以前、ミネアポリスのレストランで働いていたことがあると本人が言っていた。つまり、そこから来たということ？　おそらく。可能性は高い。

「わかったわ、ジョーイ。ゆっくり休んでね」スザンヌは言った。「力を貸してくれてありがとう」

「んじゃ」ジョーイは言った。

スザンヌは電話を切るとすぐ、保安官の番号をプッシュした。通話が転送されるのを待っていると、やがて保安官とつながった。

「保安官」彼女は早口で言った。「ミネアポリスの警察と連絡を取って。コルビーの特徴に合致する行方不明の少年がいないか確認してほしいの」

「いったいなにごとだ？」保安官は訊いた。

スザンヌはレイダースの上着のポケットに半券が入っていたことを手短に説明した。

「ミネアポリスだと？」保安官は言った。

「お願い、調べる価値はあるわ」

「そうかもな」保安官は言うと、さっさと電話を切った。

スザンヌはデスクの向かいにある壁に目をこらした。写真、絵画、思い出の品がいくつかかかっている。そのなかのひとつは、ペトラがダークグリーンの森の写真をまっさらなキャンバスにステンシルで写し取ったもので、こんな文言が刺繍されている――〝終わらせるいちばんの方法はやりとげることだ〟。ロバート・フロストの引用だ。

「だけど」スザンヌはつぶやいた。「どうやって終わらせればいいの？」

20

「いまはとにかく」トニが言った。「のんびりくつろいでショーを楽しもう」

「このお芝居はうってつけじゃない？」スザンヌは応じた。

ふたりはハイスクールのほら穴のような講堂の十列目で、まっすぐな背もたれのついた木の椅子に押しこめられていた。まわりの人たちは咳払いをしたり、しゃっくりをしたり、小さな声で昂奮気味にしゃべったり、貧乏揺すりをしたりしながら、舞台芸術が専門の地元一座、コミュニティ・プレイヤーズによる『タイタニック』の舞台をいまや遅しと待っている。少なくとも、この『タイタニック』と昨年上演した『プロデューサーズ』は本物の芸術と言っていい。

舞台におりた赤いベルベットの緞帳《どんちょう》が波乱と謎を予感させるなか、さらなる観客が入場し、紙のプログラムをがさがさやったり、きょろきょろとあたりを見まわしている。

「生の芝居は最高だね」トニは周囲に目をやりながら言った。「いつも胸がどきどきしちゃうよ。書割が倒れてくるかもしれないし、誰かが合図を見逃すかもしれないじゃん」

「科白を忘れる可能性は言うにおよばず」スザンヌは言うと、バッグのなかを手探りし、シナモン風味のミントを出して、ひと粒口に入れた。

「うわー」プログラムを見ていたトニが声をあげた。「知った顔がいっぱい脇役で出てるよ。見てごらん」彼女は配役のところを指で叩いた。「レスター・ドラモンドが芝居をやってたなんて知らなかった。それもチョイ役じゃない。船長の役だよ」

「あの人にうってつけね」とスザンヌ。「ここでも負け犬だなんて」

「おや」トニはまだプログラムとにらめっこしていた。「カーメンも出るんだ。これじゃまるで、ふるさと週間だよ」

「彼女はなんの役?」スザンヌは訊いた。

トニはプログラムを読んだ。「娘をさっさと嫁がせようとする、あの意地悪な金持ち女みたいだ」

「誰が配役したのか知らないけど、見る目があるわ」

「今夜はサムが来られなくて本当に残念だね」トニが言った。

「当直なんだもの」

「でもさ」トニはプログラムをたたんだ。「女同士もいいもんだよ」

一瞬ののち、客電が落ちた。

「わくわくする!」トニがひそめた声で言った。

赤いベルベットの緞帳がいきおいよくあがり、不運なタイタニック号の木でできた大きな舳先が現われた。埠頭に停泊している船は、いままさに処女航海に出ようとしていた。やがて役者たちが登場し、物語は快調に進んだ。

つづく一時間半、観客はみごとな場面転換、いくつものアクションシーン、キレのある科白まわし、結末を予感させる一度聴いたら忘れられない楽曲に、目も耳も釘づけだった。

堂々とした筋骨たくましいレスター・ドラモンドがステージを闊歩《かっぽ》し、威厳たっぷりに科白を言う姿をこの目で見るなんて、とても現実とは思えない。いつからまじめに演技に取り組んでいたのだろう？　刑務所のトップとしての仕事もあったはずなのに。

カーメン・コープランドも生まれながらの舞台人で、自分の役に酔っているようだった。腕を大きく振り動かす仕種、傲慢な物腰、首をのけぞらせる動きによって、嫌われ役としての迫力がいっそう増していた。

カーメンはあがり症とは無縁だった。すっかり役に入りこんでいた。というより、演じている役はカーメンの人柄そのままだった。

ミッシー・ラングストンも魅力にあふれ、役に真実味が感じられた。氷山が大きく迫り、本物の氷の破片が音をたてながら舞台に飛び散るシーンでは、さも怖そうに怯えた演技をしていた。

やがて、いたましいラストへとなだれこむ。救命ボート――ランドというブランドの釣り船が使われた――が舞台の端から端へと引っ張られていく。女性がすすり泣き、助かった者たちが絶叫するなか、ボール紙を切ってつくったタイタニック号の船首が沈んでいき、完全に見えなくなったところで、舞台の照明がじょじょに暗くなった。

幕がおりて客電が灯ると、観客は一斉に立ちあがり、拍手と熱狂的な声援を送った。トニは感きわまっていた。「最初から最後まで全部よかった！　思いきり引きこまれちゃったよ」

「本当にすばらしかったわ」スザンヌもうなずいた。

「それにものすごくリアルだったよね。乗客がわれ先にと救命ボートに乗りこもうとして、たがいに押しのけ合うところとかさ」彼女はスザンヌの腕をぎゅっと握った。「ねえ、楽屋に行って、みんなにおめでとうを言おうよ。ブロードウェイの初日によくやるみたいにさ。どう？　前からやってみたかったんだ」

「そのあとは〈サーディーズ〉（ニューヨークのブロードウェイに一九二一年に開業したレストラン。シューベルト劇場の正面にあり役者の似顔絵が多数飾ってあることで有名）で一杯やるのね」とスザンヌは言った。「いいわ。行きましょ」

　ふたりは人波をかき分け、舞台裏の、小部屋がいくつも並んだ場所に入っていった。あちこちに書割が積み重ねられていた――豪華な広間、美しいダイニングルーム、貯蔵室、船の通路などが描かれていた。見あげると網の目状に走るロープと滑車が見え、はるか頭上の闇に吊されたセットというよりも複雑なクモの巣を思わせる。

　出演者と裏方が鏡のある大きな楽屋で大声をあげていた。そのまわりを支援者の集団が取り囲み、なかには、ちりめん紙でくるんだ赤いバラの小さなブーケを手にしている人もいる。

「見事な出来映えだったぞ！」引退した元教師の監督が出演者を褒めたたえた。

「まったくだ。みんな、でかした」そう言ったのは配役担当の責任者で、やはりキンドレッド在住の郵便局長だった。「きみたちの演技はすばらしかったよ！」

すでに数本のシャンパンの栓が抜かれ、役者たちは泡の立つ液体を注いで、飲み物をいきわたらせると、グラスを合わせて乾杯し、ハグし合った。演技はよどみなく進んだし、お客の反応は上々だったと語り合った。

「ミスがなかったわけじゃない」ひとりの俳優の声がした。「第二幕で科白をドジっちゃってさ。アドリブでごまかしたよ」

「全然、気づかなかったぞ！」家族のひとりが大げさに驚いた声を出した。

スザンヌがミッシーとカーメンを探してその部屋に入ったところ、廊下の奥からレスター・ドラモンドのいばりちらした声が洩れ聞こえた。彼はスザンヌに背中を向けた恰好で、役者仲間数人に語りかけていた。

「刑務所の権力の椅子から、この町の銀行のトップの座へ」ドラモンドの口からアドレナリンたっぷりの言葉がほとばしる。「想像してみろよ」

「まさにあれだな、レスター」聞いていたひとりが応じた。機関助手を演じた男だった。

「角を曲がった先になにがあるかはわからないってやつだ」

「おれは自分の運は自分で切りひらく主義だ」ドラモンドは得意気に言った。「打つべき手を打ち、なにごとも運まかせにはしない」

スザンヌは驚き、ドラモンドに顔を見られないよう目をそむけた。大きく息を吸い、いかにも盗み聞きしていましたというそぶりにならないよう気をつけた。

五分前にお芝居が終わったばかりなのに、ドラモンドはもう自分が頭取になる話を聞かせている。

とすると、エド・ラプソンがついに決断し、ドラモンドに朗報を伝えたのだろうか？　それともいまのはすべてドラモンドが勝手に思っているだけのこと？　図々しいほどの自我と異常なまでの鉄面皮ぶりのあらわれ？

「自画自賛もいいとこだね」トニはせせら笑った。彼女もドラモンドの自慢話をたっぷりと聞いていた。

「ひょっとしたら、彼は本当に頭取の職を掌中におさめたのかもしれないわ」スザンヌは小さな声でつぶやいた。

「そんなの困るよ」トニは毒へビでも見るような、恐怖と緊張の入り交じった目でドラモンドを見つめた。

スザンヌはトニの袖を引っ張った。「出ましょう。ミッシーを探さなきゃ」

ふたりは狭い通路を進み、衣装ラックでいっぱいの部屋に入った。

「お疲れさま、ミッシー！」

スザンヌは友人の姿を認めて、声をかけた。ミッシーはちょうど、丈の長いジャンパーとマントを脱ぎ終えたところだった。

「来てくれたのね！」ミッシーは甲高い声をあげながら駆け寄り、スザンヌとトニを抱き締めた。

「すごくよかったよ」トニが言った。「最高だった。カーメンの何倍も」

「本当？」ミッシーはまんざらでもなさそうだった。「でも、わたしはそんなたいした役じゃなかったから」

「どうして？」スザンヌは訊いた。「だって、トニの言うとおりよ。舞台の上のあなたは身震いするほどすてきだったわ」

「ずっと働きづめだったせいなの」ミッシーは言った。「最初に役を割り振られたとき、マレーさんに言ったのよ。稽古に出られる時間があまりないって」

毎晩、スザンヌが〈アルケミー〉の前を車で通るたび、店には電気が煌々《こうこう》とついている。そんな時間まで超過勤務をしているのはカーメンのはずがない。

「カーメンのせいで忙しいんでしょ？」

ミッシーはうなずいた。このとき初めて、彼女の青い目に疲れがにじみ、痩せた肩ががっくりと落ちた。

「あなたには想像もつかないと思うわ」

「〈アルケミー〉はあなたにとって最適な職場とは言えないんじゃない？」スザンヌは言った。

「ええ、そうね」ミッシーは答えた。「でも、あそこでファッションとスタイリングについて、たくさんのことを学んだわ。それにもちろん、小売業界の仕組みについても」

「そのうち、自分のブティックを持てばいいよ」トニが言った。

「そうなるといいけど」ミッシーは言った。「でも、そんな夢のような瞬間が訪れるまでは……」

「いままでどおりに働くしかないわね」スザンヌは言った。メリーゴーランドを降りてフリーで働くのは容易なことではない。独自のコンセプトを生み出し、事業計画を作成し、資本金を集め、すべてを形にしなくてはならないのだ。ほとんど不可能に近い。実現にこぎ着けたとしても、ぶれないビジョンを持ちつづけることが必要になってくる。

「ねえ」ミッシーが言った。「お芝居を気に入ってくれて、本当によかった」

「気に入っただって？」トニが言った。「もうぞっこんだったよ！」


スザンヌとトニはそのあと十分ほど残り、何人もの出演者にねぎらいの言葉をかけた。

「あっちにハム・ウィックがいるけど、あいさつしていく？」トニが訊いた。「客室係の役がとてもよかったと伝える？」

「パスするわ」スザンヌは言い、そのかわりにふたりはシャンパンをもう一杯飲みながら、《ビューグル》紙の編集長をつとめるローラ・ベンチリーや、その他数人の友人とおしゃべりを楽しんだ。

「これを飲むとげっぷが出るんだ」トニは胸を叩きながら言った。「炭酸が多すぎるせいだね」

「そろそろ失礼しましょう」スザンヌは言った。お祝い気分はしだいにおさまってきていた。メイクを落とした役者たちは熱演のあととあって表情は疲れきり、早く家に帰りたそうだ。

「うん」トニが言った。ふたりはロビーに出てあたりを見まわした。

「裏から出ましょう」スザンヌは言った。「車をそっちにとめたから」

「わかった」トニは言い、ふたりは通路を進みはじめた。「このまま向こう側まで行けるといいけどね。セットやら小道具やらがいっぱいあるからさ」

ふたりは横倒しになったダイニング・テーブルをそろそろと迂回し、左に折れた。裏はさらに暗くて静かだった。

「気味が悪い」トニが言った。

「ここは劇場の奥よ」スザンヌは言った。「怖がるようなものはなにもないわ」

しかし、ティー・ワゴンのわきを通りすぎたとき、きしむような変な音が聞こえた。

「いまのはなんだろ?」トニが怯えた顔で訊いた。

「劇場がひと段落つけようとしてる音よ。あれは」

トニが天井を見あげた。「うわあああ!」彼女は叫びながら、スザンヌの腕をつかみ、一歩うしろにさがらせた。「あぶない!」

上から耳をつんざくような鋭い音がし、ほんの一瞬、突風が吹きつけた。

「ひゃー!」トニの悲鳴があがり、ふたりからほんの数インチと離れていない場所に大きな書割の一部が落下し、床が大きく揺れた。

スザンヌとトニはその場に固まったようにたがいの体にしがみつきながら、ファイバーグラスの塊を呆然と見つめた。とげとげの歯がついた、明々白々の事実だった——芝居のなかで氷山として使われていた道具の一部じゃないの！

「こんなものがいったいどこから？」スザンヌは頭を仰向け、仕掛け装置に目をこらした。

「わかんない」とトニ。「でも、へたをしたらあたしたちにぶつかってたかもしれないよ。氷山のせいであやうく死ぬところだったんだ。タイタニック号のあらたな犠牲者としてさ」

スザンヌはまだ天井を見あげ……そして聞き耳を立てた。「誰か上にいるの？」と声をかける。

「ワイヤーがゆるんでたんじゃないかな」トニが言った。

でも、そうじゃないかもしれない、とスザンヌは心のなかで反論した。芝居の出演者か芝居を観に来た人が、このささやかな惨劇を仕組んだとは考えられないだろうか？　わたしたちをここまでつけてきた誰かの仕業かもしれない。そう考えられなくもない。ビューサッカーが殺され、ジョーイが襲撃されたいま、スザンヌはいつもとちがうことには極端に疑い深くなっていた。

トニが作り物の氷山に手を触れた。

「まさか、誰かがわざとやったなんて思ってないよね？」

「なんとも言えない。でも、これからは、もっともっと注意を払うようにしないと」

「うん」トニはいきおいよくうなずいた。「そうする」

ふたりはそろそろと、足音をしのばせて裏口まで行き、スザンヌの車に向かった。

シートベルトを締め終えると、スザンヌは寄り道せずに安全に家まで送るとトニに約束した。しかし、マグノリア・レーンを走っていると、トニのお気に入りのカントリー&ウェスタン局からトレイス・アドキンスの『ユーアー・ゴナ・ミス・ディス』が流れ、ヒーターが暖かい空気を吐き出し、緊張はしだいにほぐれていった。

たちまちトニのいたずらの虫が頭をもたげた。「クラウディア・ビューサッカーとジョージ・ドレイパーはホントに不倫してんの？」

「そう思うわ」スザンヌはヒーターを少し弱くした。ガンガン熱風を吹きつけるヒーターと、ふたりのウールのミトンについていた雪が解けるのとがあいまって、車内は濡れた犬のようなにおいがしはじめていた。

「いまこの瞬間も、ふたりは一緒にいるのかな？」トニは訊いた。「金曜の夜のささやかなお楽しみを満喫してたりして？」

「さあ」スザンヌは答えた。ふいにペトラが言っていたことを思い出したのだ——ゴシップのたぐいを広めてはいけない。

しかし、トニはあきらめなかった。「ねえ、クラウディアの家の前を通ってみようよ」

ハンドルを握るスザンヌの手がこわばった。「いまから？」

「当然」とトニ。「噂を鎮めるもっといい方法があるっての？」

「もうずいぶん遅い時間よ」スザンヌは言ったが、実を言うと、彼女も好奇心がうずいていた。

「いたずら小僧みたいに、呼び鈴を鳴らして逃げるわけじゃなし」トニは言った。「こっそり偵察するだけだよ。なにかわかるかもしれないじゃん」

「まあ……そうね」

スザンヌはミルトンとフレモント、ふたつの道路が交差する場所で速度をゆるめ、左に曲がった。そこから先は、大きくて豪勢なお屋敷が建ち並んでいる。

どんな町にもこういう地域はある、とスザンヌは心のなかでつぶやいた。持てる者が幸せに暮らし、持たざる者が不文律によって立ち入らない地域。銀行の頭取や会社の経営者、大物政治家などが暮らし、つるんでいる世界。

ふたりを乗せた車はそうとうりっぱな豪邸ばかりのブロックを通りすぎ、生前のベン・ビューサッカーが住んでいた袋小路に入った。クラウディアはいまもここに住んでいる。

「着いたね」トニが言った。「ここだよ」

車がゆるゆると停止し、ふたりは正面に二対の白い柱が建つ、白い下見板張りの大きな邸宅に目をこらした。冬の真っ只中でも派手で威圧的に見えるその家には、車が四台入るガレージがあり、雪をかぶった生け垣は裏にまでのびていた。

「でかいうちだね」

トニは毎日がむしゃらに働いている自分が、いまだに寝室がひとつだけのアパートメントに住んでいることを、いやでも思い知らされた。

「おそらく支払いは終わってないと思う」スザンヌは言った。「この家に関してはクラウディアの持ち分はほとんどないはず。大半は銀行のものよ」

「そうか。ダンナの銀行のものなんだ」トニはくもったフロントガラスの向こうに目をこらした。「とにかく、誰かの家なのはたしかだよ」一階のほとんどすべての窓に明かりが煌々と灯っていた。

「ねえ、正面には車が一台もとまってないわよ」

「とまってるわけないよ」トニは言った。「ドレイパーがクラウディアの愛人なら、車はガレージにとめるはずじゃん」

「そうなの？」

トニはうなずいた。「昼メロではそうしてるよ。『愛の日々』のデイドラとトロイはそうしてた」

「でも、これは現実の話だわ」スザンヌは言った。しかも、見つかったら、現実の愚かな話になってしまう。

「とにかく、一階の窓からちょっとなかをのぞいてみようよ」

「なんですって？」スザンヌの声が裏返った。

「そんな昂奮した声を出さないでよ。調査の一環だと思えばいいじゃん。どうせ、今週ずっとやってたんだしさ」トニは意味ありげに目くばせした。

まんまとはめられたわ、とスザンヌはひとりごちた。「でも、見つかったら……」

トニは手をひらひらさせた。「そのときは、雑誌か〈メアリー・ジェーン〉の化粧品を売りつけにきたふりでもすればいいよ」

スザンヌはのぞいてみたい気がしつつも、勇気が出ないままますわっていた。

「心配いらないって」トニは車のドアをゆっくりあけた。「ぱぱっとやればいいんだから」

21

スザンヌはしぶしぶ車を降りて、トニのすぐあとをついていった。腰を低くし、側庭の暗がりから出ないよう気をつけながら、親友ふたりはゆっくりと雪を踏みしめ、じりじりと家に近づいていった。いまここで見つかったら、うまく言い訳しなくてはならない。犬が逃げてしまって……。でなければ、イヤリングを落としたみたいで……。こんなものでいいかしら。

クラウディアの家まであと十歩のところまで来ると、書斎だか居間らしき部屋の張り出し窓から、いくらかなかがのぞき見えた。

「気をつけて」スザンヌは小声で注意した。「近づきすぎちゃだめよ」

そう言われたトニは、もちろん忍び足で近づいていった。スザンヌもおそるおそるあとを追った。

書棚の上部や壁にかかった絵が見えてきた。書斎のようね。でなければ図書室か。いずれにしろ、クラウディアは上等ないいものばかりを揃えていた。お金がたっぷりかかるものばかりを。

前方を行くトニが小さな赤い実をつけた茂みをそろそろと抜け、手袋をはめた手を窓がまちにかけた。彼女はつま先立ちになってのびあがり、頭を軽くうしろにそらせた。その口から小さな声が洩れた。「あぎゃ」

スザンヌも好奇心を真っ赤な火かき棒のように燃え立たせ、忍び足で近づいた。窓の下まで行って、なかをのぞいた。

あのふたりだ。猫脚の真っ白なソファで、クラウディアとジョージ・ドレイパーが情熱的な抱擁をかわしている。

「すっごい」トニが押し殺した声で言った。「あんなはかなげな外見の下に激辛タマーレが隠れてたとはね!」

ふたりはあきれたようなくぐもった忍び笑いを洩らしながら、そそくさと退却し、安全な車のなかに戻った。一ブロック遠ざかったところでトニが言った。

「保安官に通報しよう!」

「なにを通報するの?」スザンヌは言った。まだ息が切れ、目撃したばかりの光景に頭がくらくらしていた。「地元の葬祭業者がずいぶんとおさかんだってことを? だいいち、その線でのシナリオなら、けさ保安官に伝えてあるわ」

「でも、これで本物のシナリオになったんだよ。思いっきり熱いシナリオに」

「顰蹙《ひんしゅく》ものなのはたしかだけど、法律で禁止されてるわけじゃないもの」ご主人が亡くなったのだから、不義密通にはあたらないわよね?

「胸くそ悪いと思わない？」とトニ。「ほんの数日前にダンナが殺されたってのに、クラウディアってば、もうべつの男の腕に抱かれてるんだよ。あの女がベンを亡き者にしようとしたんじゃないかって思えてくるよ」

スザンヌはしばらく無言だった。「あるいは、目を向けるべきはドレイパーさんかも。あの人がお膳立てしたとも考えられるわ」

「クラウディアとお金の両方を手に入れるために？」トニが訊いた。「うひゃー。それはまたずいぶん大胆な仮説だね！」

スザンヌはあらためてトニのアパートメントの方向に車を走らせたが、トニにはどうしてもやっておきたい用事がもうひとつあった。

「今夜、お宝探しに行くって約束だったよね」トニはなかば媚《こ》び、なかばすねたような口調で言った。

「もう十時をまわってるのよ」スザンヌは言った。「いつもならとっくにベッドにもぐりこんでる時間だわ」

「まだ宵の口だって。だいいち、冒険心はどうしちゃったのさ？　若い頃は九時を過ぎてから出かけてたのに」

「マドンナやディーヴォを聴きながらね。しかも、枕ほども大きな肩パッド入りの服を着て。でも、あのときとはちがうの。わたしたちも少しばかり歳を取ったし」

「あんたと山わけするからさ」とトニ。

スザンヌはアクセルを踏む足をゆるめた。「賞金を？　そんなことしてもらおうなんて思ってないわ。お宝メダルを見つけることが、そんなに大事なの？」

トニはうなずいた。「うん」

「わかった。三十分だけよ」

「やったー！」とたんにトニはバッグのなかを引っかきまわし、ヒントを書いたメモを引っ張り出した。

「いちばん新しいものから見ていきましょう」スザンヌは言った。「それでおおざっぱに推理するの」

「左を見て、右を見て」トニはぼそぼそ読みあげた。「なんとかかんとか、あたえられた手とじっくりつきあえ、溶けないようにご用心！」トニは息をついた。「これまで出たヒントはどれも、凍ってるものをしめしてるけど、それってほとんど役に立ってないよね」

「ヒントはフィッシュ湖をしめしてるのかも」スザンヌは言った。「明日、氷上釣り大会が開催される場所よ」

「そうだね」トニは言ったが、いまひとつ納得していない様子だった。

「あるいは、この町の雪だまりや凍った通りのことかしら」

「それじゃちっとも範囲がせばまらないよ」

スザンヌはまだ考えていた。「カトーバ川はどう？」カトーバ川はキンドレッドの西端をくねくね流れる小さな川だ。夏はその美しい川でマス釣りやタイヤチューブを使った川下りが楽しめる。冬には、川岸近くに住む人たちが雪をどかし、アイススケートができるようにしてくれる。おかげで、怖い物知らずのスケーターたちは、絵のように美しい景色を堪能しながら、誰にも邪魔されずに何マイルも滑ることができるのだ。

「お宝メダルは凍った川のどこかに隠されてると思ってるんだね」トニは言った。「でも場所は？」

「ヤマをはるとすれば」スザンヌは言った。「クリークサイド公園近くを探すかな。川幅が広くなってて、子どもがホッケーやらなにやらで遊んでるあたり。あそこならちょっとした駐車場もあるし、ピクニックテーブルもある」

「最初にそこを探すわけ？」トニが訊いた。

「そこがいちばん有望だと思うの」

ふたりはアイヴィー・レーンに乗り、川沿いを走る細い道のカトーバ・パークウェイに入った。

「公園が見えてきた」トニはひとりで盛りあがり、来るべき冒険に胸を躍らせていた。

「誰もいないわ」スザンヌは駐車スペースに車を入れた。ひとつきりの街灯が駐車場を黄色い光で照らしている。しかし、氷上は真っ暗な闇に包まれていた。

「よかったじゃん」トニが言った。「誰も来てないってことは、誰もここを思いついてないってことなんだから」彼女は人差し指を曲げて、自分の側頭部を軽く叩いた。「おつむのいいあたしたち以外はさ」

ふたりはふたたび防寒着を着こみ、スカーフと手袋を身につけ、車を飛び降りた。スザンヌはトランクルームにまわり、懐中電灯を二個出した。

「照明弾はないの？」トニは訊いた。

スザンヌはトランクを閉じた。「宝探しをするのよ。事故現場じゃないんだから」

トニは懐中電灯をつけ、節くれだった真っ黒なオークの木立に光を這わせた。

「ここだって気がするな」彼女はぽつりと言った。「街から近いけど、人けがなくてさ。しかもなにもかもいい感じに凍ってる」

「わたしが宝探しの関係者だったら」とスザンヌ。「川の真ん中にメダルを隠すわね。ホッケーのゴールネットにはさまれた部分に」

トニは凍った川に懐中電灯の光を振り向けた。「氷に穴を掘って埋めるってこと？」

「埋めこむのよ。たいらになるように」

「そうすれば表面がでこぼこしないから、スケートをしても大丈夫ってわけだ」トニはその説に傾きはじめていた。

「単なる思いつきだけどね」スザンヌは言った。「勘よ」

「でも悪くないよ」トニは張り切った様子で土手を踏みしめるようにおりていき、氷に片足をのせた。

「滑るわよ」スザンヌもあとにつづいた。「注意してね。骨折なんてごめんだわ」

しかしトニはすでに氷の上をなかば滑り、なかば小走りしながら片方のゴールネットに近づいていった。数フィート手前で足を思いきり蹴りあげ、そのままネットにスライディングした。

「ゴール!」両手を高く突きあげて叫んだ。

しかしスザンヌはべつのものに気を取られていた。半分まで来たところで、向こう岸のカバの木立のなかを小さな影が音もなく動いていくのが見えたのだ。なんだろう、あれは?

そのとき影がまた動き、きらきら光る目がふたつ見えた。コヨーテ?

たしかにコヨーテだった。もじゃもじゃの毛をした小動物は、怯えた様子でガリガリに痩せていた。

たちまちスザンヌは、そのあわれな動物に同情した。寒そうだし、はぐれているようだし、おそらくはおなかをすかせていることだろう。無理なのは承知で、なんとか食べる物を見つけてやりたいという気持ちになった。あの痩せこけた動物が飢えて死なないよう、なにか食べさせてやらなくては。

群れはどこにいるんだろう?　それとも迷子なのかしら?　まさか、ライバルに群れから追い出されたとか?

トニもコヨーテに気づいたらしく、いくらか不安そうな顔でじっと見ている。

やがてコヨーテは顔をあげると、風に乗ってきたあらたなにおいを吸いこもうとするように鼻づらをわずかに上向けた。それからいきなり、毛むくじゃらの体をこわばらせて向きを変えた。尾がちらりと見えたかと思う間もなく、コヨーテはその場から消え、暗がりに溶けこんだ。

「ねえ、いまのは……？」トニが言いかけたそのとき、モーターが回転する甲高い音がすぐ近くから聞こえた。

今度はなんなの？　スザンヌはいぶかった。その疑問が頭のなかで完全な形になるより早く、一台のスノーモービルが突然、暗がりから突進してきた。

「あぶない！」トニは叫び、ゴールネットのうしろに身を隠した。

しかしスザンヌは凍った川のど真ん中で身動きが取れなかった。相手はまっすぐ彼女にねらいをさだめ、スノーモービルの黄色いヘッドライトが上下に激しく揺れている！　運転手は真っ黒な服に身を包み、スモークシールドのついたヘルメットをかぶっていた。スノーモービルにまたがった悪魔が、わたしに危害をくわえようとしている！

三十フィート、二十フィート、十フィート——マシンはものの数秒のうちにぐんぐん接近してくる。考えている時間はない。行動する余裕すらほとんどない！

スザンヌはスノーモービルが方向を変えそうにないと確信できるまで待って、横に飛びのいた。運を天にまかせての無謀な跳躍によって彼女の体は宙を飛び、右の腰から派手に着地した。

「あぶない！」トニが叫んだ。「戻ってくる！」

スザンヌは急いで立ちあがると、滑らないよう気をつけながら、なにもない氷の上を突っ切って、安全なゴールネットを目指した。

しかし、とても間に合いそうになかった。スノーモービルは威嚇するような甲高いエンジン音を響かせながら急旋回し、ふたたび彼女に向かって爆走を始めた。

スザンヌは必死の思いでゴールネットのほうによたよたと進んだ。

「早く、早く！」トニが大声でせかした。半狂乱で手を大きく振り動かしている。「大丈夫だよ！」

しかし大丈夫というにはほど遠かった。スザンヌはくるりと向きを変え、つま先立ちになって襲撃者と向かい合った。相手の進路からいま一度飛びのくしかない。

二十フィートのところまで迫ったスノーモービルが、わずかに速度を落とした。

ねらいをしっかり定めているの？　確実に仕留めるために？

スノーモービルはうなりながら回転数をあげ、ぐんぐんと近づいてくる。今度もまた、黒光りするスズメバチのような形のノーズを、まっすぐスザンヌに向けている。しかしこのときのスザンヌは、さっきより一拍よけいに待った。そして、飛びのく寸前、持っていた懐中電灯をスノーモービルめがけて投げつけた。

懐中電灯はくるくるとまわり、わずかばかりの光をまき散らしながら、スノーモービルの風防ガラスにまともにぶつかった。硬化プラスチックの破片が四方八方に飛び散り、乗り手はあきらかに驚いた様子で大きくハンドルを切った。

「いい気味！」スザンヌはわめいた。頭に血がのぼり、これまでにない怒りを感じた。取り乱した女のように歯をぎりぎりいわせると、いま一度甲高い声をあげ、襲撃者を追いかけて取り押さえようとした。そのとき腕をぎゅっとつかまれ、彼女はわれに返った。

「落ち着きなって」トニが言った。「もういないよ。あの頭のおかしな野郎はいなくなった」

スザンヌは唇をゆがめ、遠ざかるライトをにらみつけた。「今度会ったら！」彼女は威嚇するように握りこぶしを振った。「今度会ったら……」

「もう、いいから」トニはスザンヌをつかんだ手に力をこめると、彼女をしたがえ、氷の上を駐車場のほうにゆっくり引き返した。

「殺してやる！」スザンヌは誓った。「殺してやるんだから。絶対に」

「あのさ」凍った土手をよじのぼりながらトニが言った。「あたしが運転するよ」

車はトニが運転し、スザンヌはトニのアパートメントに着くまでずっと、腹立たしげにぶつぶつ言っていた。目的地に着くと、トニはいらいらと両手でハンドルを叩いた。「あそこまでキレたあんたを見るのは初めてだよ」

「ごめん」スザンヌは額にしわを寄せた。「さすがに反省……」

「ちがうって」トニはさえぎった。「頭にきて当然だよ。あんたをひき殺そうとしたんだからさ！」彼女はかぶりを振った。「あのばか野郎のヘルメットを落っことしてやれなくて残念だった。うまいこと考えたよね、懐中電灯を投げつけるなんてさ」

「風防ガラスも割ってやったことだしね」とスザンヌ。

「風防ガラスがあそこまで割れていれば、犯人は簡単に見つかるんじゃないかな」

「かもね。でも、いまはそういうことは考えたくないの、いい?」

トニは覆いかぶさるようにして、スザンヌを荒っぽく抱き締めた。「わかった」それから身をくねらせながら運転席に戻り、ドアをあけた。「大丈夫? ちゃんと家に帰れる?」

「もちろんよ」

しかしスザンヌはまっすぐ家に帰らなかった。とても帰れなかった。まだ昂奮がおさまっていなかった。ふと思いついて、デュカヴニーの農場へと車を走らせた。場内灯がついていて、一面の雪に淡い光を投げかけ、納屋といくつかの小屋をくっきりと浮かびあがらせている。しかし、家のなかはひとつも電気がついていなかった。

きっとベッドで眠ってるんだわ。もちろん、そうじゃない可能性もある。誰も家にいないという可能性が。

車を降りて、納屋のドアの前まで行った。ドアを横に引いてあけると、ずらりと並ぶ馬房の前を次々に通りすぎた。納屋のなかは暗かったが、場内灯のかすかな光が低い窓から射しこんでいた。

これで充分。ちょうどいいくらい。

愛馬のモカ・ジェントはスザンヌのにおいや足音がわかるのか、でなければ動物版の霊能者なのだろう。彼女が近づいていくとうれしげに小さくいななき、胸を馬房のドアに押しつけた。

「こんばんは」

スザンヌは手をのばし、モカの耳のうしろをかいてやった。それから、彼のローマ鼻を、つづいて剛毛に覆われた顎をてのひらでなでた。さらに親愛のしるしとして顔を近づけ、小さく息を吹きかけた。馬はこうされるのが大好きだ。信頼できる味方であることを意味するからだ。

モカの隣の房から、グロメットが落ち着かなげに動きまわる音が聞こえた。
「大丈夫、きみを忘れてるわけじゃないから」横に移動して軽く叩いてやると、彼は大きな耳をぴんと立てた。「いい子ね。きみのことも大好きよ」グロメットには乗らないが、彼はモカのいい仲間だ。

スザンヌは一歩うしろにさがって、納屋全体を見まわした。目が少しずつ暗さに慣れたせいで、いろいろなものの見分けがつくようになっていた。壁にかかった馬具、古い荷馬車、山と積まれた干し草やわらの梱。

彼女の目は屋根裏の干し草置き場に通じる細い階段に移った。

上にコルビーはいるかしら？　干し草置き場に隠れていたりして？　前にあそこでひと晩過ごしたと言っていた。舞い戻っているかもしれない。動物たちの体が発する熱と暖かい毛布があるから、寒さはしのげるはずだ。
「コルビー？」と呼んでみた。つづいてもう一度、今度は少し大きな声でせっつくように呼びかけた。「コルビー？」

耳をすましたが、なにも聞こえない。

それでも、コルビーが近くにいるような気がしてしょうがなかった。保安官はこの直感をばかにし、下卑た冗談のネタにするだろうが、絶対に確信がある。この種の勘はたいていの女性にそなわっている。人あるいは状況が少し危険であることを伝える、いわば虫の知らせだ。女性としては、後悔するよりも安全であるほうを選びたい。

納屋を出ると、リード・デュカヴニーのスノーモービルが目に入った。来たときには見た記憶がない。えっ？　目に入らなかったのかしら？　あれが今夜自分を襲ったスノーモービルだろうかと思いながら、ゆっくりと近づいていった。

忍び足で近くまで行き、プレキシグラスの風防をじっと見つめた。どこも壊れていない。ちょっと待って。たしか、リードはスノーモービルを二台持っていたんじゃなかった？　もう一台はどこだろう？　詮索好きな目にさらされないよう、どこかに隠してあるの？　それともキャブレーターの交換で、どこかの小屋にしまってあるのだろうか。

スザンヌはファームハウスをひたと見つめて、首をひねった。リードは危険な存在なんだろうか？　そもそも彼は人殺しなんだろうか？

そうとは思えなかった。少なくとも、そうでないことを祈った。

二十分後、スザンヌは無事に自宅に帰り着いた。ようやっと。グレーのスウェットパンツと淡いピンクのセーターに身を包み、UGGのスリッパを履いて、牛乳を飲んだ。手持ちのCDをあさり、レディ・アンテベラムのアルバムを選び出した。いまはそのレディ・アンテベラムの『ニード・ユー・ナウ』が流れ、彼女はその実感のこもった歌詞を口ずさんでいた。

「いまは夜中の一時十五分。わたしはひとりぼっち。いますぐあなたが必要なの……」

玄関のドアをノックする音がして、スザンヌはぎくりとした。居間の明かりを消して、入口に向かった。慎重に、そろそろと玄関のドアの小さな窓から外をうかがった。

スザンヌは小さく叫ぶと、ドアを引きあけ、そのままサムの腕のなかに飛びこんだ。

「ハグが必要かな?」サムが訊いた。

「いますぐあなたが必要よ」スザンヌは答えた。

22

ペトラが愛用している大きな鋳鉄のフライパンで、赤と緑のピーマンに混じってリンゴ入りチキンソーセージがおいしそうな音をさせている。お客がふだん食べている豚の脂身とくず肉でできたものとはちがい、低カロリーでヘルシーなソーセージだ。

いまは土曜の朝で、この日の営業は朝食のみ。メニューはピーマンのフリッタータ、パンケーキ、イングリッシュマフィン、それにソーセージという簡略版だ。予定では十一時に店を閉め、スザンヌとトニは盛大な氷上釣り大会に向かうことになっている。ペトラは店に残って、駐車場の雪かき、側面のあいた大型テントの設営、大鍋の据えつけなど、明日の夜におこなわれるウィンター・ブレイズ・パーティの準備を取り仕切る。

「ポークソーセージはないのかと言われたら、なんて答えればいい？」トニは厨房で鉛筆を耳にはさみ、細いウエストにエプロンを結んでいた。

「品切れだと言えばいいわ」ペトラが言った。

「これから先もずっと？　だってさ、農場の連中のなかには、本物のソーセージじゃないと気がすまないのもいるからさ」

「そういう人には、うちのリンゴ入りチキンソーセージもぜひおためしを、と勧めるの」

「そうするよ」トニは歌うように言った。「気に入ってもらえないだろうけど」

「スザンヌ？」ペトラが呼んだ。「無塩バターは見つかった？」

箱が山と詰まれた冷蔵室からスザンヌがうしろ向きに出てきた。「ええ、ここにあった」

「それも、みんな好きじゃないと思うよ」トニが言った。

「無塩バターが？」スザンヌは言った。「どうして？　最高レベルのシェフだって使ってるのよ。フランス料理にはなくてはならないものなんだから」彼女は最近、サン・ヴィスタ・クリーマリーという、職人による手づくりバターが売りの地元の小さな工房に出会っていた。

「フランス料理なんてよその国の料理じゃん」とトニ。

「ずいぶんご機嫌斜めね」ペトラが卵液をフライパンに流し入れながらトニに声をかけた。

「どうかした？」

「うん、それがさ……」トニはスザンヌのほうに目を泳がせた。「ペトラにしゃべってもいい？」

「なんの話？」

トニは下唇を嚙んだ。「ゆうべのこと」

ペトラはバターを入れる手をとめた。「お芝居のことじゃないみたいね」

「実はお芝居のあとのことなのよ」スザンヌは言った。

「まあ。なにがあったの？」

そこでふたりはペトラに打ち明けた。クラウディアの家のまわりをこそこそ嗅ぎまわったことにくわえ、お宝メダルを探しに行ったら、真っ暗闇のなかで頭のいかれたスノーモービル乗りに恐ろしい目に遭わされたことも。

「スノーモービル乗り」ペトラはほとんど吐き捨てるように言った。「裏にワイヤーを張った悪党と同一人物かしらね」

トニは肩をすくめた。「ちがうんじゃないかな」

「あなたがちがうと言うときは、だいたいその反対なのよね」ペトラはあきらめたような大きなため息をついた。「まったくあなたたちときたら、自分から面倒に飛びこんでいくなんて」

「べつになんとなくそう……なっちゃっただけよ」スザンヌは言った。ペトラのあまりの動揺ぶりに、なんだか申し訳ないような気になった。

「いまの話、その一部でも保安官にした？」ペトラが訊いた。

「役に立つとは思えないよ」とトニ。

「とにかく、話さなきゃだめ。どんな結果になるかはわからないけど。保安官はあなたたちを粉々に吹き飛ばすかもしれないし、聞いた情報を事件の解明に利用するかもしれない」

「場合によったら話すわ」スザンヌは言った。

「場合によったらじゃだめ。ちゃんと話さなきゃ」ペトラは言うと、こっそり逃げ出そうとドアに向かってじりじり移動していたトニをにらんだ。「いまの話、必ず全部、保安官に伝えるのよ、いい？」

「うん、わかった」トニは言い、ようやく脱出を果たした。

「ペトラってば、やけに不機嫌だったね」トニは言った。彼女がグレーズドーナツとイチゴのマフィンをパイケースにしまうかたわら、スザンヌはポットにイングリッシュブレックファスト・ティーを淹れていた。

「心配してくれてるのよ」スザンヌは言った。

「自分の面倒くらい自分で見られるっての」

スザンヌは昨夜のことを、氷の上でどれほど怖い思いをしたかを思い出していた。トニの言うとおりかもしれないし、そうでないかもしれない。茶葉がゆっくりとひらいていくのを見ながら、少し間をおいた。「ゆうべ、サムが訪ねてきたわ」

「彼には一部始終を話した？」

「ううん。話したかったけど……黙ってた」

「それでいいんだよ。この問題はあたしたちで解決しなきゃ。保安官よりも先に」

「このパズルには奇妙なピースが多すぎるわ」スザンヌは言った。「殺人、不倫、ジョーイへの襲撃、それに……」

トニが指を一本立てた。「でも、きょうだけはあたしたちのぼんやり頭をそんなことで悩ますのはナシだからね。だってきょうは――氷上釣りをするんだからさ！」

スザンヌは思わず笑った。トニがひどく真剣でひたむきな顔をしていたからだ。

「いつからそんな釣り好きになったの？」

「一等の賞金が百ドルだってわかったときから」トニは答えた。「さて、これで準備完了っと。ジュニアからスピンキャスト用ロッド二本と餌にするミノウをバケツ一杯もらったんだ」彼女は窓から自分の車をうかがった。「ミノウがカチカチに凍ってないといいけど。まあ、そのうち解けるか。三枚におろしてなんかないからね。すんごくちっちゃいんだ」

「とてもそそられる」スザンヌは言った。最後に釣り餌を鉤針につけようとしたのは、十歳のときに行ったバイブルキャンプでのことだった。けっきょく、ブラウスの背中にミミズがへばりつき、泣きべそをかくはめになった。

「ジャングル・クルーザーで行くから、湖の上だって走れるよ」ジャングル・クルーザーとは古いシェビーにトニがつけた愛称だ。「絶対に滑らないようにって、ジュニアがスタッドタイヤに替えてくれたんだ」

「それは禁止されてるんじゃなかった？」

トニは口の前で指を一本立てた。「シーッ」

「スザンヌ、トニ！」ペトラの声が飛んだ。「そっちはどんな具合なの？」

モーニングタイムはまたたく間に過ぎ去った。トニが注文取りと給仕の大半を受け持ち、スザンヌは古い真鍮のレジスターのところで待機して、おつりを渡し、飛び出していってテーブルを片づけ、必要とあらばおかわりを注いだ。

ふたりはてきぱきと無駄なく働いた。トニは三十秒だけ持ち場を離れて宝探しの第四のヒントに耳を傾け、すべてきちんと書きとめると、鉛筆の消しゴム部分を噛んだ。

十一時十五分にはもう、目的地に向かっていた。防寒着に身を包み、油くさい黒煙を吐き、わだちや穴ぼこの存在をいちいち教えてくれるトニのジャングル・クルーザーに揺られながら。

「ゆうべのことをずっと考えてたんだ」トニはギヤをぎしぎしいわせながらシフトダウンした。

「そう」スザンヌは言った。トニの車からは致死量の二酸化炭素が出ている気がして、サイドウィンドウを少しだけあけた。

「クラウディアとジョージに見られたかなって」

「どうしてそう思うの？」

トニは旧式のプレーヤー――色とりどりのスパゲッティみたいに赤や黄色や緑のケーブルが突き出ている――にカセットを押しこんだ。「ひょっとしたらだけど、ゆうべのいかれたスノーモービル乗りはジョージ・ドレイパーだったんじゃないかと思ってさ。あたしたちのあとをつけてきたのかもしれないよ」

「相手がすごく……思いつめてた感じだったから？」

トニはにやりと笑った。「うん、たぶん」

「とにかく、何者かがわたしたちに警告しようとしたのはたしかだわ。脅して追い払うにしろ、やめさせるにしろ」

「そうだよ」全方向一時停止の交差点が近づき、トニは思いきりクラッチを踏みこんでマニュアルシフトと格闘し、力ずくで変速レバーをセカンドとサードの中間にある危険地帯に入れた。

「疑問は残ったままということね」スザンヌは小さく咳をし、ウィンドウをさらに少しおろした。「誰だったの？　誰がゆうべ、わたしたちを追まわしてきたの？　それが差し迫った疑問だわ」


車は色褪せた緑色のボートハウス――冬期休業のため板で囲ってあった――を過ぎ、凍りついた出口ランプをくだった。やがて前方に、広さ約二千エーカーのフィッシュ湖が見えてきた。比較的小さな湖で、カワメンタイやコイなどの雑魚がとれることで知られている。しかし、天然資源局が四年ほど前、ウォールアイの小魚を放流していることから、きょうの氷上釣り大会にもわずかな希望があった。

「あわわ！」凍った湖面に乗り入れようとしたとき、トニが大声をあげた。「あれを見てごらんよ」

「まるでお祭り騒ぎじゃないの」スザンヌは言った。

実際そうだった。湖の真ん中に村がひとつまるごと、ひと晩のうちに誕生したと言っても過言ではなかった。ポップコーン屋台、ビールを売る赤と黄の縞模様のテント、熱々のプレッツェルを売るスタンド、それにチリコンカン、タコス、チーズのフライ、バッファロー・ウィング（鶏手羽肉を素揚げにし、辛いソースをからめた料理）、スティックに刺したピクルスなどを売る、教会主催の屋台が並んでいた。そして、スノーモービル用ウェア、防水ブーツ、迷彩柄の上着、スキージャケットなどでしっかり厚着している二百人以上もの氷上釣り愛好家たちの姿もあった。しかしもっとも目をみはったのは、釣り小屋の数だった。少なくとも五十はくだらないだろう。大きさはウィネベーゴ社のキャンピングカー並みのものもあれば、小さな屋外トイレ程度のものなどさまざまだ。

トニがおかしそうに笑った。「なにかの本にあったよね。魚を一匹やれば一日食いっぱぐれることはない。魚の獲り方を教えてやれば、あのおかしな小屋にこもって一日じゅうビールをかぶ飲みするだろうって」

「そんなこと、なんの本に書いてあるの？」スザンヌは笑いながら訊いた。

トニはスノーモービルスーツを着た自分を親指でしめした。「あたしの日記さ」

トニが車をとめると、ふたりは飛び降りてスピンキャスト用ロッドとミノウの入ったバケツを出した。スザンヌはペトラに借りた防水ブーツを履き、毛糸の帽子を深くかぶった。

「釣り用の穴がたくさんあけてあるよ」トニはあたりを見まわしながら言った。「てきとうに選んで、釣り糸を垂らそう」

「いいわ」スザンヌは言った。場所を決め、たいした手間もなく鉤針に餌をつけて細かな泡の立つ水中に投げ入れると、気の毒なミノウはたちまち沈んでいった。「で、どうするの？」

「あとはじっと待つだけ」トニは言った。「赤い浮きが見えるよね？」

「ええ」

「あれが沈んだら、釣り糸をしっかり握って、ひたすらたぐるんだ」

「わかった」スザンヌは答えた。フライフィッシングなら少し経験があって、カワマスやニジマスを釣りあげたことがある。しかしこういう、いわば受け身の釣りはまったく初めてだった。ぴくりともしない浮きをじっと見つめ、足を何度も踏みかえるうち、釣り小屋にビールがたっぷりストックされ、テレビの衛星放送設備までそなわっている理由がわかってきた。死ぬほどの退屈をまぎらわせてくれるものが必要なのだ。

「あ！」トニが叫んだ。「見てごらん。ドゥーギー名人の登場だよ！」

ドゥーギー保安官の黄褐色とクリーム色の巡回車が、ふたりの前をそろそろと通りすぎていった。保安官はパイロットがかけるみたいなミラーサングラスごしに、この壮観な光景を観察していた。サングラスはハイウェイ・パトロールに勤務している友人の影響だった。

保安官が車をわきにとめて降り、ズボンをずりあげてから、悠然とした足取りで各グループをまわり、会釈したり握手したりするのをスザンヌたちはじっと見ていた。またスザンヌの見たところ、彼はその場でおこなわれているすべての飲酒行為に目をつぶっていた。地元の海外戦争復員兵協会が町の認可を受けて提供しているビールは問題ない。しかし蒸留酒は本来、禁止だ。ようやく保安官がふたりのもとにやってくると、情報を引き出したくてうずうずしていたスザンヌは、さっそく質問を浴びせた。

「ミネアポリス警察に電話した？　コルビーに関する情報をなにかつかんだ？」

保安官はばかじゃないかという目で彼女を見た。「冗談言うな。あっちには行方不明の子どもが何十人といるんだ。最後に勘定したときは六十人だったそうだ」

「コルビーの人相に合う子はひとりもなし？」

保安官は鼻を鳴らした。「全員が合致してるんだよ！　どいつもこいつも同じように痩せっぽちの浮浪児ふうで、黒っぽい服を着てやがる」

「コルビーの恰好はゴスふうだよ」トニが割って入った。「それは伝えた？」

「伝えてない。そいつがどういう意味かさっぱりわからんからな」保安官はトニに顔をしかめてみせた。「あんたはどういう意味かわかってるのか？」

トニは返事に窮した。「ええと、だから、映画の『トワイライト』に出てくるような子どもってことじゃないかな」

「そう言われてもさっぱりわからん」

「ねえ、保安官」スザンヌは言った。「昨夜、不可解な経験をしたの」

保安官はハンカチを出して、盛大に洟をかんだ。「ん？」

スザンヌは頭のいかれたスノーモービル乗りにひき殺されそうになった話をてきぱきと伝えた。慎み深い性格ゆえ、クラウディアとジョージ・ドレイパーが親愛の情を超えた抱擁をかわしていたところを目撃したくだりは、意図的に省略した。

「カトーバ川だと？」保安官は言った。「そもそも、そんなところに行くほうが悪い」

「お宝メダルを探してたんだよ」とトニ。

「犯人の捜索がおこなわれてるってときに、宝探しを決行するとは愚かにもほどがある！」保安官はふたたび洟をかみ、じりじりとふたりから離れはじめた。「あんたらお嬢さんたちは、絶対に捜査の邪魔をするんじゃないぞ」

「あ、そう」スザンヌはいらだたしい思いで、遠ざかっていく保安官の背中に向かって言った。「わかったわよ」しかし、すでに自分が深みにはまっているとわかっていた。


「退屈？」

トニが訊いた。彼女は氷の上に毛布を敷いてすわっていた。

「それほどでもない」

スザンヌは答えたが、氷上釣りは塗ったペンキが乾くのを見ているのにひとしいと心のなかでは思っていた。

「でも、なにか食べものを取ってきましょうか？」

トニは急に元気になった。「チリ？」

「刻んだチーズとサワークリームの入ってるのがいいわね」この単調さを打開してくれるものならなんでもよかった。「ちょっと行って買ってくる」

スザンヌは体が動かせるのと、知り合いのなかにまぎれこめるのがうれしくて、食べ物の屋台に向かって人混みをかきわけていった。氷にあいた穴をよけながら進んでいくと、みんなずいぶんたくさん釣っている。大きさもりっぱだ。ひょっとして、ジュニアからもらったミノウがとんでもない不良品なのかしら。

「スザンヌ！」明るくはずんだ声がした。

振り返ると、ミッシー・ラングストンがあいさつしようと駆け寄ってきた。

「あら、キンドレッドのセダ・バラ（無声映画の時代に人気のあった女優）じゃないの」しかし、自分より何歳か若いミッシーにはその比喩はわからないかもしれないと考え直した。「キンドレッドが生んだ大女優さんは元気にしてた？」

「まあまあよ」ミッシーは答えた。「実はカーメンがもうお店を閉めたの。だからつかの間のオフを楽しんでるところ」

「よかったわね」

「まあ、今夜の氷の彫刻コンテストに出ろと言われてるから、数時間後には戻らないといけないけど」

「なんの形にするの？」トニとペトラは巨大なケーキの形に彫ると話していたが、その後どうなったのかスザンヌは知らなかった。

「うーん、たぶん、女性の像になると思う。でも、すごくファッショナブルなものにするつもり」

「スタイル画やトルソーみたいな？」

ミッシーはうなずいた。「ええ、そんな感じ」

「ミッシー！」下卑た声が響いた。

ふたり一緒に振り返ると、レスター・ドラモンドがものすごいスピードで近づいてくる。

「あら、やだ」ミッシーはとたんに落ち着かない顔になった。「また、あいつだわ」

「ドラモンドにつきまとわれてるの？」スザンヌは訊いた。

「そうなの、しつこくて。わたしをデートに誘いたいらしいわ」

「絶対にだめよ」スザンヌが声を殺して言うと、ドラモンドがいつの間にかふたりの前に立っていた。

「きょうの顔はすがすがしくて、えらく輝いてるね」ドラモンドは気持ちの悪い笑みをミッシーに向けた。「昨夜の芝居の疲れは取れたかい？」

ミッシーはうなずいた。

「こんにちは、レスター」スザンヌは声をかけた。

「ああ、やあ」ドラモンドはろくにスザンヌを見もせずに言った。

「ブラートヴルスト・ソーセージでもおごろうか？」ドラモンドは言った。

「残念だわ。いま食べたばかりなの」ミッシーはほがらかに言った。「それに、スザンヌと大事な用があるのよ。だから……急がないと」彼女はスザンヌの腕をつかむと、一緒にその場をあとにした。

「またあとでな！」ドラモンドが声をかけた。「絶対だぞ！」

「ひゃー」ミッシーは小さく体を震わせた。「あの人を見ると鳥肌が立ってきちゃう」

「同感よ」スザンヌは言った。

「稽古のあいだじゅう、わたしに言い寄ってばかりだったのよ。こっちはいっさいかかわりたくないのに。クレイグズリスト（地域情報コミュニティサイト）を悪用したストーカーって感じ」

「ドラモンドが仕事の邪魔をするって、カーメンに訴えてみたら？　彼女がすぐに追い払ってくれるわよ」

「いいアイデアね」

「あらら」一台の車がぷすぷすいいながら近づいてくるのに気づき、スザンヌはその場に立ちつくした。「ジュニアだわ！」

「トニのご主人の？　じゃなくて、別れたご主人だっけ？」とミッシー。

「じきに元がつくご主人よ」

「あの車、どうしてあんなにもくもく煙が出てるの？」ミッシーは訊いた。ジュニアの車のフロント部分から黒煙が盛大に噴き出し、小型の竜巻みたいに渦を巻きながら空へとのぼっている。「エンジンから火が出てるみたいに見えるけど」

「来て」スザンヌは言った。「教えてあげる」

23

スザンヌとミッシーはゆっくりとジュニアに近づいていった。この日の彼は、黒いスキージャケットにジーンズ、足にはきらきら光る青のヴィンテージものの防寒ブーツを履いていた。

「なにを料理してるの、ジュニア？」スザンヌは声をかけた。

スザンヌに気づいたとたん、ジュニアの顔がぱっと明るくなった。

「よお、スザンヌ！　ミッシーも一緒か。元気でやってるかい、おふたりさん」彼は手をさっと動かすと、車のフロントにまわりこんだ。「ちょうどいいとこに来た。いまカークッカーでホットドッグと豆の煮込みをつくってるんだ」

「カークッカー？」ミッシーが顔をしかめた。

「あしたはバーベキューリブに挑戦するぜ」ジュニアは鼻高々だった。

「見てのとおり」スザンヌはミッシーに説明した。「ジュニアの新発明なの」

「ものすごく奇妙な発明みたい」ミッシーは言った。「そんなことより、とても知りたいんだけど、これって本当に動くの？」

「本当に動くかだって？　ここにあるこいつは、未来なんだよ」ジュニアは息巻いた。「ファストフードや脂ぎったダイナーのめしなんぞ、このおれが終わらせてみせる」

「ふうん」ミッシーはあきらかにどうでもよさそうだった。

「なあ」ジュニアはスザンヌに言った。「ミノウはまだいくらか残ってるか？　そいつにバターをたっぷりまぶせば、みんなフライのにおいだって思いこむよ」

ブルン！　ラタタタタ！

どこからともなく、スノーモービルが現われ、まっすぐスザンヌに向かってきた。きのう、自分をひき殺そうとしたあいつではないかと戦慄《せんりつ》が走り、本能的に身を低くして隠れなくてはと思った。しかし、まさか二百人もの目撃者がいるところでひき殺したりするだろうか？

スノーモービルがうなりをあげながら彼女の二フィート前方で停止したとき、その疑問は即座に氷解した。運転手がヘルメットを引っ張るように脱いだ。

スザンヌは目をぱちくりさせた。「サム？」野太い音をさせているスノーモービルにまたがっているのは、本当にわたしのサムなの？　ええ、たしかだわ。

「どう、驚いた？」サムはにんまりと笑った。髪の毛がてんでんばらばらな方向を向いていた。

「なんでそんなものに乗ってるの？」

サムはスノーモービルを降りた。「きみをうんと驚かせたくてさ。きみのために借りたんだ」

スザンヌは一歩うしろにさがった。「スノーモービルになんか乗れないわ」昨夜の恐ろしくも不気味なマシンの記憶が、いまも生々しく残っている。サム、ゆうべわたしの身になにがあったか、あなたには想像もつかないでしょう？

「大丈夫、乗れるさ」サムはシートを手で軽く叩いた。「ほら、乗ってごらん。湖のまわりを軽く一周しよう」

「乗ったらいいじゃない」ミッシーが加勢した。「きっと楽しいわよ」

「あとでね」スザンヌはまだ尻込みしていた。

「いまじゃなきゃ」サムが手をのばして、彼女の手をつかんだ。「さあ、うしろに乗って」

そう言うと彼は、光沢のある赤いヘルメットを差し出した。「ぼくが教えてあげるよ。スノーモービルの初歩の初歩を」

スザンヌは気が進まないながらシートにまたがると、サムの腰に両腕をまわし、手袋をした指を組んだ。歯を食いしばって耐え抜こうと決めた。目をつぶり、必死の思いでつかまっていよう。ものの数分で終わるはずだ。サムには楽しかったわと告げて、たっぷりお礼を言い、それで終わりにしよう。さよなら、スノーモービルくん。

しかし、やってみるとそうはならなかった。

走りはじめて三十秒もたつと、知らず知らずのうちに顔がゆるみはじめた。釣り小屋がひゅんと通りすぎ、雪の細かな粒が顔を刺す。ふいに、空を飛んでいるような錯覚に襲われた。スノーモービルで走るのは、怖いけれども痛快で開放的だった。やがてふたりは湖を渡りきって、雪に覆われた湖岸をのぼり、凍てついたマツ林へと入っていった。ジグザグ走行で森を出たり入ったりを繰り返したかと思うと大きくS字ターンをし、走りながら陽気なはしゃぎ声をあげ、いつしかスザンヌは思いきりにまにま笑っていた。

「ご注意ください！」サムが叫んだ。「みなさんはまねをしてはいけません！」

「プロのドライバーが閉鎖されたコースで運転しています！」スザンヌも大声で調子を合わせた。

サムがマシンを停止させた。シートにすわったまま振り返り、スザンヌにキスをした。

「今度はきみの番」

「いいの？」運転してみたい気持ちはあるが、まだちょっぴり不安だ。

「もちろんさ。簡単だよ。スロットルは右のハンドルに、ブレーキは左のハンドルについている」

「じゃあ、バイクみたいなものね」大学時代にスクーターを持っていたが、あれは楽しかった。

「うん、似てるね」とサム。「こっちのほうがもっと簡単だけど」

彼と場所を交代し、スザンヌは発進した。最初はおそるおそるだったが、しだいにコツがのみこめてきた。深い雪のなかで停止するのは造作もなかった。スロットルから手を離せば、マシンはすぐにとまった。凍っているところは少しやっかいだった。つるつるした場所でとまるときは、車と同じようにブレーキをかけなくてはいけない。つまり、少しずつ小刻みに操作し、時間をかけてとまるのだ。

湖のまわりを二周する頃には、すっかり味をしめていた。トニがいる釣り穴まで行くと、雪を高さ十フィートも舞いあげて派手にとまり、じゃじゃんとばかりにヘルメットを脱いだ。

「あんただったの？」トニは言った。「ひゃー！　スノモが運転できるなんて知らなかった」

「できなかったのよ」スザンヌは誇らしい気持ちで胸をいっぱいにしながら、スノーモービルを降りた。「ついさっきまではね。サムがわたしのために借りてくれたの」

トニは、まだマシンにまたがっているサムをちらりと見てから、親指を立てた。

「さすがだね」

スザンヌはトニの足もとを見おろした。緑色がかった細長い魚が一匹、いきおいよくバタバタはねている。「わあ、釣れたのね！」

「ついさっき、引きあげたんだ」とトニ。「カワカマスだよ。計量しなきゃ」

「わたしも一緒に行く」スザンヌはチリを持ち帰らなくて、悪いことをしたと思っていた。

「いい？」これはサムに向けて言った。

「ふたりとも、またあとで」サムはふたたびスノーモービルのエンジンをふかした。「楽しむんだよ」

トニが釣ったカワカマスは八ポンド一オンスあった。

「現時点の三位だ」審判委員長はバート・フィンチという名で、地元でスポーツ用具店を経営している。

「それだと賞金はいくらになる？」トニは訊いた。

「二十五ドルだね」フィンチは答えた。彼は筋骨たくましい大きな体を茶色の保温性つなぎで包み、その昔フルシチョフ第一書記がかぶっていたようなふさつきの毛皮の帽子をかぶっていた。

トニはかぶりを振った。「もっといけると思ったのに」

「まだ時間はあるぞ。三時間も残ってるじゃないか」フィンチはふたりのうしろに目をやった。「なにを釣ったんだ、チャーリー？」

スザンヌとトニが振り返ると、チャーリー・スタイナーがかなり大きなウォールアイを手にしていた。妻のエリーズがすぐうしろにひかえていた。

「これで賞金はいただきだな」スタイナーはそう言うと、前に割りこんだ。

フィンチが持っていたはかりに魚を引っかけ、数値を読んだ。「十二ポンド二オンス。これであんたが三位だ、チャーリー」彼はトニに目を向けた。「きみは四位に後退だ」

「げーっ。賞金がゼロになっちゃったよ」

「へへん！」スタイナーはばか笑いした。「おれの運が上向き出したな」

スザンヌには、スタイナーが魚のことだけを言っているとは思えなかった。

「どういうこと、チャーリー？」スザンヌは訊いた。エリーズが期待をこめた目で見ているのが感じでわかる。

スタイナーは醜い乱ぐい歯を剝き出しにして笑った。

「まず、例の銀行野郎、ビューサッカーが土に還ってくれたおかげで、土地の差し押さえが猶予されたと思ったら、今度は釣れた魚が金になるんだ。いいことずくめじゃないか」彼は、安物のウィスキーとはっきりわかるにおいがする息を吐き出した。

「ばかを言うんじゃない！」驚いたことに、エド・ラプソンがどこからともなく駆け寄り、話の輪にくわわった。「猶予と言ってもせいぜい一カ月だ！　新頭取が決まりさえすれば、あんたの土地はもうおしまいだからな！」彼は豚のように細い目に憎悪の色をにじませ、スタイナーをにらみつけた。「そのいまいましい魚と同じで、あんたもフックにかかってまさに瀕死の状態なんだよ」

とたんにスタイナーがキレた。魚をフィンチから奪い返すと、ラプソンの胸に力いっぱい投げつけた。雪、魚のうろことぬめぬめが相手のコートを汚した。

「チャーリー、やめて！」エリーズがわめいた。

「おれがなにをしたってんだ？」スタイナーは怒鳴った。「ビューサッカーがスノーモービルで死んだことにおれが関係してるとでも思ってんのか？　だったら証明してみやがれ！　やってみろってんだ！」彼が怒りに身を震わせていると、エリーズがこれ以上の騒ぎになる前に連れ帰ろうとした。

「証明するだけじゃない」ラプソンが大声で言い返した。「手錠をかけるのにも手を貸し、わたしがじきじきに刑務所まで連れていってやろうじゃないか！」

「おい！」フィンチが苦々しい顔で割って入った。「くだらん言い合いはもうたくさんだ。ここは家族向けイベントの場なんだよ。チャーリー、そのとんまな魚を持って、とっとうせろ」次に彼は、ぶつぶつ言いながら黒いウールのコートについたうろこを払っているラプソンに、警告するよう指を振った。「あんたもそのくらいにしておけ。証明できないくせに人を非難してまわるな。自分の手で裁きをつけようなんて気は起こすんじゃない」

「覚えてろ！」ラプソンはヒステリックにわめくと、憤然とその場を去った。

トニがフィンチをじっと見つめた。

「これでまたあたしは三位に戻れるわけ？」

スザンヌとトニはココアを飲み、ケトルコーンをほおばりながら、さっきの不愉快なひと幕を思い返していた。

「あれでチャーリー・スタイナーは、あたしのなかでは容疑者ナンバーワンにのぼりつめたよ」トニが言った。「おっかなくて、情緒不安定なとんでもない野郎だね」

「まったくだわ」スザンヌもまた、いましがた繰り広げられた見るに堪えない場面にショックを受け、愕然としていた。まわりにいた全員が同じように思ったはずだ。

「ゆうべスノーモービルで襲撃してきた下司《げす》なやつがスタイナーでもおかしくないね」とトニ。「だってあいつはただの短気野郎じゃなく、根性の曲がった短気野郎だからさ。ラプソンに文句を言ったり、つっかかっていったりしたのがいい証拠だよ」

「わたしに言わせれば」とスザンヌ。「あのふたりはどっちもいかれてるから、人を殺してもおかしくないわ」

ふたりはチリの屋台まで歩いていき、列に並んだ。

「ねえ」スザンヌは頭を動かした。「ジョージ・ドレイパーが来たわ」

「へ？　クラウディア抜きで？」トニは小声で言った。

「この湖でのイベントは、大都会から来た彼女の感受性にはいささか素朴すぎるんでしょ」

スザンヌも小声で答えた。

「それに、自慢のきれいなおしりが冷えちゃうだろうし」とトニ。

スザンヌは手を振り、トニが声をかけた。「どーもー、ジョージ。あんたも釣りに来たの？　葬儀場の仕事はないんだろ？」

ドレイパーはピンクに染まった耳が隠れるまでニットキャップを引きおろした。

「いまのところはな。しかし一月はふだん、一年のなかでもかなり忙しいはずなんだ」

「季節によって変動するんですか？」スザンヌは訊いた。自分で言いながら、少しいやな感じを受けた。

「そうとも」ドレイパーは顔を輝かせた。「ご老人はたいてい、クリスマス休暇のあいだはぎりぎりのところで踏みとどまるものなんだよ。おそらくは、プレゼントだの家族の励ましなんかで気力が奮い立つんだろう。だが、一月の訪れとともに、さじを投げるようになる。寒さが身にこたえるからかもしれない。なんとも言えないが。あるいは、春まではとてももたないと悟るのか」

「ちょっとちょっと、ジョージ」トニが言った。「いくらなんでも不謹慎だよ」

ドレイパーは自分の言ったことを正当化するような顔で、トニをにらんだ。

「鋭い経営分析と考えれば、不謹慎でもなんでもない」

「たいしたビジネスだね」とトニ。

「誰かがやらなければいけない仕事だ」

スザンヌは、このへんで話題を変えることにした。「あなたもきょうは釣り糸を垂れるつもりなの、ジョージ？　釣り大会にエントリーした？」

「いや。だが、今夜の氷の彫刻コンテストには出場する。助手のひとりとわたしとで、エジプトのサコファガスを彫るつもりだ」

「サコファガス」トニは顔をしかめた。「それってたしか……」

「棺の一種だ」ドレイパーはにこにこと言った。

「健闘を祈るわ」スザンヌは言うと、トニの肘をつかんで引っ張っていった。

「とんだ変態野郎だね」トニは小さくつぶやいた。「クラウディアはどう思ってんだろ。あいつが死体から血を抜き取って、そのあと……ええと……」彼女はそのまま言葉を濁した。

「それ以上言わなくていいわ」スザンヌは言った。「言いたいことはわかるから」

「じゃあ、なつかしの釣り穴に戻るとしようか。ランカーが釣れるといいな」

「ランカーってなんのこと？」

「パンケースよりもでかい魚のことだよ」トニは凍った湖の向こうに目をこらした。「あれ、保安官の車、どうしたんだろう？」

スザンヌは手をかざしてぎらぎらとまぶしい陽射しをよけ、保安官の車をながめやった。どうやら、片側に大きく傾いているようだ。

「氷が割れて沈みかけているみたい」

「そんなことだろうと思った。だって、このへん、穴がものすごくたくさんあけてあって、まるで、プレーリードッグの大群がキャンプを張ってるみたいだもん」

しかし、保安官の車のそばまで来てみると、原因は釣り穴ではなかった。後輪近くに塩をまかれたせいで、車が一部、氷のなかに沈んでいたのだ。

「塩だって？」トニは言った。「誰がそんなことを」

「おれのほうが知りたいよ！」

保安官は怒りをぶちまけ、やわらかくなった氷を蹴って、シャーベット状のそれをそこらじゅうにまき散らした。すでにドリスコル保安官助手には一報を入れ、引っ張りあげてくれるよう指示してあった。そういうわけでいま、ドリスコルはフロントバンパーの下に牽引ロープをつなぎ、手順どおりにエンジンをかけた。

「あれでうまくいくのかしら？」スザンヌは首をひねった。

「ようし！」保安官は言い、ロープがぴんと張っているのを確認した。「いいだろう、車を出せ、ジェリー。ゆっくりとだぞ」

保安官はぶざまな恰好で運転席に飛び乗るとエンジンをかけ、ドリスコルが牽引車をゆっくり前進させるのに合わせてタイヤを回転させた。

「ひどいよね」トニは言った。ふたりは大勢集まった野次馬を見まわした。「このなかの誰かの仕業かな？」

「そうに決まってるわ」スザンヌは言った。「おそらく保安官の捜査が順調に進んで、危険なほど真相に近づいているせいかも」

「容疑者が多すぎるよ」トニは凍ったミノウをバケツから掘り出した。

「あいにく、答えはひとつなのよね」スザンヌはつぶやいた。

24

スザンヌは両の手首に香水をちょっぴりシュッシュッと吹きかけ、手早くこすり合わせた。カルバン・クラインのユーフォリア・ブロッサムだ。柑橘類、シャクヤク、ホワイトムスクのほんのりした香りが空中にただよい、思わず口もとがゆるむ。うーん、すてき。

鏡を見ながら首を傾けると、柄のとがったくしを手に取り、後頭部のアッシュブロンドの髪をもう少しふくらませた。すでにドライヤーと太い豚毛ブラシでブロウをすませ、ムースをわずかにつけて全体をゆるいボブにととのえてある。

仕上がりに満足したスザンヌはゴールドのチェーンネックレスを首にかけ、服をなでつけた。襟ぐりが深くて、ここぞという場所を魅力的に見せてくれる黒いカシミアのセーターに、黒いウールのスカート、それに光沢のある黒のレザーブーツの組み合わせにしようと、前もって決めてあった。きちっとした感じでありながら、ほのかな色気を感じさせるこのスタイルは、以前にファッション誌で見たものだった。そこでクローゼットをあさり、手持ちの服で似たような感じに仕上げてみたのだ。

「完璧よ」彼女は鏡のなかの自分に言った。満足の笑みを浮かべて、こうつけくわえた。

「あくまでわたしの感想だけど」
今夜はサムが、カジュアルでありながらロマンチックなディナーに連れていってくれるこ
とになっている。まったく、あの人には驚かされっぱなしだわ。きょうのレンタルしたスノ
ーモービルにしても、昨夜、いきなり玄関に現われたことにしても。それでいて、強引なと
ころはないし、押しつけがましくもない。でも、彼はわたしの人生にときめきという巨大な
花火をあげてくれた。それをうれしく思わない女性なんているかしら。

コーヌコピアの近くにある〈コッペルズ〉というレストラン兼B&Bには、ロマンチック
でくつろげる食堂がある。外の寒さを逃れるように店内に飛びこんだスザンヌとサムがまず
目にしたのは、奥の壁のほとんどを占めている石造りの暖炉で燃えさかる炎だった。
「ここは本当に落ち着けるわね」スザンヌは言った。ふたりは暖炉のすぐそばの席についた
ので、生木がはぜたりシューシューいう音が聞こえ、炎がもたらすほっとするような暖かみ
がじかに伝わってくる。「これでディアハウンドが二匹、隣に寝そべっていたら最高だわ」
「ドイツの黒い森にあるお城にそっくりだと思わないかい?」サムが言った。
鹿の枝角、暗い森のなかの城を描いた陰鬱な絵、アンティークのビアジョッキが並ぶ棚が
ドイツらしい雰囲気を醸していた。上はB&Bで、そり形ベッド、ふっくらした羽毛のマッ
トレス、リボンとゴールドをあしらったしゃれた柄のざらざらした壁紙、その他ヨーロッパ
の魅力がたっぷり詰まっている。

テーブルでほっとひと息ついていると、ウェイターが冷たい水、バスケットいっぱいの焼きたてのモラセスパン、凝ったつくりの革のホルダーに入ったメニューを持ってきてくれた。しかし、メニューにざっと目をとおすより早く、店の経営者でありチーフシェフでもあるバーニー・アフォルターがあいさつに現われた。大柄ででっぷりした貫禄充分の体型で、頭はふさふさの黒いくせ毛に覆われ、同じ色の口ひげをワックスでしっかり固めている。

「いらっしゃい」バーニーはにこにこと言った。

「お、きみか」サムが応じた。ふたりは前にもここで食事をしたから、バーニーとはすっかり気の置けない仲になっていた。いつもバーニー自慢のセラーから上等のボルドーを注文していることも影響しているだろう。

「いいポムロールを取ってありますよ」バーニーが秘密めかした口調で言った。「よろしければデカントしましょうか？」

「いいね」サムは言うと、壁にかかった鹿の枝角のほうに顎をしゃくった。「あれはきみが仕留めたのかい？」

バーニーは枝角に目を向けた。「若い頃のものですよ」彼はふふふと笑った。「シャルキトリー（ハムやソーセージなどの豚肉加工食品を指すフランス語。またはそれらを販売する店）やオイスターのグレーズがけやテロワール（土壌、気候、品種などワインの出来に影響する要素）なんて言葉が頭のはじっこにもなかった頃のね。当時から、鹿を狩るよりもオーガニックな赤ワインに肉をひたして、グリルでスモークしてから、ペカンのチャツネを添えて出すほうがずっとずっと楽しかったものです」

「聞いているだけでおいしそう」スザンヌは言った。

「おふたりともうちのメニューはよくご存じでしょうが、今夜は特別なおすすめ料理がいくつかございます」バーニーは特大サイズの白いシェフコートのポケットに手を入れ、走り書きしたメモを引っ張り出した。「コリアンダー、蜂蜜、ゆでたニンジンを添えたタイワンアヒル。コッパー・リバー・サーモンの根セロリのピューレがけ。ジュニパーで覆ったバイソンの肉」

「いちばんのおすすめは？」サムが訊いた。

「ご気分によりますね」バーニーは答えた。

「わたしはタイワンアヒルをいただくわ」スザンヌは言った。

「ぼくはバイソンにする」とサム。

「かしこまりました。副菜として冬野菜のグリルも一緒にお持ちします」

バーニーがほかのテーブルに行ってしまうと、サムは小声で訊いた。

「冬野菜ってなんだろう？　だってさ、冬にはなんにも育たないじゃないか」

「スノウピー（サヤエンドウ）とかアイスバーグ・レタスとか？」スザンヌはふざけて言った。

注がれたワインをグラスのなかでまわして味見し、感嘆の声をあげたあと、スザンヌとサムはテーブルをはさんで見つめ合った。

「すてきだね」サムが言った。

すてきですって？　スザンヌは心のなかでつぶやいた。もう最高よ！

「そうねえ」と彼女は言った。「大変な一週間が終わって、人心地ついた感じ」

サムは彼女の顔をのぞきこんだ。「殺人事件がきみのすぐそばで起こったなんてとても残念だよ」

「わたしもよ。あれをきっかけに、次々とトラブルに見舞われたんだもの」

「この前言ってた少年の居所はつかめた？ なんていう名前だっけ？」

「コルビーでしょ？ いま頃はもう、隣の郡にでも逃げこんでると思うわ」

「あるいは自宅に帰ったか」

「だといいけどね」

しかし、どうしてもそうは思えなかった。われながらおかしいとは思うが、コルビーはまだ近くにひそんでいる気がしてしかたなかった。けれども、せっかくのふたりだけのすてきな夜を、殺人だとか、わずかなりともそれに関連した話題に終始したくなくて、話題を変えた。「スノーモービルに乗って現われたときは、本当にびっくりしたわ」

「絶対に気に入ってもらえると思ってたよ」うれしそうなスザンヌの顔を見てサムも満足そうだった。

「いったんコツをのみこんだら、もう夢中になっちゃって」

「お、すっかりモービルジャンキーになったね」サムは笑った。「ねらいどおりだ」

出された料理はとにかくおいしかった。しばらくはおたがいの料理をちょっとずつ交換したり、ワインを注ぎ足したりしていたが、やがてふたりともがつがつと食べはじめた。

「こんなにおなかがぺこぺこだったなんて思ってなかった」スザンヌは言った。

「きょうは一日じゅう外にいたから、ン千億カロリーも消費したんだよ、きっと」

「まさか」

「それにワインはイオン補給にも役立つんだ」サムは彼女のグラスをまたいっぱいにした。

「ワインにそんな効果があるの？」

彼はウィンクした。「ぼくにはね」

それにつづくクリスタルが触れ合う音、オーディオシステムから流れるモーツァルト、炎から立ちのぼるもやとがあいまって、スザンヌは不思議の国に迷いこんで、ウサギの穴に転げ落ちていく感覚に襲われた。一年前、彼女は夫に先立たれ、将来にたくさんの不安を抱えていた。いまはこうしてすばらしい男性とつき合い、その心休まるとても見栄えがする姿にうっとりとなっている。

そのままふたりはデザートとコーヒーで粘り、濃厚なチョコレートムースを分け合って食べた。

「ぼくはさ」サムはガラスのボウルの底をこそげるようにしながら言った。「チョコレートに目がないんだ。目の前にベルギーのトリュフかボンボンをちらつかされたら、一生きみについていくよ」

「まあ、本当？」スザンヌは受けて立つ気になった。

「手のつけられないチョコホリックなんだ」

「だったら、自慢のドイツ風チョコレート・レイヤーケーキをつくってあげる」

サムは目を丸くした。「本当につくれるの？」

「お茶の子さいさいよ」

「ほかにはどんな魔法ができるんだい？」

「ダーティ・フライドチキンなんていかが？」

サムは陶然としたまなざしで見つめた。「最高だよ」


約二十分後、ふたりはキンドレッドのダウンタウンに戻った。メイン・ストリートはまぶしいほどの明かりに照らされ、大勢の人でにぎわっていた。

「そりに乗ろうか」サムは駐車スペースに車を進めながら言った。

「氷の彫刻コンテストがついさっき始まったばかりよ」スザンヌは言った。

「じゃあ、どうする？」

ふたりが車を降りたところへ、ものすごく大きな茶色のベルギー産輓馬《ばんば》が鈴の音も高らかに近くを通りかかった。馬は赤いベルベットの座席がついた昔風のそりを引いていた。

「なんといっても、まずはそりに乗らなきゃ」スザンヌは言った。

「本当に馬が好きなんだね」とサム。

「馬は最高だもの」大きな馬はブロックの終点で見事に急旋回を決めると、得意そうに頭をそらし、スザンヌたちのほうに戻ってきた。

ふたりは数分、列に並んで待った。自分たちの番になってそりに乗りこむと、御者がハドソンズ・ベイの縞柄の毛布を膝にかけてくれた。

「出発進行」サムが言った。

馬車はメイン・ストリートを走り出した。巨大なベルギー産の馬はそりをやすやすと引っ張り、吹きつける風が顔を冷たくなぶる。電飾をつるした電柱が飛ぶように通りすぎ、友人たちが手を振り、何人かの子どもがあとを追ってきた。

公園のところでそりを降りると、スザンヌは盛況ぶりに圧倒された。誰も彼もがつるはしか金槌かシャベルを手にし、巨大な氷の塊を削ったりえぐったりして、いくらかでも氷の彫刻らしきものに仕上げようと張り切っていた。

ジョージ・ドレイパーも助手の手を借りて彫刻にいそしんでいたが、近くにクラウディアの姿はなかった。横置きにした氷塊はすでに堂々たるサルコファガスらしくなっており、側面に持ち手がつき、てっぺんには小さなライオンが二頭うずくまっている。まさに皇帝が入るにふさわしい棺だ。

「あっちの彫刻も見てみよう」サムが指差したのは、ハム・ウィックが取り組んでいる氷だった。ふたりは近づいた。

「なにをつくっているんですか？」スザンヌはウィックに訊いた。

「まだ明かせないんだ」ウィックは謎めいた声で答えた。「金に関係するものとだけ言っておくよ」

「レジスター？」スザンヌは訊いた。

「ノーコメント」とウィック。

「札束の山かな？」サムが言った。

ウィックは首を横に振った。「それもノーコメントだ」

「そう」スザンヌは言った。「がんばってください」

サムとスザンヌはふたたび歩き出した。ウェストヴェイル診療所のナースたちが巨大な聴診器づくりに挑戦していた。

「ちょっと手伝ってくださいよ、先生」ナースのひとりが声をかけた。

「きょうは非番なんだ」サムはにこにこと答えた。

〈ルート66〉のブレットとグレッグは、大きなはさみとおぼしきものに取り組んでいた。地元在住の木彫り師ダレル・クロンスキーは愛用のチェーンソーを駆使して、ばかでかい氷の塊から手のこんだホッキョクグマをつくり出していた。

そろそろ会場をあとにしようとしたとき、あきらかにぎりぎりでエントリーしたらしきトニとペトラの姿が見えた。ふたりは凝ったデコレーションをほどこした六段重ねのウェディングケーキを作成中だった。ただし、ちょっと傾いている。

「やっほー、おふたりさん！」スザンヌは声をかけた。「おいしそうなデザートをつくってるわね」

「がんばってるよ」トニが答えた。「ただささ、このいまいましいケーキってば、どうしてもまっすぐになってくれないんだ」

サムは頭を傾けた。「ぼくには問題ないように見えるけど」

トニは手袋をはめた手で雪をつかみ、すばやく雪玉をこしらえると、怒ったふりをしてサムに投げつけた。

「これじゃだめなんだって！　とにかくなんとかまっすぐにしなきゃ。それも大急ぎで。ねえ、ペトラ、ホントにどうしたらいい？」

ペトラはちょこちょこ動きまわっては、目を細めて彫刻をながめた。「調整する？」

「それはわかってんの」とトニ。「どうやって調整するか訊いてるんだって」

サムが少し近くに寄った。「左側に少し雪をかませれば……」

しかし、突如としてその会話はスザンヌの耳に届かなくなった。できかけのペガサスの像のうしろから飛び出した華奢な人影に、目と耳が釘づけになったからだ。

あの姿には見覚えがあるような……ひょっとして……？

しかし雪を踏みしめながらペガサス像のほうに数歩近づいてみると、人影はすでにいなくなっていた。

どこに行ったんだろう？

スザンヌはもう一度姿が見えないものかと、首をのばした。というのも、あれはほぼ確実にコルビーだったからだ。それにしても、どこに逃げちゃったんだろう。まったく世話が焼けるんだから。

周囲をぐるりと見まわし、まぶしい照明、きらきら光る氷の像、色とりどりのジャケットと帽子で動きまわっているコンテストの参加者たちを確認した。しかし、この魔方陣の外は真っ暗闇で、影が躍り、ブルーブラックに染まった常緑樹が夜風に吹かれて揺れている。

サムとトニとペトラを振り返って自分の居場所を確認すると、木が生えているほうに向かって数歩踏み出し、闇に沈んだ森に目をこらした。森の手前まで行ったが、誰の姿もなかった。

スザンヌはとまどい気味にその場に立ちすくんだ。目の錯覚だったんだろうか？ちがう。今度はあそこにいる。ほっそりとした人影が、氷でできた雪だるまのうしろから出てきた。

スザンヌはコルビーの前に立ちふさがるつもりで、駆け寄った。しかし、彼はいなくなっていた。

どこに行ったの？

彼女は決然とした足取りで園内を歩きまわり、氷塊のうしろをのぞき、コルビーはいないかと目を光らせた。つくりかけ、あるいは手をつけはじめたばかりのものも含めたすべての氷の彫刻を見てまわったが、それでも少年の姿はなかった。

もう……やんなっちゃう。

公園のはずれに立って、氷の像や腕だめしとばかりにやってきた人たちを見つめていると、スザンヌはふいに無力感に襲われた。コルビーはここにはいない。いたとしても、完全に出し抜かれた。

今週はこんなことばかりだ。

保安官と彼の部下たちだって、これまでのところ出し抜かれつづけている。いま公園にひしめいているキンドレッドのよき住民たちは寒さなどものともせずに目の前の作業を楽しんでいるが、スザンヌはここが理想の田舎町にはほど遠いとわかっていた。

なにしろ、人殺しがまだ野放しになっているのだ。

25

ウィスコンシン州シボイガンの町に特注したブラートヴルスト・ソーセージ五十ポンドは冷蔵室におさまっている。大きな三つのやかんに入れた豆はペトラ自慢の業務用コンロの上で水を吸っている。日曜の午後、スザンヌは一時にカックルベリー・クラブに到着した。今夜、盛大に開催されるウィンター・ブレイズ・パーティが準備万端ととのっているか早めに確認しておきたかったのだ。朝はサムとのんびり過ごした——チェダーチーズ入りのエッグ・ストラータをこしらえ、ふたりで《ニューヨーク・タイムズ》紙をじっくり読んだ——が、頭の片隅では今夜のパーティのことをあれこれ考えていた。

しかし実際のところ、ペトラがやるべきことは豆にモラセス、砂糖、タマネギをくわえて煮こむだけだった。なにしろ、スザンヌたちがまかされているのはソーセージと豆だけで、それ以外はすべて……。

厨房のドアに通じる裏の階段をドタドタあがってくる音が聞こえた。

「配達だわ」

スザンヌは声に出して言った。木のドアを引きあけ、網戸ごしに外をのぞいた。やっぱりだ。〈キンドレッド・ベーカリー〉のビル・プロブストが、山のように積みあがった段ボール箱を抱えていた。

「ブラートヴルスト用のパンを持ってきたよ」プロブストは言った。

「ここまで運んでくれる」

プロブストは寄せ木のカウンターに箱を積み重ねた。それからあたりを見まわした。「ペトラはどこだい？　てっきりここで、気を揉んだり、なんだかんだと大騒ぎしてるとばかり思ってたが」

「そろそろ来るはずよ。そしたら気を揉んだり、大騒ぎすると思うわ」

「そうか」プロブストは赤いフェルトのキャップ帽に手をやった。「じゃあな。今夜、パーティで会おう」

ドアを閉めようとしたスザンヌの耳に、笑い声と甲高い声が届いた。外を見やると、トニとペトラが昂奮気味にプロブストとおしゃべりしていた。数秒後、相棒ふたりが冷気とともに飛びこんできた。トニはピンクのスキージャケットとふわふわの白い帽子で、スキー版バニーガールを思わせる。ペトラはもこもこの青いダウンコートを着ていた。

「信じられないことが起こったんだよ！」トニがキャップを脱いで、宙に放った。

「保安官が人殺しを逮捕したのね」スザンヌは言った。どうか、あたっていますように。

「はずれ」とトニ。

「じゃあ、なんなの？」

トニはその場で踊り、おばかなティーンエイジャーのようにくすくす笑った。

「あんたが言いなよ、ペトラ」

「まだ正式に発表されたわけじゃないのよ」ペトラの温厚で裏表のない顔に大きな笑みが広がった。「でも、簡単に言えば、わたしたち、入賞したの」

「まあ！」スザンヌは大きな声を出した。「氷の彫刻コンテストのことね？」

「ミッシーが審査員のひとりとつき合っててさ、それでこっそり教えてくれたんだ。六段重ねのウェディングケーキが三位に入ったって！」とトニ。「信じられる？」

「ええ、信じられるわ」スザンヌは言った。「ふたりともゆうべは、なにかに取り憑かれたようにのみを振るっていたもの」

「入賞できたのはペトラのおかげだよ」トニは言った。「だって、これまで本物のケーキをたくさんデコレーションしてきたんだからね」

「いちばんむずかしかったのは、段をきちんとつくるところだったわ」ペトラが言った。

「いちばん上の段までできたときにはさ」とトニ。「全体が少しゆがんで、中心がずれちゃったんだよね」

「そうそう」とスザンヌ。

「だからひとつかみの雪を固めて形にしたんだ」とトニ。「もちろん、サムにちょっと手を貸してもらってさ」

「子どもの粘土遊びの要領でね」ペトラが言った。

「そしたら、冴えてるペトラが霧吹きを持ってきて、全体に水を振りかけたんだ」とトニ。

「おかげで一瞬にして凍って氷に変わってくれたわ」ペトラはゆったりしたコートを脱いだ。

「おまけにきれいなつやも出たし」

「入賞のリボンとかもらえるんだよ」トニは言った。「モブリー町長が今夜、パーティの席で入賞者を発表するんだって」

「優勝は誰なの？」スザンヌは訊いた。ゆうべはたくさんのすばらしい像を見たけれど、どれも賞に値する出来映えだった。

「わたしたちもまだ知らないの」とペトラ。「氷の彫刻のほうも、氷上釣り大会のほうも」

「氷上釣りのほうはどうでもいいや」トニは言った。「たぶんもう、十位くらいまで落ちちゃってるはずだしさ」

「いい線いってたじゃないの」スザンヌは言った。

「そうだけどさ」トニは帽子を拾いあげた。「で、これからなにをやればいい？」

「わたしはベイクドビーンズに専念する」ペトラが言った。「だから、あなたたちふたりはパンをカフェに運んで、紙皿やらカップやらプラスチックのフォークやらを並べてくれる？全部準備できたら、二時間後に外に運び出して、大勢の人がなだれこんでくるのにそなえるの」

「どのくらい来るのかな？」トニが訊いた。

「二百人くらいじゃないかしら」スザンヌが言った。「少なくとも、そのくらいのつもりで準備してあるわ」

「もっとたくさん来たらどうする？　食べるものを切らしちゃったら？」

スザンヌは口をゆがめてにやりとした。「そのときは、ジュニアのカークッカーにお願いするしかないわ。あとは運を天にまかせるのみ」

「やめてよ、冗談じゃない」ペトラはそう言うと、モラセスの瓶をつかんだ。


「だめだ、うまくいかないや」トニは小さな電球をつなげたおよそ十本ほどのコードの真ん中に立っていた。「これをつなげて一本の長いコードにしたいんだけど、いくらやってもぐちゃぐちゃにからまっちゃうんだ」

「電飾はコツがいるのよ」スザンヌは駐車場の雪をざくざく踏みしめながら、トニに歩み寄った。「まず最初に、端っこを持って――」

「その端っこが見つからないんだよ」トニはぷりぷりして言った。

「そしたら、全部の線をいったん抜いて、最初からやり直すの」

ふたりはつかんでは引き抜いてを繰り返し、どうにか小さな白い電球のついたコード十本のもつれをほぐして、まっすぐに並べた。

「あとはテントのてっぺんにぐるりと飾るだけ」スザンヌは言った。陽が落ちたら、きらきら光る電球がはなやかなお祭り気分を盛りあげてくれることだろう。

「これを全部？」トニが言った。「何本かはマツの木にかけたらどうかな？」

「落っこちて腰の骨を折らない自信があるならね」スザンヌは言うと、テントのまわりに電飾をめぐらし、つづいて金属製の大きな浅鍋三つを駐車場の真ん中に出した。二時間後にはこの鍋で火をおこすのだ。暖かみのあるかがり火が、来てくれる人たちの目を楽しませることだろう。

マリン酪農場のダン・マリンが大量にトラックで運び入れてくれた干し草俵を、スザンヌとトニとで引きずっていき、大鍋のまわりに椅子がわりに並べた。

「農場で育ってよかったのはさ」トニは力自慢のように腕を曲げた。「いまでも干し草俵を持ちあげられるってことだね」

「あなたって体重のわりにびっくりするくらい力持ちよね」スザンヌは言った。

「まあね。ジュニアには全身が筋肉みたいだって言われてるよ」

「まったく、ジュニアったら口だけは達者なんだから」

「犬ぞりレースをのぞくつもりなら、そろそろそっちに移動したほうがいいんじゃないかな」

スザンヌとトニはカックルベリー・クラブをぐるりとまわって森のなかを突き進み、数カ月前までは波打つような緑のアルファルファ畑だったところの近くに出た。

「すごい！」トニは叫んだ。「まるで本物のレース場みたいだよ！」

除雪機とスノーモービルとで、雪のなかに一マイルの楕円形が切りひらかれていた。しっかりと踏み固められ、犬ぞりレースにうってつけのコースに仕上がっている。

ていた。


「すばらしい仕事ぶりだわ」スザンヌは言った。「傾斜のついたカーブまである」

「犬もこれなら文句を言わないだろうね」とトニ。

道をはさんだ向こう側では、落ち着きのないシベリアンハスキーやアラスカンマラミュートたちが手がつけられないほどはしゃぎまわり、飼い主たちは途方にくれながらも、そんな犬たちにタンデム用のハーネスを装着しようと悪戦苦闘している。コースのまわりには少なく見ても五、六十人が場所取りをし、お気に入りの犬ぞりチームを応援しようと待ちかまえていた。

「わくわくしてくるね」木のそりがつなげられ、六チームがスタートラインに並ぶとトニが言った。「あの犬たちは何周するんだろ?」

「さあ」スザンヌは言った。犬ぞりレースを見るのはこれが初めてで、周回数に決まりがあるのか、それとも犬たちがへとへとになるまで走るのかも知らなかった。

エアホーンが騒々しい音を発し、それを合図に各チームが一斉に走り出した。

「すごい走りっぷりだね!」トニが声を張りあげた。どのチームも全力疾走で、すでに最初のカーブに差しかかっていた。

「バクスターもいい刺激を受けるかもしれないわ」スザンヌは言った。「全速力で走る本物の犬を見せてやったら」

「だろうね」トニが冷ややかな口調で言った。ふたりとも、バクスターが徹底したカウチポテト族で、寒いのが大嫌いなのをよく知っている。それに彼は歳も歳だ。スザンヌはその事実から目をそらしているけれど。

全チームが一周めをまわったところで、二チームが先頭に立っていた。目に見えて遅れているチームも一チームある。

「どの子も足カバーをつけてるよ、わかる？」トニが言った。

「そうしてくれてよかったわ」犬の足が冷えたり、氷や雪で傷ついたりするのは避けてほしいと思っていた。

「あ、また来た」犬たちは二周めも目の前を飛ぶように走っていき、トニが歓声をあげた。

「あれ、誰かがあっちで旗を振ってる」

「最終ラップの合図じゃないかしら」スザンヌは言った。

「ストックカーレースで言うベルラップだね」

三チームが白熱の接戦を演じながら、最終ラップを猛スピードでまわっていった。いまや観客は本気になって叫び、歓声をあげている。

「僅差の勝負になりそうだね」トニが言った。

「でも、頭ひとつ抜けてるチームがあるわ。うわあ、ほら、みんなぐんぐん飛ばしてる」

犬たちがふたりの前で三度めの、そして最後の走りを見せた。耳を寝かせ、鼻先を前に突き出し、観客の声援を受けてひたすらゴールを目指していく。

「やった！」トニが言うと同時に、先頭チームがゴールインし、自分たちが優勝したのがわかったのか、犬たちはすぐさま走るのをやめた。ワンワン、キャンキャンと吠えまくり、ふさふさのしっぽを大きく振りながら、たがいに甘嚙みしたり、よだれでぐしょぐしょのキスをしたりして健闘をたたえ合った。

「そろそろ戻りましょう」騒ぎがいくらかおさまり、スザンヌは腕時計に目をやった。「もう三時半。五時をまわるとお客様がいらっしゃるわ」

「このあともまだレースはあるよ」トニは言った。「次は八頭立てみたいだ」

「そうだけど……」

「わかったよ」トニは言った。

「けさの宝探しのヒントはメモしたの？」

トニは隣をうつむきかげんで歩いていた。

「うん、だけど宝探しはもうあきらめた。あたしには縁がなさそうだもん」

ちょうどボーガス・クリーク・ブルーグラス・ボーイズが到着したところで、スザンヌはメンバーを出迎え、セッティング場所に案内した。かがり火のある大鍋の近くなら、寒くなくていいと思ったのだ。

「みなさんのレパートリーは、やはりカントリーなんですか？」と訊いてみた。男性四人はジージャン、トラッパーハット、防寒ブーツという恰好で、それぞれが異なる楽器を演奏するようだった——マンドリン、フィドル、バンジョー、そしてギターだ。

リーダーのテディ・グリンネルは神妙な顔つきでうなずいた。

「おれたちが演奏するのはブルーグラスにカントリー、賛美歌も少し、おまけにオールデイズもちょっとばかしやるよ」

「延長コードは必要ですか？」スザンヌは訊いた。「楽器とマイクをつなぐのに？」

「マイク？」テディは言った。「いや、あそこにいるのはバディだ」

五時十五分前までにはかがり火がたかれ、バンドはすでに『犬も歩けば』の軽快なバージョンを演奏しはじめ、ペトラとボランティアの面々はテントのなかにウェーバー社のグリルを三台、並べ終えていた。電力会社に勤めるホワイティ・ミルバーン率いる男性陣の尽力によって、煌々と明るい庭園灯が六台、設置された。スザンヌが小型電球のスイッチを入れると、会場全体がスノードームの内側みたいに、きらきら輝いた。

ガソリンのゴボゴボいう音と脂がぱちぱちいう音を響かせながら、ジュニアのカークッカーがガタゴトと駐車場に入り、スザンヌがレンタルしたスノーモービルのすぐ隣にとまった。サムのBMWがそれにつづいた。

車を降りてボンネットをあけてあれこれやっているジュニアを尻目に、サムはまっすぐスザンヌのもとに駆け寄った。ふたりはたがいにあいさつのキスをした。

「なにか手伝うことはある？」彼は訊いた。スザンヌが答えるよりも早く、彼は会場内を見まわして言った。「うわあ、なにもかもいい感じじゃないか」

「もうすっかり準備がととのったようね」スザンヌは言った。すでにジーンズと黒いフェイクファーのジャケット、それに光沢がある黒いブーツに着替えていた。

「すばらしい」とサム。「ぼくは豆炭に火をつけるのが得意なタイプとは言えないからね」

でもわたしという豆炭には火をつけたくせに、とスザンヌは心のなかで言い返した。

「そうだ、きみにプレゼントがあるんだ」サムはなめし革のジャケットのポケットに手を入れ、金のエッチングが施された紺色の革の小箱を差し出した。

アクセサリーの箱だわ。まあ、どうしましょう。

「早く、あけてみて」

スザンヌはひとつ大きく息をすると、小箱をあけた。青いベルベットのクッションの上に、小さなファベルジェの卵のペンダントがのっていた。全体が金色で、何百という小さな白いクリスタルが埋めこまれた、とても冬らしいデザインだ。

「まあ！」スザンヌは呆然とした。「とてもきれい！　でも……どうしてこれを？　こんなことをしてもらう覚えがないんだけど」スザンヌはしどろもどろに言った。少し困惑しながらも、心のなかではまんざらでもなかった。

サムがぐっと顔を近づけ、スザンヌのおでこにキスをした。「三カ月の記念日だよ」

「わたしたち、月ごとの記念日を祝うの？」

「ぼくがそうしたいんだ」

スザンヌは思わずほほえんだ。つき合いはじめてからの週なり月なりを数える人はすてきな人に決まっている。人生をともにしたい人だ。彼女はもう一度ペンダントをかかげた。クリスタルに光が反射して炎のように輝くのを見るうち、胸が熱くなった。

「これは本物のファベルジェ？」

「まあ、カール・ファベルジェがニコライ二世のためにきわめて貴重な逸品をつくる合間を縫って手づくりしたものというわけじゃない。でも、ファベルジェ一族の手によるものなのはたしかだ」サムはにやりとした。「たぶん、義理の弟じゃないかな」そこまで言うとぷっと噴き出した。「フリッツ・ファベルジェとか」

スザンヌはベルベットの箱からペンダントを出して、首にかけた。ヘッドが喉の少し下あたりにおさまって、美しい輝きを放った。

「すてき」

お世辞でもなんでもなかった。つけているだけで気持ちが温かくなって、安らいでくる。このフラタニティーのピンバッジをつけてもらえないかと、まじめくさって言われた学生時代に戻ったような気がした。

「シカゴのジュエリーショップに注文したんだ」手間ひまかけてちゃんとしたプレゼントを用意した男性特有の誇らしい気持ちを、サムも味わっていた。

「でも、わたしからはあげられるものがなにもないわ」スザンヌは急に浮かない表情になった。

サムは彼女を引き寄せた。「そんなことはないよ」

トニが足音も荒々しく駐車場を突っ切ってくると、たちまち魔法は解けた。彼女は足をとめてサムのブーツをじっと見つめた。

「本物の男じゃなきゃUGGのブーツは履けないよね」それからジュニアのほうに顔を振り向け、大声でわめいた。「ジュニア！　そのみっともないオンボロ車をそんなところにとめないでよ！」

ジュニアはトニのほうを振り返ると、両手を上に向け、なだめるような仕種をした。

「いまちょうど最終調整ってやつをやってるんだ。あと数マイル走んなきゃならなくてさ。あばら肉がまだ充分焼けてないんだ。骨から身が簡単にはずれるくらいやわらかくしたいんだよ」

スザンヌとサムはそろそろとジュニアの車に近づき、サムはジュニアがボンネットをあけて、ラックにかかったあばら肉にたれをかけるのを食い入るように見つめた。

「思わず見入っちゃったよ」サムはジュニアに言った。「この発明はきみひとりのアイデアなのかい？」

ジュニアはたれのついた人差し指で自分の側頭部を軽く叩いた。

「おれの脳みそは休むってことを知らないのさ。いつだって次なる技術力の勝利を虎視眈々《こしたんたん》とねらってるんだ」

「で、いまはバーベキュー料理の真っ最中なんだね」サムは試作品の調理器のなかのあばら肉をじっと見つめた。

「背中の部分のベイビーバックリブさ」ジュニアは得意そうに言った。「秘伝のたれで味つけしてある」

「あれのどこが秘伝なのさ？」トニが訊いた。「どうせ、ケチャップを適当にしぼって、マスタード少々、それにホースラディッシュを混ぜただけじゃないか」

「正確な配合は絶対に明かさないぞ」ジュニアはむっとしたように言った。「どこかのでかい食品会社が噂を聞きつけて、レシピを盗まないともかぎらないからな」

それはないと思うけど、とスザンヌは心のなかで思ったものの、実際には「賢明な判断だわ、ジュニア」と言った。

しかしサムはまだジュニアの発明に魅了されていた。

「それで、肉用温度計だのなんだのも使ってるのかい？」

ジュニアは肩をすくめた。「いいや。車のオイルゲージを突っこむだけさ」

26

寒暖計は氷点下五度になるかならないかのところを指していたが、カックルベリー・クラブの外に集った人たちはまったく気にしていないようだった。真っ赤に焼けた炭の上でブラートヴルスト・ソーセージがジュージュー、パチパチとおいしそうな音をたて、ホット・アップルサイダーから湯気が立ちのぼり、大鍋でかがり火が燃えさかる。そんななか、ボーガス・クリーク・ブルーグラス・ボーイズが『九七号の大破』を奏でていた。

「もう最高」ペトラが言った。「わたしたち、本当にやりとげたんだわ」彼女はスザンヌの隣で自分で編んだアンゴラのショールをきっちりかき寄せ、二百人のお客でごった返す模様をながめていた。

「ボランティアの協力も大きいわよ」スザンヌは言った。「あんなにもたくさんの人たちが手を差しのべてくれたなんて、本当に信じられない」

「手を貸し、口も出す」とペトラ。「田舎町ってそういうものよ。みんながひとつになって働くの」

その田舎町に人殺しがうろついている事実をあえて持ち出す気にはなれず、スザンヌは黙っていた。それでもその考えは心のなかで燃えさかっていた。おそらく、犯人は今夜ここに、事件現場となったこの場所にふたたび現われ、にこにこと冗談を言い合い、サイダーやココアを飲み、ツーステップダンスを踊っているかもしれない。不恰好な冬用ブーツで踊るツーステップだけど。

お客はまだぞくぞくと入ってきた。エド・ラプソンも顔を出したが、スザンヌにはその神経がさっぱりわからなかった。今夜もまた、ハム・ウィックが期待に胸をふくらませた子犬のように、あとをついてまわっている。

ドゥーギー保安官とドリスコル保安官助手が少し離れたところでココアをちびちび飲みながら、法の執行者らしい冷静な目でお祭り騒ぎを観察していた。

あのふたりはわたしの知らないことをなにか知っているのかしら？　そんなことに頭を悩ませるのはやめたほうがいい。せめて今夜だけは。そうよ。たまには頭を休ませなくちゃ。今夜は楽しむことに専念して、明日になったらまた、殺人だのなんだのを気にかければいい。

上着のなかに手を入れ、サムにもらった卵形ペンダントにそっと触れる。急速に惹かれていく相手から、思いがけなくこんなすてきなプレゼントをもらえるなんて！

「まあ」ペトラが小さな声でつぶやいた。「あれを見てごらんなさいな」

カーメン・コープランドが白いメルセデス・ベンツSLKで到着し、ジュニアのカークッカーの前を通りすぎていった。

「しもじものイベントにご降臨ってわけね」スザンヌは言った。

見ると、カーメンは自分の車を降りてジュニアのポンコツ車を軽蔑するように一瞥《いちべつ》すると、人が集まっているほうへしゃなりしゃなりと歩いていった。マキシ丈のミンクのコートに合わせてミンクの帽子をかぶっていたが、コートの前があいたとき、赤と金色のきらきら光るセーターがのぞいた。

「あの人ったら、いったいなにを着飾ってるのかしら」ペトラが言った。「目の玉が飛び出るほど高価なのはわかるけど、アイスショーにでも出るみたいな恰好だわ」

トニがのんびりした足取りでやってきた。

「モブリー町長が、あと数分で賞を発表したいって言ってるよ」

「いいんじゃない？」スザンヌは言った。「この曲が終わったら、でどう？　そのタイミングで中央ステージにあがってもらいましょう」

「あがるというより、乗っ取るって感じだけどね」とトニ。「とにかく、うん、そう伝えるよ」

「ついでに、そこのポンコツ車をどけてとジュニアに伝えてちょうだい」ペトラが言った。

「もう言ったんだよ」トニは力なく肩をすくめた。「それこそン千億回もさ」

「スザンヌ」うしろから小さく呼ぶ声がした。

振り返ると、リード・デュカヴニーが彼女をじっと見つめていた。

「ちょっと話せるか？」

「ええ、もちろん」スザンヌはペトラのそばを離れ、電飾できらきらしているマツの木へとデュカヴニーを案内した。「どうかした?」

「いまは一月だからってわけじゃなく、みんなから冷たくされている気がするんだよ」

「まあ」スザンヌはいやな予感がした。

「みんな、いまだにおれが容疑者だと思ってるみたいだ」デュカヴニーはそこで間を置いた。

「おれはまだ容疑者なのか?」

「わたしに訊かれても困るわ」スザンヌはできるかぎりやんわりと言った。「こういう話はドゥーギー保安官にしてもらわないと」

「そうしようとしてるんだ」デュカヴニーは言った。「数えきれないほどな。なのに保安官ときたら、一方的にしゃべりまくるばかりで。銀行との取引はどうなってるんだとか、このあいだの月曜にはなにをしてたかとか、そんなことしか言いやしない」

「保安官は抜かりなくやろうとしてるだけよ。そうとうなプレッシャーを受けてるようだから」

「それはおれだって同じだ」デュカヴニーはつま先で雪を蹴った。「例のおぞましいスノーモービル事故がおたくの裏で発生してからというもの、夜もまともに眠れないんだぞ」

事故じゃない。スザンヌはこの科白をかれこれ二十回は心のなかで言っていた。殺人事件よ。

「残念だわ」スザンヌは本心からそう言った。デュカヴニーが疑われていることも残念だし、なにひとつ解明されていないことも残念だし、スザンヌ自身がこの恐ろしい謎に引きずりこまれてしまったことも残念だった。

「あんたから少し口添えしてもらえるとありがたいんだが」

「やってみる」

スザンヌは言ったが、実際にはそんなことはできないとわかっていたし、もっと彼の役に立てない自分に嫌気が差した。遠ざかっていくデュカヴニーのうしろ姿を見送ると、ふたたび頭をパーティのことに切り換えた。いまや宴たけなわで、料理が取り分けられ、誰もがそれぞれに楽しんでいる。レスター・ドラモンドがミッシー・ラングストンにすり寄っていくのが見えたが、おそらく一緒に踊ろうと誘っているのだろう。ミッシーは首を横に振って離れようとしているが、それでもドラモンドはあとをついていく。

まったくしつこいったらありゃしない。スザンヌが心のなかで毒づいたそのとき、突然けたたましく甲高い音がPA装置からほとばしった。バンドのほうに目をやると、モブリー町長がマイクを奪い、横柄な態度で立っていた。

あ、そうか。授賞式の時間だわ。

「どうかご静粛に」

モブリー町長の割れた声が観客のざわめきを上まわるボリュームで響きわたった。おしゃべりがようやくおさまり、観客の目が自分に向けられるのを確認すると、町長は口をひらいた。

「まず最初に、みなさん、ウィンター・ブレイズ・パーティにようこそおいでくださいました！」

大きな歓声がわき起こり、町長はにやけた顔でうなずいた。まるで今夜のイベントをすべて自分ひとりで手がけたみたいな顔つきだ。

「わが町のすばらしき炎と氷の祭典を締めくくるのに、これ以上ふさわしいものがありましようか！」

さらに大きな歓声と、若干のブーイングがあがった。

きっと町長は癇癪を起こすわ、とスザンヌは心のうちでつぶやいた。否定的な意見をいっさい受け入れない人だもの。

「関係者から聞いたところによれば、多くのみなさんがお宝メダルの発見まであと少しのところまで来ているようですが、まだどなたも隠し場所から掘り出した人はいないとのことです。まだ数時間残っています。美しいカーメン・コープランドさんがありがたくも寄付してくださった三千ドルの賞金を手にする最後のチャンスです」

大きな拍手があがり、バンドが効果音としてちょっとしたメロディをつまびいた。

「さて、氷上魚釣り大会と氷の彫刻コンテストの優勝者は誰か、みなさん、気になっていることと思います。ですから、これ以上お待たせするつもりはありません」

彼はにやりと笑って、あたりを見まわした。この瞬間をじっくりと楽しみ、待たせないと言ったそばから観客を待たせていた。ようやく町長は歓喜に酔ったような声で発表した。

「十二ポンド四オンスという驚異的な重さのウォールアイを釣りあげて優勝したのは、チャーリー・スタイナーさんです！」

ひかえめな拍手がぱらぱらと鳴るなか、チャーリー・スタイナーがのっそりとモブリー町長に歩み寄り、百ドル分の小切手を受け取った。

今夜チャーリーが来てたなんて知らなかった、とスザンヌはひとりごとを言った。興味深いわね。サムはどこかと探して人混みを歩くうち、町長が授賞式を進め、二位、つづいて三位を獲得した人を発表するのが聞こえた。

今度はさっきよりも大きな拍手があがったが、まだサムは見つからない。

どこに行っちゃったの？　スザンヌが首をひねっていると、いきなりトニに袖をつかまれた。

「発表されるよ」トニは押し殺した声で言った。

「さて、次は氷の彫刻コンテストの発表です」モブリー町長の声が響きわたった。「今年は全部で二十五組ものエントリーがありました。一部の氷像はまことに見事なものでした」彼はジョージ・ドレイパーのほうを見やった。「サルコファガスというものをきょう初めて拝見しましたよ」観客はそうだそうだと言うように歓声をあげ、ドレイパーはうんうんとうなずいた。「しかし、審査員の厳正な審査により、優勝の青いリボンはホッキョクグマを製作したダレル・クロンスキーさんと決まりました！」

「やっぱりね」トニは行儀よく手を叩きながら、クロンスキーがリボンを受け取るのを見ていた。「だってさ、クロンスキーは木彫りの職人だから、道具の使い方を熟知してるもん」

「第二位は」モブリー町長が言った。「氷の城を製作したチャーマーズ肥料店のみなさんです」彼はひらひらする赤いリボンをバド・チャーマーと従業員に手渡した。「三位は、まさにうってつけの受賞と言えますが、ここカックルベリー・クラブの楽しい主催者のみなさんです！」

拍手と歓声があがるなか、トニとペトラはリボンを受け取りに急いだ。

「受賞作は六段重ねのウェディングケーキでした」町長はつけくわえた。

トニが白いリボンを受け取って頭上で振ると、ジュニアがクラクションを鳴らしてはやしたてた。「ヒューヒュー！」

「おめでとう」スザンヌのすぐそばで声がした。

振り返るとヨーダー師が立っていた。丈の長い黒いコートを着ているが、肘のところが両方ともほとんどすり切れている。その姿はまるで恐ろしい死神を連想させるが、穏やかな目のまわりには笑いじわができていた。

「ありがとうございます。でも、わたしは小指一本動かしてないんですよ。トニとペトラだけで彫ったのですから、手柄は全部、あのふたりのものです」

「たいしたものです」ヨーダー師は言った。「ですが、今夜のすばらしいイベントを主催したあなたにはお礼を言わせてください」

「どうぞ、ゆっくりしていってくださいな。ホットサイダーでもどうぞ」スザンヌは言った。「ソーセージのグリルとベイクドビーンズも食べていってくださいね」

「本当にいつもご親切に」ヨーダー師は言った。「ですが、残念ながら急ぎの用事がありまして」

「ああ、日曜日はお忙しい日でしたね」スザンヌは師の教会には属していないが、信徒の友人が何人かいる。

ヨーダー師はほほえんだ。

「いえ。ただ、若い客人がおりますので戻らねばなりません」

スザンヌは最初、聞きまちがいかと思ったが、すぐにはっとなり、頭のなかでピストンが一斉に動きはじめた。

「若い客人とおっしゃいましたか？　教会にどなたか泊まっているのでしょうか？」

ヨーダー師はうなずいた。「ええ。しかしほんのいっときです。少年の親御さんと連絡が取れるまでの」

「驚いた！　コルビーだわ！」

「そのとおりです」ヨーダー師の顔がじょじょにほころんでいった。「なぜ彼の名前をご存じなのですか？」

スザンヌはふたたび師の腕をつかんだ。指を強く食いこませすぎたせいで、ヨーダー師は露骨に顔をしかめた。

「彼はいまも教会に？」ぶしつけなまでのスザンヌの言葉は切迫感に満ちていた。

「ええ、もちろん」

スザンヌはドゥーギー保安官はどこかと懸命にあたりを見まわしたが、どこにも見あたらなかった。ま、いいわ。わたしが行って、コルビーを連れてくればいいことだもの。それに、そのほうがいいかもしれない。逮捕されるんじゃないかとか、よけいな心配をさせずにすむ。パーティに誘って、あとはなりゆきにまかせよう。

「とても大事なことなんです」スザンヌは感情をあらわにすまいとしながら、ヨーダー師に訴えた。「いますぐコルビーと話をさせてください！」

しかし言うはやすし、おこなうは難しだった。コルビーはあきらかにスザンヌとの再会を喜んでいなかったし、教会から外に出ようともしなかった。

「なんでだよ？」

コルビーはふてくされたように言うと、スザンヌの目をまっすぐに見つめた。スザンヌは彼の全身に目を走らせた。とりあえず、怪我をしている様子はない。やがて少年の目がヨーダー師へと移った。

「ここにいていいと言ったじゃないか。なのに、おれを売りやがって！」

コルビーは日本のマンガが散乱した寝台に寝っ転がったまま、怒りにまかせて声高になじった。

「そんなことはしていないよ」ヨーダー師が言った。「しかし、きみのほうはなにもかも正直に打ち明けてくれたわけではないようだね。みんなが、しかも警察までもがきみを捜しているとは知らなかったな」

「でも、おれはなんにもしちゃいないんだって！」コルビーは言い返した。

「それはわかってる」スザンヌは少年を落ち着かせようと、穏やかな声で言った。「でも、わたしも保安官も、あなたから話を聞きたいの」

「なら、あいつをここに連れてこいよ」

「あなたが隣に出向いて、パーティの輪に入ったほうがいいと思う」

コルビーはまだ渋っていた。「行きたくないと言ったら？」

「そんなこと言うもんじゃないわ」スザンヌはにこやかながら有無を言わさぬ口調で言った。

「行きたいくせに」


そのあともコルビーはさんざん、ぶつくさ文句を言ったものの、もこもこのジャケットに袖をとおし、スザンヌとヨーダー師とともに凍った地面を突っ切った。

「これをおれに見せたかったのか？」ウィンター・ブレイズ・パーティが目に入るとコルビーは訊いた。「盛大だな。田舎町のダンス・パーティかよ」

三人は会場の外周に立っていた。スザンヌは期待に胸をふくらませ、コルビーは不信感剝き出しで。ヨーダー師はまだことのなりゆきにまごついていた。

「ちょっと頼まれてほしいの」スザンヌは言った。

「なんだよ？」

「わたしの話をよく聞いて。あの晩、あなたがなにか目撃したのはわかってる。スノーモービルに乗ってた人が殺された晩のことよ」

「そんなの知るか」きっぱりした声だが、目が泳いでいた。

「だから力になってほしいの」

コルビーはただ立っていたが、実際にはその気になっているも同然で、緊張感がびんびん伝わってくる。

「あの晩、誰かを見たんでしょう?」スザンヌは言った。「だから、この会場をぐるっとまわって、知ってる顔がないか確認してほしいの」

コルビーはヨーダー師にすがるような目を向けた。

「どうしてもやらなきゃだめなのかよ?」

ヨーダー師はうなずいた。「わたしたちに手を貸してほしい」彼は落ち着いた声で言った。「きみならできる。できるとわかっている。きみを心から信頼しているよ、コルビー」

コルビーは大きなため息を吐き出した。

「つまり、あの晩、ワイヤーを張ったやつを見分ければいいんだな?」

スザンヌの心臓が派手に跳ねあがった。「できる?」

コルビーは眉根を寄せて周囲に目をやった。ひとり、またひとりと見ていく。

「どうかな」

「あせらなくていいわ」スザンヌは言った。「ゆっくり考えて」

「そうしてるって」コルビーはさらに人混みに目をこらし、ひとりひとり顔をチェックしていった。「いないみたいだ」

いいかげんあきらめて終わりにしようとしかけたそのとき、彼の目になにかが浮かんだ。ぴんときたことをしめすように小さな火花が散った。

「見覚えのある人がいた?」スザンヌは声にならない声で尋ねた。

コルビーはゆっくりとうなずいた。

「どの人?」スザンヌは訊いた。

コルビーはそのまままたっぷり三十秒も立ちつくしていた。やがてのろのろと、それでもしっかりと片手をあげて指差した。誰あろう、ハミルトン・ウィックを。

27

　そのとき、ハム・ウィックは干し草俵にちょこんと腰かけ、ホット・アップルサイダーを飲んでいた。隣でジーン・ギャンドルが肌身離さず持っている記者用手帳になにやら書きつけている。ばれたことに気づいたとたん、つまりコルビーに指差されて自分が要注意人物になったのを知ったとたん、ウィックは飲み物を地面にぶちまけ、干し草俵からいきおいよく立ちあがった。ひしめき合う客の合間を全速力で走りながら、いちばん近い車を目指した。カーメンのメルセデスだ。しかし、しっかりロックされていた。

「逃がさないわよ！」スザンヌは叫びながら、人混みに飛びこんだ。「保安官を見つけなきゃ！」ウィックから目を離さないようにしつつ、保安官はどこかと夢中で探しながら、押し寄せる客の波をかき分けていった。

「ちょい待ち！」トニが腕をつかんできた。「いったいどうしたのさ？」

「ウィックよ！」スザンヌはもつれる舌でわめいた。「彼がワイヤーを張ったんだってコルビーが教えてくれたの。あいつが犯人よ！」

　トニはくるりと振り返り、人混みのはずれに動くものがあるのに気づくと、あわてふためいた声で叫んだ。「まずい!」

「どうしたの?」スザンヌも大声を出した。

見ると、ハム・ウィックはアイドリング中だったジュニアの車の運転席のドアを引きあけ、急いで乗りこんだ。ギアを操作するギイッという不快な音を響かせ、油くさい排ガスを吐き出すと、ウィックを乗せた車は発進し、スピードをあげた。

「ジュニアのカークッカーで逃げた!」トニが叫んだ。

「あとを追うわよ!」スザンヌは甲高い声で言った。「さあ、わたしのスノーモービルに乗って!」

ふたりはレンタルしたスノーモービルに向かって猛然と駆け寄ると、飛び乗って頭にヘルメットをのせた。スザンヌがエンジンをかけていきおいよく発進し、トニがその背中にしっかり抱きつくと、ドゥーギー保安官が駆け出してきて、手を振ってふたりをとめた。

「どうした? なにがあった?」彼は大声で訊いた。「いったいどういうことだ?」

「ハム・ウィックを追跡するのよ!」スザンヌは怒鳴り返した。「あいつが犯人だとコルビーが断言したわ!」

「たしかなのか?」保安官は訊いた。

「あいつが犯人よ! ウィックがビューサッカーさんを殺したの!」

保安官は自分の車に駆け寄り、ドアに手をかけたところで、二台の車にはさまれているのに気がついた。これではどうがんばっても動かせない。

スザンヌは肩ごしに保安官を見やった。「あのなかのスノーモービルを使えばいいわ！」何台かとまっているあたりをしめした。「ちゃんとついてきて！」そう言うと、スロットルをまわして走り出した。

保安官は適当なスノーモービルにまたがり、一瞬にしてエンジンを生き返らせた。発進して追跡にくわわったとたん、変形した制帽が頭から吹っ飛んだ。

夜の闇をついてハイウェイ六十五号線を猛スピードで突っ走ること二分、保安官はスザンヌとトニが乗ったスノーモービルに追いついた。

彼はふたりに腕を振り、わきによせてとまれ、追跡をやめろとジェスチャーで指示した。二台のマシンに吹きつける風で声がかき消されないよう「引き返せ！」と怒鳴った。「あとはおれにまかせろ！」

「冗談言わないで！」スザンヌは怒鳴り返すと、前傾姿勢になってさらにスピードをあげた。前方にウィックが乗った車のテールランプが見える。おそらく、半マイルほど先だろう。追いつけるだろうか？　やるしかない！

二台のスノーモービルは、黄色いヘッドライトで闇を切り裂きながら、エンジン全開でハイウェイを爆走した。道はところどころアスファルトが剝き出しになっていて、そんなときにはスザンヌも保安官もそれをよけ、雪と氷がある路肩を走行した。

トニが身を乗り出し、スザンヌの耳もとで叫んだ。「あいつ、町に向かってる！」

スザンヌはうなずいた。目から涙が流れてくる。時速四十マイル近くで飛ばすと、寒風の影響で体感温度はマイナス二十度にもなる。おまけに、いまの服装は必死の追跡にはまったく不向きだ。ジャケットもブーツもファッション性重視で、身を守る役には立たない。それでも、ここであきらめるわけにはいかないのだ。

ハイウェイ六十五号線とビグズビー・ロードとの交差点で、スザンヌはとうとう速度を落とした。いつの間にかウィックを見失っていた。彼は東に行ったのか、西に行ったのか。東に折れたのなら、キンドレッドの中心部に向かっていることになる。西に折れたのなら、凍てついた農場をガタガタと突っ切って、雨裂や深い峡谷に入ってしまい、もう見つからないだろう。

「東と西、どっちだ？」

保安官がすぐわきにとまるなり怒鳴った。風洞を抜けてきたかのように白髪交じりの薄い髪がうしろに流れてしまっている。体はぶるぶる震えていたが、全身から強い決意が伝わってきた。

「はっきりしないわ」

タタタタというけたたましいエンジン音に負けまいとして、スザンヌは声を張りあげた。歯を食いしばり、顔をしかめる。当てずっぽうで決める？　でも、それがまちがいだったらどうするの？

保安官はこのまま田園地帯で捜索をつづけたそうな顔で西をながめていたが、スザンヌはエンジンをふかし、市街地の方向に数フィート進んだ。こっちのはずだと思うけど、もしかしたら……。

「うわ！」トニが叫び、指を差した。「あれって血？」

視線を落とすと、雪に点々と赤いものがついているのが目に入った。事故でもあったのだろうか？　ウィックが盗難車で人をはねたとか？　まさか、ひき逃げ事故？　これ以上、事態が悪くなるの？

スザンヌはスノーモービルを飛び降り、片膝をついてしゃがんだ。なんとなくだが、血のようには見えなかった。だって、あざやかな赤だし……。

顔をもっと近づけ、怪訝な表情でにおいを嗅いだ。

「バーベキューソースだわ！」

それを聞いたトニは顔を仰向け、大きく息を吸いこむと、即座に腕を突き出した。

「あっちだ！　ベイビーバックリブのにおいがただよってる！」

かくして二台のスノーモービルは、タッグを組んでキンドレッドの住宅街を全速力で走っていた。前方のウィックが、常軌を逸した高速カーチェイスを先導し、縦横無尽に走っていく。一ブロックか二ブロックも離れているときもあれば、ジュニアの車がプスプスいいながら並行する道を走っていくのが見えることもあり、そういうときはガレージから車を出そうとしている人が誰もいないことを祈りながら、細い道を爆走せざるをえなかった。

「あいつ、どこに行くつもりなのかな？」トニがスザンヌの右耳に怒鳴った。

「銀行にお金をおろしにいくんじゃない？」スザンヌは言った。「あるいは自宅に戻って自分の車に乗り換えるとか」彼女はほんの一瞬、ハンドルから両手を離し、お手上げの仕種をした。うまくまかれてしまった。

「見失ったな」保安官が横に並んだ。しかたなくゆっくりと流しながら、古い駅舎や飼料工場の前を通りすぎた。

「もしかしたら、線路伝いに走って町を出ようとしてるのかもしれない」スザンヌは保安官に向かって声を張りあげた。

「かもな」

「ちがうよ」トニが言った。「まだあばら肉のにおいがするもん」

「じゃあ、どっちの方向？」スザンヌは訊いた。

トニは左のほうをしめした。「たぶん……あっち」

スザンヌはキックペダルを踏んでマシンをふたたび始動させると、運動場を横切りはじめた。無人のブランコやシーソーの前をゆっくりと通りすぎ、雪に覆われた野球場をすいすいと走った。

「無理だ」並走しながら保安官が言った。「見つけられそうにない」

「いいえ、見つけてみせる」

スザンヌは自分のマシンのノーズを小さな雑木林に向けると、ミセス・コッパーフィールドの野菜畑を通り抜け、メドウ・レーンに出た。すると五百ヤードと離れていないところを、ジュニアの車が滑るように走っていくではないか！

「いた！」トニが叫んだ。「保安官、保安官、あっちだよ！」

スザンヌたちはふたたびウィックの追跡を開始した。彼のすぐうしろにつき、さらに何ブロックか追いかけた。必要とあれば他人の裏庭を突っ切ったし、路地をガタガタと進んだり、凍った歩道を走ったりもした。

「じきに町の外に出てしまうぞ」保安官が怒鳴った。

「じゃあ、いますぐ捕まえなくちゃ」スザンヌは怒鳴り返した。広々としたところに出られたら、捕まえるのは無理だ。見つからなくなるからだ。

「メイン・ストリートのほうに向かってる！」トニが素っ頓狂な声を出した。

「逃がさないわ！」スザンヌは声を張りあげた。

三人は猛スピードでウィックを追った。タンブル・ストリートを横断し、ガソリンスタンドをよけ、メイン・ストリートに入った。

「あそこだ！」トニが叫んだ。

メイン・ストリートを飛ぶように走り、キンドレッドの商業地区に向かった。カイパー金物店、レクソール薬局、〈シュミッツ・バー〉、マーカス・ブラザーズ農業保険、そして〈ルート66〉。

「できるよ」トニがスザンヌをけしかけるように叫んだ。「あんたならあいつを捕まえられる！」

スザンヌがスノーモービルの速度をレッドゾーンまであげて危険なスピードを出しはじめると、トニは体を縮め、スザンヌの上着の背中に顔を埋めた。

ウィックは背後でヘッドライトが上下しているのに気づくと、左に右にジグザグ走行を始め、そのせいで駐車中の車にぶつかり、街路灯をこすった。その間、ジュニアのポンコツ車は、いまにも爆発しそうにガタガタ揺れ、ゴロゴロとうなりつづけた。

「あいつ、エンジンに負荷をかけすぎだよ」トニが大声で言った。「あのオンボロ車じゃもたないって」

突然、ウィックの車は通りをはずれ、まっすぐ公園に向かった。

「氷の彫刻のほうに向かってる！」

スザンヌが保安官はついてきているだろうかとうしろを振り返ったところ、彼は十フィートうしろを厳しい顔でついてきていた。スザンヌはウィックを見失うまいと大きく向きを変えて、雪だまりを乗り越えた。マシンは一瞬宙に浮き、次の瞬間いきおいよく着地した。

前方を見やると、ウィックは氷の彫刻のあいだを縫うように進んでいた。本人は氷の障害物をすいかわしているつもりのようだが、実際には左右の像を壊しながら進んでいる状態だった。ギリシャ彫刻ふうの像の頭が落下し、翼のある像の腕が吹っ飛び、巨大な魚がぐらぐら揺れてひっくり返った。まるで、しゃれたドリンクに使う氷を削っているみたいだった。

前方にジョージ・ドレイパー作のサルコファガスが現われ、ウィックはその長さ七フィートの堅牢な作品をうまくよけようとしたものの、右のフロントバンパーがぶつかった。決定的なミスだった。ジュニアの車は激しくスピンし、恐ろしいことに三百六十度くるっとまわって、優勝したホッキョクグマの像にまともにぶつかった。下腹部にぶつかられたホッキョクグマは抗議するようにギシギシと大きな音をさせた。それから左に数フィート傾き、そのあぶなっかしい恰好のまま、ピサの斜塔のようになんとか釣り合いをたもった。

スザンヌはとまりきれないかもしれないと思いながら、ブレーキを強く、これでもかというほど強く握った。すごいいきおいで横滑りしていきながら、正面衝突だけはなんとか避けようと左に舵を切った。しかし、ぶつからずにすますのは無理だとわかると、スノーモービルの鼻先をジュニアの車のフロント部分に向けた。

ボンネットが安物のアコーディオンのようにつぶれ、車のエンジンが瀕死の恐竜のように絶叫した。バーベキューソースが気味の悪い赤いしぶきとなって噴きあがり、半径十フィート以内にあるものすべてに飛び散った。

その直後、保安官が到着した。彼はホッケー選手が急停止するときのようにスノーモービルを横滑りさせ、ペガサスの氷像の左の翼を少しかすっただけでとまった。それから銃を抜いてマシンから飛び降り、ジュニアの車に駆け寄った。

スザンヌは激しく動揺しながらも、命を落とさずにすんだことに安堵した。

「ウィックはどう？　無事？」

保安官は盗難車のなかをのぞきこみ、目を丸くして叫んだ。

「間一髪だ！　このままだと失血死するかもしれん」

スザンヌが足を引きずりながら近づいていくと、ハム・ウィックはジュニアのカークッカーのフロントシートにぐったりと沈みこみ、大量のねばねばした赤い液体にまみれていた。

そのうしろから悠然とやってきたトニが、ひと目見るなり言った。

「ちがうよ、これは血が出てるんじゃない。ジュニア特製のホットソースをかぶっちゃっただけさ」

28

保安官はただちにパーソナル無線機で特別警戒を呼びかけ、応援と救急車を要請した。

しかし意外にも、スザンヌたちの隣にとまった最初の車は、サムとジュニアを乗せたサムのBMWだった。しかもふたりはコルビーまで連れてきていた。

コルビーが車から飛び出した。びくびくした様子ですっかり取り乱している。

「あいつを捕まえた？　捕まえた？」と何度も何度も大声で叫んだ。

「そうわめくな、ぼうず」保安官が大きな手を差し出した。「少しは落ち着け。容疑者にはもう手錠をかけて権利も読みあげてある」

その一分後、保安官の部下のジェリー・ドリスコルが運転するパトカーがパトライトを点灯させ、サイレンをこれでもかと大音量で鳴らしながら到着した。

手錠をかけられ、異常なほど震えあがっているハム・ウィックを保安官は乱暴に立たせた。ウィックは激しく泣き崩れ、一切合切を自白した。涙をぼろぼろ流しながら事の次第を語り、「殺すつもりはなかったんだ。ちょっと脅すだけのつもりだった」と何度も何度も訴えた。

スザンヌにすれば、ウィックの自責の念などどうでもよかった。

「この人に権利を読みあげた？」と保安官に確認した。サムがすぐそばに立っていた。「ちゃんと読みあげたんでしょうね？」つまらない手続きミスで冷酷な人殺しが自由の身になるなんて冗談じゃない。

「もちろんだとも。その点は抜かりない」保安官は請け合い、ドリスコル保安官助手がウィックをつかんで、パトカーの後部座席に押しこんだ。

「この悪党！」スザンヌはウィックに向かって叫んだ。「人でなし！ジョーイを襲ったうえに、わたしをスノーモービルでひき殺そうとするなんて！いったいどういうつもりなの？」

「まあまあ、落ち着いて」サムがなだめた。「もう終わったんだ。片がついたんだよ」

「人間のくず！」スザンヌはまたも大声でわめいた。

サムが彼女の体に両腕をまわした。

「ほら、落ち着いて。もういいじゃないか。そのくらいにしておこう」なだめるような声でそうささやきかけた。

「そうね。そうする」スザンヌは言った。いくらでもわいて出るアドレナリンのせいで、頭のおかしな女のようにわめきちらしていることは自分でもわかっていた。震えながら何度か深呼吸し、サムを見あげた。

「これでよし、と。ずいぶん落ち着いたわ。もう大丈夫」

しかしコルビーの気持ちはまだおさまっていなかった。彼は氷の彫刻にこぶしを叩きつけながら、あたりをうろうろ歩きまわっていた。

スザンヌはサムの抱擁を逃れ、コルビーのもとに駆け寄った。

「あなたも落ち着かなきゃだめ。でないと怪我しちゃうわ。もう一件落着したんだから。終わったの。ウィックは殺人の容疑で逮捕されたわ」

保安官が油断のない目をコルビーに向けた。「たしかにウィックなんだな、ぼうず。ふざけたまねは許さんぞ」

コルビーはいきおいよく首を縦に振った。「まちがいない、あいつだ」それから、ドリスコルのパトカーの後部座席でぶざまに丸くなっているハム・ウィックを指差した。「ワイヤーを張ってたのはあの男だ」

「法廷で証言できるか？」保安官は訊いた。

コルビーはいまだ怒りが冷めやらず、身震いがとまらなかった。

「もちろんさ。あいつはおれのこともねらってたんだ。何度か街で見かけたけど、おれを殺す気なのがびんびんに伝わってきた」

「あと少しでそうなってたところよ」スザンヌが言った。「襲った相手はジョーイだったけど」

コルビーは顔を手で覆い、頭を左右に振った。

「うそだろ。知らなかったよ、そんなこと。ひでえことしやがって！」

スザンヌはコルビーをしみじみと見つめた。

「だから身を隠してたのね、ちがう？　犯人に追われていると思ったからなのね。というか、実際に犯人に追われていたからなのね」

コルビーはうなずいた。「うん、そう思ってた。やっぱりそうだったんだな」

「もう家にお帰りなさい」スザンヌは思いやりのあるやさしい声になって言った。「わたしからお母さんに連絡するわよ、いい？　電話番号を教えてくれるわね？」

「教えてもいいけど」

「教えてもいいけど、じゃなくて、教えなさい」スザンヌはにじり寄った。

「電話したら」とコルビー。「おふくろにうまくとりなしてくれる？」

スザンヌはコルビーの肩に腕をまわして抱き寄せた。

「もちろん、そうする。それにヨーダー師も力になってくれるはずよ」

「おふくろはめちゃくちゃ怒るだろうな」

「あなたはりっぱなヒーローだって、お母さんにちゃんと伝えるわ」

コルビーはほっとした顔でスザンヌを見つめた。

「本当にそう言ってくれる？」それから少し照れたようにつけくわえた。「おれってヒーロー？」

スザンヌはさらに強く抱き寄せた。

「ええ、わたしのヒーローよ」

「チャーリー・スタイナーもデュカヴニーもドラモンドも、これで容疑が晴れたってわけだ」

トニがスザンヌの隣に現われ、ふたりは衝突現場をしげしげとながめた。

「クラウディアとジョージ・ドレイパーのふたりにエド・ラプソンもね」スザンヌは言った。「もっとも、みんなそれぞれの問題は残ったままだけど」

「それにしてもジュニアは気の毒だね」トニは言った。ジュニアはぼさぼさの髪をかきむしりながらせかせかと歩きまわり、見るからに意気消沈した様子で無惨な姿となった車を調べていた。「すっかりへこんじゃってさ」

「おれのカークッカー！」ジュニアはうめいた。「おれの宝物だったのに。せっかくの発明を盗んだあげくに、事故ってめちゃめちゃにしやがって！」

スザンヌはジュニアの腕を軽く叩いた「こう考えたらどうかしら、ジュニア。あなたのカークッカーはより崇高な目的に使われたんだと。危険な犯罪者が逮捕されたんだもの、あなたは胸を張るべきよ」

ジュニアは顔をぱっと輝かせ、前髪を片側に払った。「そうかな？」その声はまだ寂しそうだった。

「もちろんよ」スザンヌは言った。「町長からあなたに感謝状が出るかもね。少なくともあなたの車には出ると思う」

「元気出しなって、ジュニア」トニが声をかけた。「カークッカーはまた新しいのをつくればいいよ。もっと優秀なカークッカーをさ。シェルビー自動車修理工場の裏に隠してある古いフォード・フェアレーンを改造したいって、前から言ってたじゃん」

「エンジンをオーバーホールしなきゃ無理だよ」ジュニアは元気なく言った。「変速機まわりも完全にへたってるし」

「あんたなら直せるって。ついでに、前からほしいって言ってた、赤い合皮のタックロール・シートでグレードアップさせようよ。それに新しいアタッチメントもつけたらいい。たとえば……うーんと……」トニは助けを求めるようにスザンヌを振り返った。

「車で動く野菜のスライサーとか？」

「それだ！」

保安官がジュニアの車のところにのんびりと現われた。

「ほう、あばら肉がえらくいいにおいだな」

「まったくです」サムが言った。「焼けたでしょうかね？」

保安官はボンネットのオープンレバーをぐいと引いた。つぶれた金属の塊が滑り落ち、焼けたオイルとミッションオイルのにおい、それにスパイスのきいたバーベキューソースのぴりっとした香りが入り交じったにおいが立ちのぼった。

「こいつはたまげた！」保安官が昂奮した声をあげた。「あばら肉は完璧に焼けてるぞ」

ジュニアは無惨な姿をさらした車を上からのぞきこんだ。

「たしかによく焼けてるな」するとたちまちやる気スイッチが入ったらしく、バッテリー近くにくくりつけてある金属のプレートをひょいと持ちあげた。「こっちはガーリックトーストだ。よかったら食べてくれ」

「へえ、すごい」

トニがのろのろとジュニアの車をまわりこんだそのとき、ホッキョクグマが傾きはじめ、氷のかけらが彼女の頭と肩に雨のように降り注いだ。

「うひゃ！」トニは叫んだが、その声は途中でとまり、彼女は口をあんぐりさせたまま手袋をはめた手をのばした。「信じらんない！」彼女の口から素っ頓狂な声が洩れた。ホッキョクグマの巨大な氷の前脚をおそるおそる突いてみると、なんとまあ、金色に輝くものが見えるではないか。「お……お宝だ！」

「見つけたの、お宝メダルを？」スザンヌは腰を抜かさんばかりに驚いたが、自分のことのように喜んだ。

「クマの前脚に埋めこんであった！」トニはきらきら光る金色のメダルをひっつかむと、みんなに見えるよう高くかかげた。「見てよ、信じられる？」彼女は目をしばたたき、ひとしきり高笑いすると、はしゃいだ声で叫んだ。「やったー！　見つけたー！」

「やったね」サムもスザンヌの肩に腕をまわしながら祝福した。

「よかったわ」スザンヌは言った。

「うひゃひゃー」ジュニアが絶叫した。「これで新型カークッカーの資金ができたぜ！」

彼はトニをぐいと引き寄せ、その頬に盛大にぶちゅっとやった。

「ひと口惚れだな」保安官はジョークを飛ばし、あばら肉にかぶりついた。

サムはスザンヌをさらに抱き寄せ、そっと顔をすり寄せた。

「その気持ち、ぼくもわかるよ」

ニンジンのキッシュ

【用意するもの】
中くらいのニンジン……３本
バター……大さじ２
タマネギのみじん切り……½カップ
ベーコン……４枚
直径23cmのパイクラスト(焼いていないもの)……１枚
刻んだスイスチーズ……１½カップ
卵……４個
生クリーム……１カップ
塩・コショウ……適宜

【作り方】
1. ベーコンはカリカリに焼いて崩しておく。
2. ニンジンは皮をむいてごく薄切りにし、フライパンに少量の水とともに入れて沸騰させ、ふたをして20分おく。その後、水気を切る。
3. フライパンにバターを溶かして、タマネギのみじん切りを５分ほど炒めたのち、2のニンジンをくわえてよく混ぜる。
4. パイクラストに1のベーコンを敷きつめ、上にスイスチーズを散らし、3のタマネギとニンジンのソテーをのせる。
5. 中くらいのボウルで卵と生クリームを泡立つまでかき混ぜ、塩・コショウで味をととのえる。それを4のパイクラストに注ぎ入れ、オーブンの下段に入れて190℃で40分焼く。

レモンのコーンブレッド

【用意するもの】
ブラウンシュガー…… 1¼カップ
サラダ油……½カップ
サワークリーム……¾カップ
卵（Lサイズ）…… 2個
薄力粉…… 2カップ
ベーキングパウダー……小さじ½
重曹……小さじ½
塩……小さじ¾
コーンミール…… 1カップ
レモン果汁……⅓カップ
レモンの皮のすりおろし……大さじ1

【作り方】
1. 小さなボウルでブラウンシュガー、サラダ油、サワークリーム、卵をクリーム状になるまで混ぜる。
2. 大きなボウルに薄力粉をふるってベーキングパウダーと重曹、塩をくわえる。そこにコーンミールもくわえて混ぜる。
3. 2のボウルに1をくわえ、よくなじむまでかき混ぜ、レモン果汁とレモンの皮のすりおろしをくわえ、さらにかき混ぜる。
4. 23センチ×28センチの角形に油（分量外）を塗り、200℃で25分焼く。

チョコチップ入り
レッドベルベット・パンケーキ

【用意するもの】

薄力粉……２カップ
ベーキングパウダー……小さじ2
重曹……小さじ1
砂糖……大さじ6
ココア粉末(無糖)……大さじ4
塩……小さじ½
卵……２個
バターミルク……1½カップ
サワークリーム……½カップ
食紅……小さじ2
バニラエクストラクト……小さじ4
チョコレートチップ……¾カップ

【作り方】

1. 大きなボウルで薄力粉、ベーキングパウダー、重曹、砂糖、ココア、塩を混ぜ合わせる。
2. べつのボウルで卵、バターミルク、サワークリーム、食紅、バニラエクストラクトを泡立て器でよく混ぜ合わせる。
3. **1**に**2**を注ぎ入れ、充分になじむまでかき混ぜる。そこへチョコレートチップをくわえて切るように混ぜる。
4. 薄く油をしいたグリドルに**3**の生地の¼から⅓を流し入れ、パンケーキを焼く。薄く色づいてポツポツと気泡ができてきたらひっくり返し、2〜3分焼く。
5. バターとメープルシロップを添えて出す。

チェッグノッグ

【用意するもの（2～3人分）】
市販のエッグノッグ……3カップ
バニラエクストラクト……小さじ1
市販の液体濃縮のチャイ……1カップ
ナツメグ……適宜

【作り方】
1. ミキサーにエッグノッグ、バニラエッセンス、液体濃縮のチャイを入れてよく攪拌する。
2. 1をグラスに注ぎ、ナツメグを散らす。

チェダー・リコッタ・キッシュ

【用意するもの】

卵……６個

小麦粉……大さじ２

刻んだチェダーチーズ……１カップ

リコッタチーズ……２カップ

溶かしバター……¼カップ

缶詰のグリーンチリ（４オンス入り 約113ｇ）……１缶

【作り方】

1. グリーンチリは細かく刻んでおく。
2. ボウルで卵を攪拌し、小麦粉をくわえてふたたび混ぜる。そこへチェダーチーズ、リコッタチーズ、溶かしバター、グリーンチリをくわえる。
3. 油をしいたラムカン皿６枚に2を均等に流し、190℃のオーブンで45分焼く。
4. 食べるときにサワークリームとサルサをかける。

イングリッシュマフィンの
ベーコンエッグ・サンド

【用意するもの(2人分)】

バター……大さじ1

卵……2個

スライスチーズ(スイスまたはチェダー)……2枚

イングリッシュマフィン……2個

薄切りベーコン……4枚

【作り方】

1. ベーコンは焼いて脂を落としておく。イングリッシュマフィンはふたつに割る。
2. ソースパンにバターを溶かし、そこに卵を2個割り入れる。卵に半分ほど火がとおったら、それぞれにチーズをのせて、さらに加熱する。
3. イングリッシュマフィンをトーストし、下半分のほうに**2**の目玉焼きを1つ、次に**1**のベーコンの半量をのせ、上半分のイングリッシュマフィンでサンドする。同じものをもう1つつくる。
4. ホットソース、ケチャップ、またはマヨネーズをかけると、さらにおいしくなる。

ダーティ・フライドチキン

【用意するもの】

小麦粉……¾カップ

塩……小さじ1

パプリカ……小さじ1

カルダモン……小さじ¼

クローブ(つぶすか挽いたもの)小さじ¼

バターミルク……1カップ

ホットソース……大さじ3

鶏肉(切り分けたもの)……1羽分

揚げ油……適宜

【作り方】

1. 浅いボウルで小麦粉、塩、パプリカ、カルダモン、クローブを合わせる。
2. べつのボウルでバターミルクとホットソースを合わせる。
3. 鶏肉を2につけて、1をまぶし、高温に熱した揚げ油に入れて強めの中火で揚げる。外がキツネ色になったら、中火にして30～35分、ときどき上下を返しながら揚げる。

前向きになりたい朝のキャセロール

【用意するもの】
グラウンドソーセージ……450g
バター……大さじ6
食パン……６枚(耳は切り落とす)
刻んだチェダーチーズ……1½カップ
卵……５個
ハーフ・アンド・ハーフ・クリーム……２カップ
塩……小さじ1

【作り方】
1. グラウンドソーセージをピンク色の部分がなくなるまで炒め、水気を切る。
2. 23cm×30cmの焼き皿にバターを溶かして流し入れ、その上に食パンを細かくちぎって散らす。
3. 2の上に1で炒めた肉を敷きつめ、その上からチーズを散らす。
4. 割りほぐした卵にハーフ・アンド・ハーフ・クリームと塩をくわえて泡立つまで攪拌し、3の上からかける。
5. 覆いをして８時間またはひと晩冷やしてから、180℃のオーブンで50分、または全部火がとおるまで焼く。

ジュニア秘伝のバーベキューソース

【用意するもの】
バーボン（ジャック・ダニエル）……1カップ
ケチャップ……1カップ
ブラウンシュガー……½カップ
ビネガー……¼カップ
粉末マスタード……小さじ½
レモンジュース……大さじ1
ウスターソース……小さじ1
塩・コショウ……適宜

【作り方】

材料をすべて小鍋に入れて20～25分ほど弱火にかける。保存容器に入れて冷蔵庫でひと晩冷やす。あとはこのぴりっとしたソースをあばら肉、豚肉、鶏肉に使うだけ！

訳者あとがき

〈卵料理のカフェ〉シリーズ読者のみなさん、おひさしぶりです。シリーズ第四弾となる『あったかスープと雪の森の罠』をお届けします。ローラ・チャイルズによる〈お茶と探偵〉シリーズ同様、こちらも本作よりコージーブックスからお届けすることになりました。中西部のカフェを舞台に、スザンヌ、トニ、ペトラのアラフィー女性三人が活躍する楽しいミステリを、今後とも応援よろしくお願いいたします。

秋を舞台にした前作から季節は進み、キンドレッドは厳しい冬を迎えています。あたり一面が雪と氷に覆われ、ときには激しい吹雪に見舞われることも。そんな猛吹雪のある日、カックルベリー・クラブの裏の森で男性の死体が見つかります。スノーモービルで走行中にぴんと張ったワイヤに首が引っかかり、頭部が切断されてしまうというむごたらしいものでした。亡くなったのは地元のキンドレッド銀行の頭取に着任間もないベン・ビューサッカー。厳しい取り立てと貸し渋りのせいで、キンドレッドではあまりよく思われていない人物です。

しかし、どんな人であれ、残酷に殺されていいわけはありません。保安官事務所が総力をあげて捜査しますが、事件現場がカックルベリー・クラブの裏の森だったことから、オーナー経営者であるスザンヌも必然的に巻きこまれてしまいます。保安官事務所の捜査に協力しつつ、持ち前の好奇心から自分でもあれこれ推理をめぐらすのですが、これといった容疑者は浮かびません。保安官事務所の捜査も同様で、早く事件を解決せよという町長のプレッシャーをかわすためか、虫も殺せないようなトウモロコシ農家をろくな証拠もないまま容疑者扱いして、スザンヌの顰蹙《ひんしゅく》を買う始末。

おりしも、キンドレッドでは氷と炎の祭典と銘打った、冬の一大イベントがひらかれようとしています。パレード、氷の彫刻コンテスト、氷上魚釣り大会、さらにはお宝探しなどのお楽しみが満載のこのイベントは、雪に閉ざされた時期のキンドレッドにとって、唯一の華やかな行事と言っても過言ではありません。そんな祭典と事件の捜査の模様を並行して描きながら、物語は進んでいきます。ビューサッカーを殺したのは誰なのか。その動機はなにか。親銀行から派遣された鼻持ちならない幹部、ビューサッカーの厳しい取り立てに怒っていた顧客、失職した元刑務所所長、美しい未亡人、謎の少年らの存在が物語を複雑にし、最後まで気の抜けない展開に仕上がっています。

事件とともに注目したいのが、スザンヌとサムの恋のゆくえ。膵臓ガンで夫のウォルターを失って一年。亡くなった夫との思い出を大事にしながらも、新しい恋とじっくり向き合うスザンヌの姿にはじんときます。いくつになってもときめく心があるってすてきですよね。まあ、ハンサムでやさしくて気が利いて、おまけに必要なときに必要な手を差しのべてくれるサムみたいな人が目の前に現われたら、ときめかないほうがどうかしているかもしれません。

そのサムとのロマンチックな場面で効果的に使われているのが、女性ひとりと男性ふたりからなるカントリー・グループ、レディ・アンテベラムの『ニード・ユー・ナウ』という曲。ビルボードのシングルチャートでの最高位は二位ながら、二〇一〇年から一一年にかけて、なんと六十週もチャートにとどまりつづけ、そのうちの十六週はトップテン内という、息の長いヒットになりました。二〇一一年の第五十三回グラミー賞では、最優秀楽曲賞と最優秀レコード賞などを受賞しています。カントリーのミュージシャンとしてはめずらしく日本でもアルバムが発売になったので、ご存じの方も多いことでしょう。真夜中にさびしくなって恋人に電話してしまう女性の心を歌ったこの曲は、しんみりとせつなく、それでいて情熱的で、本書のあの場面にぴったり合っていたと思いませんか？　まだ曲を聴いたことがないという方は、この機会にぜひ聴いてみてください。

前三作同様、本作でもペトラがつくる卵料理や素朴ながらもおいしそうなお菓子は健在です。でも、今回はジュニアのカークッカーの印象が強烈すぎました。エンジンルームの熱を利用して食品を加熱するのはよくある発想らしく、インターネットで画像検索すると、材料をアルミホイルに包んでエンジンルームに固定した写真がいくつも見つかります。また、排気ガスの熱で肉を調理する器具もありましたが、完成した料理を食べるのはかなり勇気がいりそうですね。

最後に次作をちょっとだけご紹介。第五作のタイトルは *Eggs In A Casket*。カックルベリー・クラブのメニューのひとつ、バスケットのなかの卵ならぬ、棺《キャスケット》のなかの卵という不気味なタイトルがついています。ちょうどいま頃、本国での刊行が予定されており、このあとがきを書いている時点では読むことができません。ほんのちょっぴり公表されているあらすじを読むと、キンドレッドのある重要人物が殺され、棺のなかに放置されるという事件が起こり、またまたスザンヌがかかわることになるというお話のようです。被害者は、あっと驚くようなあの人です。来年、みなさまのもとにお届けできる予定です。どうぞお楽しみに。

二〇一四年一月

コージーブックス

卵料理《たまごりょうり》のカフェ④

あったかスープと雪《ゆき》の森《もり》の罠《わな》

著者　ローラ・チャイルズ
訳者　東野《ひがしの》さやか

2014年　1月20日　初版第1刷発行

発行人　成瀬雅人
発行所　株式会社　原書房
〒160-0022 東京都新宿区新宿1-25-13
電話・代表　03-3354-0685
振替・00150-6-151594
http://www.harashobo.co.jp
ブックデザイン　川村哲司(atmosphere ltd.)
印刷所　中央精版印刷株式会社

落丁・乱丁本はお取り替えいたします。
定価は、カバーに表示してあります。
 ISBN978-4-562-06023-8 Printed in Japan